CB001013

CORINNE MICHAELS

Mantenha suas PROMESSAS

Traduzido por Patrícia Tavares

1ª Edição

The GiftBox EDITORA

2024

Direção Editorial:	**Revisão Final:**
Anastacia Cabo	Equipe The Gift Box
Tradução:	**Arte de capa:**
Patrícia Tavares	Bianca Santana
Preparação de texto:	**Diagramação:**
Mara Santos	Carol Dias

CIP-BRASIL. CATALOGAÇÃO NA PUBLICAÇÃO
SINDICATO NACIONAL DOS EDITORES DE LIVROS, RJ
. Meri Gleice Rodrigues de Souza - Bibliotecária - CRB-7/6439

M569m

Michaels, Corinne
 Mantenha suas promessas / Corinne Michaels ; tradução Patrícia Tavares. - 1. ed. - Rio de Janeiro : The Gift Box, 2024.
 306 p.   (Rose canyon ; 3)

 Tradução de: Keep this promise
 ISBN 978-65-5636-358-5

 1. Romance americano. I. Tavares, Patrícia. II. Título. III. Série.

24-94950   CDD: 813
             CDU: 82-31(73)

CAPÍTULO UM

Sophie

— Não, não, por favor, Theo, lute — imploro ao meu marido, segurando sua mão. — Por favor, não desista.

Ele aperta de volta, seus lábios tingidos de azul tentando dar um sorriso.

— Seja corajosa, Sophie. Você tem que ser.

Eu não posso ser. Não sei como sobreviver em um mundo sem ele. Theodore Pearson é meu melhor amigo desde os nove anos de idade e meu marido há três anos e meio. Ele interveio e me salvou naquela época, e não posso fazer isso por ele agora. Seu coração está falhando e não há mais chance de um transplante.

— Como vou viver sem você?

— Você... — ele se engasga, fechando os olhos antes de forçá-los a abrir novamente para olhar para mim. — Você é mais forte do que acredita. Encontre alguém para amar você do jeito que eu nunca poderia, Sophie. Você tem que pegar Eden e partir.

Balanço minha cabeça. Ele continua repetindo isso, mas não vou deixá-lo. Agora não. Não no final, quando ele está literalmente morrendo.

— Você não pode me obrigar a deixá-lo, Theo.

Estive ao seu lado, orando por um milagre que eu sabia que nunca aconteceria. Theo nasceu com uma doença cardíaca congênita. Quando ele tinha sete anos, fez sua primeira cirurgia de coração aberto. Quando ele tinha onze anos, fez a segunda. A última foi há um ano, e foi quando ele entrou na lista de transplante; esperamos e torcemos, mas não encontramos um doador compatível.

O tempo acabou e ele quer que eu o deixe morrer sozinho.

Não posso.

— Se você… me ama… você tem que… — Theo tosse várias vezes e depois inala profundamente. — Ir.

Nada disso faz sentido, mas há três dias ele começou a exigir que eu fizesse as malas sem nenhuma explicação. Ele disse que era vida ou morte. Então, fiz o que ele pediu, porque isso o acalmaria e concordei. Mas isso é uma loucura. Não vou deixá-lo em seu leito de morte.

Afasto-me, confusa sobre porque ele continua dizendo essas coisas estranhas.

— Por quê? Como pode querer que deixe você agora?

Uma lágrima cai em sua bochecha.

— Porque ele virá atrás de você.

— Quem? Quem está vindo? Nada disso faz sentido algum.

Theo pega minha mão, entrelaçando nossos dedos.

— Você é minha melhor amiga, Sophie. Quando você engravidou, casei-me com você, cuidei de você e fiz tudo o que pude para protegê-la. Agora estou pedindo para você fazer isso por mim. Pegue Eden e siga as instruções.

Meu maxilar treme enquanto tento segurar as lágrimas.

— Sim, você fez isso, mas foi ideia sua! Eu não pedi para você fazer essas coisas. Você é meu melhor amigo, Theo. Você fez tudo isso e agora quer que eu o deixe morrer sozinho?

— Sim. Preciso morrer sozinho.

— Você não pode estar falando sério?! Não posso deixar você agora. Eu me recuso a… você não pode me pedir isso.

— Eu não estarei sozinho.

— Você estará.

Seus pais nunca virão. Eles se afastaram de Theo há seis anos, quando ele se recusou a trabalhar para o pai. Eles odiaram as escolhas que ele fez, então não ouvimos falar deles desde então. Liguei para eles há uma semana, deixei uma mensagem desesperada explicando sua situação, e a assistente de sua mãe ligou para me dizer que eles estavam fora do país e que enviariam flores. Eles são pessoas horríveis.

— Não lhe pedi muito, Fee. — Ele usa meu apelido de infância e uma lágrima escorre pelo meu rosto. — Você me deve por me forçar a casar com você.

Solto uma risada, mas soa mais como um soluço.

— Você sempre quis casar comigo.

Ele revira os olhos.

— Nós nunca fomos assim, amor.

Não, não éramos, mas quando voltei grávida de Las Vegas, Theo não hesitou. Ele se ofereceu para se casar comigo e criar Eden como se ela fosse dele. O nosso casamento é apenas um contrato e nunca cruzamos essa linha. Principalmente porque não sou a mulher que ele ama, aquela que ele nunca poderá ter, porque ela se casou com outro.

E... ele é como um irmão para mim, nada mais.

— Você não poderia lidar comigo na cama.

Theo ri.

— Eu acho que perdemos a chance.

Deito-me ao lado dele, meu braço sobre seu peito, tomando cuidado com todos os fios. Meu queixo treme e as lágrimas caem livremente.

— Eu amo você.

— Também amo você. É por causa desse amor que posso morrer em paz, então você tem que me deixar ir, e tem que ir antes que eu dê meu último suspiro.

Balanço minha cabeça em rebelião. Eu não quero deixá-lo. Não quero que ele morra neste quarto sem ninguém. Eden e eu o amamos e deveríamos estar com ele em seus últimos momentos. Ele tem sido um pai maravilhoso para ela e significa o mundo para mim.

— Você está me pedindo para fazer o impossível.

— Olhe para mim, Fee. — Levanto meu olhar lacrimejante para o dele. — Nada é impossível quando vem do amor. Vocês... têm que ir. Não porque você quer, mas porque preciso proteger você e Eden da única maneira que posso. Siga todas as direções.

— Que direções?

— Aquelas que você encontrará pelo caminho.

— Você está sendo tão enigmático.

Theo inala profundamente, o suspiro fazendo seu peito levantar enquanto ele usa sua força. Está cada vez mais perto do fim.

— Vá.

Um soluço sobe na minha garganta, mas eu o mantenho baixo.

— De que você tem tanto medo? De quem você está me protegendo?

Seus olhos se fecham e ele luta para respirar.

— Estamos ficando sem tempo. Por favor.

A maneira como sua voz falha no final faz com que minha determinação desmorone. Quero lutar com ele, negar isso e ficar ao lado dele onde prometi que estaria, mas como posso? Theo está me pedindo para ir. Ele está me implorando para ouvi-lo, e está claro que algo está errado.

— Você está com medo?

— Sim. *Dele.*

— Se eu for, você tem que me prometer que vai me perdoar. Que você sabe que eu não queria ir. Que lutaria contra qualquer coisa por você. Você deu sua vida por mim quando eu estava grávida de Eden, e devo tudo a você.

— Você não me deve nada. Você me deu uma filha para amar quando eu nunca poderia ter uma de outra maneira.

O problema cardíaco de Theo é genético e ele sabia desde muito jovem que nunca arriscaria ter um filho e transmitir a doença. Eden foi uma bênção que ele nunca esperou, e ele foi o salvador que eu nunca soube que precisava.

— Não quero me despedir.

Ele acaricia minha bochecha.

— Nunca é um adeus para nós. Melhores… amigos. — Theo engasga e depois sorri para mim. — Nunca acaba.

Descanso minha testa na dele, meu coração se revoltando contra o que ele me pediu para fazer.

— Fico esperando o médico entrar e nos dizer que há um coração.

— Não há coração para nós, Fee.

Eu sei isso. Ainda assim, desejo.

— Você poderia ter o meu.

— Se ao menos pudéssemos compartilhar.

Outra rodada de lágrimas cai pelo meu rosto, espirrando contra seu peito.

— Aonde eu vou? — pergunto.

— Onde é seguro. Para alguém que irá protegê-la onde eu falhei.

Theo é mais rico do que qualquer um que já conheci, como ele não pode pagar para contratar alguém para me manter segura na Inglaterra é uma loucura. Além disso, ele não explicou *nada*. Não entendo esse perigo que corremos ou porque Eden e eu precisamos ir embora por causa disso. Ele não está me dizendo nada, e estamos ficando sem tempo. Pelo amor de Deus, não posso nem começar uma briga com ele sobre isso e exigir respostas enquanto ele está ofegante.

Uma parte de mim se pergunta se é mesmo real, embora ele me diga que é.

— Eu não quero passar esse tempo brigando. Você está me pedindo para confiar que estou em perigo, e acredito em você, mas nada disso faz sentido. Farei o que você pede, porque você sempre me amou mais do que eu merecia e nunca mentiu para mim. — Embora esteja bastante claro que ele não foi honesto sobre algo, já que esta é a primeira vez que ouço falar de perigo em nossas vidas.

— Olhe para mim.

Levanto minha cabeça.

— Você merece mais do que eu poderia dar. Você merecia mais do que o amor de um irmão ou amigo. Encontre alguém que faça você se iluminar. Que vai amar Eden como uma filha. Prometa-me.

Não quero prometer isso a ele, mas ele está morrendo e não quero negar nada a ele.

— Prometo.

Ele pega minhas mãos nas dele, segurando-as com força.

— Cumpra esta promessa, Sophie. Agora vá. Vá e siga todas as direções. Cada uma. Exatamente como diz.

Eu me inclino, pressionando meus lábios nos dele. Podemos nunca ter sentido atração sexual um pelo outro, mas sempre fomos afetuosos.

— Você é meu melhor amigo.

— E você é minha.

— Vou contar a Eden tudo sobre o pai dela. Eu nunca vou deixar você sair de nossas vidas.

Seus olhos se fecham e seus lábios tremem.

— Vou cuidar de vocês duas.

Fungo enquanto as lágrimas caem mais rápido, e minhas mãos tremem. Deus, não posso fazer isso. Não posso.

— Fique segura, porque não posso morrer sabendo que você ainda está em perigo. Por favor, conceda-me isso.

Meu peito arfa quando a respiração se torna mais difícil. Theo nunca me machucou. Nunca. Quando criança, ele era meu protetor. Quando minha mãe ficou pior, Theo estava lá, segurando-me. Nós dois sempre nos sacrificamos um pelo outro, e tenho que dar isso a ele. Mesmo que isso me mate.

Eu me recomponho, sentindo como se pudesse quebrar a qualquer segundo, forço-me a ficar de pé e o aconchego. Posso fingir que vamos nos ver novamente. Eu devo fazer isso.

— Amo você — sufoco as palavras.

— Amo e amo Eden. Sinto muito, Fee. Sinto muito pelo homem que nunca fui. Sinto muito por deixá-la com essa bagunça, mas fiz tudo o que pude para mantê-la segura e você deve fazer tudo exatamente do jeito que eu digo.

Limpo meus olhos e aceno.

— Ok.

Reunir meus pertences parece uma agonia, mas se Theo está tão preocupado, então talvez eu também precise estar. Eden é o meu mundo, e não posso permitir que nenhum mal aconteça a ela.

Enquanto me dirijo para a porta, é como se meus sapatos tivessem âncoras como solas, e paro para olhar para ele mais uma vez. Ele me dá um sorriso torto, os lábios rachados e o rosto pálido. Não vou me lembrar dele assim. Vou me lembrar do menino que me entregou sua mochila depois que a minha rasgou. Ou o jovem que substituiu meu par do baile de formatura depois que meu namorado terminou comigo na noite anterior. E então o homem que se casou comigo e criou minha filha depois de uma noite de bebedeira em Las Vegas com um homem que eu não conhecia. E então, verei este homem, que em seu leito de morte nos colocou em primeiro lugar para nos proteger de qualquer confusão em que ele se meteu, mesmo que eu não entenda nada disso.

— Está tudo bem — diz Theo.

Não está, mas forço um sorriso antes de levar as mãos aos lábios e mandar um beijo para ele.

— Eu teria dado a você o coração do meu peito.

Ele sorri.

— Seu coração é escuro e cínico. Não teria sobrevivido em minha alma esperançosa.

O riso cai de meus lábios, assim como as lágrimas de meus olhos.

— Descanse agora, Theo, vai ficar tudo bem.

Eu me viro e corro pelo corredor, sabendo que se parar, voltarei para ele. Não vejo ninguém ao sair do hospital, mas Martin, nosso motorista, está esperando para abrir a porta do carro preto para mim. Ele me dá um olhar compreensivo, seus olhos castanhos cheios de tristeza.

Quando ele se senta no banco do motorista, olho para ele pelo espelho retrovisor.

— Ele se foi. Preciso ir para casa.

E descobrir para onde vou a seguir.

CAPÍTULO DOIS

Sophie

— Não entendo — digo a Martin, olhando para as passagens de avião que ele acabou de me entregar. — Por que eu iria para Nova Iorque?

— Eu não sei, Sra. Pearson, essas são as instruções que me foram dadas.

Eu quero gritar, porque essas instruções não fazem sentido. Não conheço ninguém em Nova Iorque. Não tenho família nem amigos nos Estados Unidos. Não tenho nada lá e perdi muito. Duas horas atrás, recebi uma ligação do hospital informando que Theo estava morto. Ele se foi e uma parte do meu coração se foi com ele. Ela então me disse que suas últimas palavras foram:

— Vá, Sophie.

Estou aqui, no aeroporto, prestes a trocar minha vida por uma nova, sem ter a menor ideia de onde pode vir o perigo.

Eden está dormindo em meus braços e estou fazendo o possível para mantê-la sob controle.

— O que você quer dizer com todas as instruções que você recebeu? Nada mais? Para onde vou agora? Disseram-me para seguir as instruções, mas ninguém me deu nenhuma! — Libero minha respiração, trabalhando duro para manter a calma, porque não é culpa de Martin. Ele está apenas me dando o que sabe. — Sinto muito. Estou…

— Entendo. Tudo o que me disseram foi para lhe dar as passagens.

O que é uma direção, suponho.

— Tudo bem. Por favor, ajude-me a entrar, então.

Ele parece desconfortável com esse pedido.

Levanto minha cabeça para encontrar seus olhos.

— Há algo de errado, Martin?

— Não posso segui-la para dentro.

— O quê?

— Fui despedido assim que você saiu do carro.

Meu queixo cai.

— Por quem?

— Sr. Pearson. Se eu não seguir as instruções que me foram dadas, não receberei mesmo o... generoso pacote de indenização que estou prestes a receber.

Meu Deus. Ele fala sério. Quero perguntar a ele como alguém poderia saber, mas então Eden levanta a cabeça.

— Mamãe, onde estamos?

Esfrego suas costas, balançando levemente, apenas no caso de ela voltar a dormir.

— Estamos no aeroporto. Vamos sair de férias, não vai ser divertido?

Ela balança a cabeça. Não, também não acho, mas aqui estamos nós.

— Papai?

Uma palavra consegue me fazer sentir como se desmoronasse no chão.

— Só nós, amor. Só nós.

Porque seu pai se foi e você nunca mais o verá.

Eu não posso dizer isso a ela. Não só porque não consigo falar as palavras, mas também porque não vou machucá-la dessa maneira.

Não quando a estou arrancando de sua vida confortável.

Volto-me para Martin.

— Então é melhor você ir e seguir suas instruções.

— Obrigado, senhora.

Ele coloca as malas na calçada, e só posso rir, porque não há a menor chance de eu dar conta de tudo isso e de Eden sozinha. No entanto, esta é a minha realidade.

— Você poderia me dar um carrinho? Não quero deixar nossas malas sozinhas...

Martin me dá um sorriso triste e depois levanta a mão. Alguém se aproxima e ele lhe dá uma boa gorjeta para trazer um carrinho.

— Preciso ir agora. Sinto muito, Sra. Pearson. Eu... sinto muito.

— Theo amava você — digo a ele. — Ele confiava em você, e isso era importante para ele.

Ele abaixa o olhar.

— É por isso que devo ir. Ele foi muito claro sobre seus desejos e que era de grande importância que eu fizesse o que estava escrito.

— Sim, ele parecia ter as mesmas mensagens graves de advertência para mim também.

O homem se aproxima e ajuda a carregar minhas malas para mim. Agradeço a ele, e então Martin se aproxima, puxando-me para um abraço incomum.

— Fique segura, Sophie. — Quando ele beija o topo da cabeça de Eden, seus olhos ficam úmidos.

Martin é nosso motorista pessoal há quase quatro anos. Foi ele quem me levou ao hospital quando eu estava em trabalho de parto, garantiu que a primeira viagem de carro de Eden fosse segura e será possivelmente o último rosto familiar que verei por muito tempo. Vou sentir falta dele.

Forço um sorriso e me despeço de mais uma pessoa hoje.

— Fique bem.

Uma vez que ele está de volta no carro, coloco Eden em pé e pego sua mão. É hora de ser corajosa e começar essa nova vida que Theo planejou sem me contar, porque podemos morrer.

Suspiro, porque é tudo o que posso fazer e entro.

Chegamos ao início da fila e olho para os meus bilhetes para despachar a bagagem, mas a disposição dos assentos não faz sentido e a data está errada.

Ótimo, vou ter que ir ao balcão consertar isso. Felizmente, a fila não é muito longa e, em alguns minutos, estou indo até o balcão.

— Olá, senhorita, como posso ajudá-la? — pergunta uma linda mulher com longos cabelos castanhos.

— Olá, minha filha e eu temos um voo para Nova Iorque, mas a data está errada em uma das passagens e estamos sentadas separadas. Como você pode ver, ela é uma criança.

Coloco os bilhetes no balcão.

Ela olha para eles.

— Sim, entendo, você tem a confirmação da reserva?

— Não, desculpe, não tenho. Meu marido que organizou tudo. — Deslizo nossos passaportes para ela. — Aqui estão nossos nomes também.

— Deixe-me ver isso.

Suzanna, como diz seu crachá, digita algo no computador e depois pisca.

— Oh, eu vejo o problema. Esses voos foram alterados cerca de duas horas atrás.

— O quê?

— Sim, parece que você não vai para Nova Iorque. Peço desculpas por você ter os bilhetes antigos. Em vez disso, suas passagens foram canceladas e compraram um novo voo esta manhã.

Não faço ideia do que isso significa, mas sorrio e aceno com a cabeça. Não me importa para onde vamos, desde que eu esteja no mesmo voo que Eden.

— Deixe-me imprimir seus novos cartões de embarque e fazer o check-in. — Suzanna volta a digitar e depois me entrega os novos bilhetes. — Aqui estão.

Olho para os meus novos cartões de embarque – no plural, porque temos uma escala em Atlanta antes de embarcarmos em um voo para... Las Vegas.

Ele está brincando comigo? Ele deve estar, se ele está realmente me fazendo voltar para Las Vegas. Para quê? A última vez que estive lá, acabei grávida.

Cada parte de mim que quer lutar e correr o risco de ficar aqui muda quando me viro e reconheço alguém. Seu rosto é indefinido, apenas um homem comum, mas me lembro dele estar em nossa casa cerca de um ano atrás. Havia algo em seus olhos, algo que me incomodava.

Mais do que isso, lembro como Theo ficou depois que o homem foi embora. Ele ficou abalado e, quando perguntei, disse para esquecer que eu já tinha visto alguma coisa.

Achei estranho, mas Theo nunca mais falou sobre isso, então ficou em segundo plano e foi esquecido.

A sensação de aperto no estômago aumenta e me volto para a agente.

— Obrigada, se alguém perguntar, diga que estamos indo para Nova Iorque. — Olho por cima do ombro e, quando volto para Suzanna, ela assente.

Um momento de conexão silenciosa entre nós duas se forma.

— Estamos todas fugindo de alguma coisa, querida.

Sim, acho que estamos, só que não tenho ideia do que estou fugindo ou para onde estou indo.

Eden e eu seguimos em direção às linhas de segurança, não vejo o homem e começo a considerar que talvez esteja perdendo o controle da realidade quando alguém esbarra em mim pelo lado, fazendo com que minha bagagem de mão tombe.

— Sinto muito.

— Está tudo bem... — O buraco em meu estômago cresce quando vejo que é ele, o mesmo homem que vi antes.

Ele sorri para mim e então arruma minha bolsa.

— Sophie, certo?

Meu coração está acelerado, mas escondo minha ansiedade e aceno com a cabeça.

— Sim, já nos conhecemos?

— Pensei que era você. Sim, nós nos conhecemos há alguns meses, sou amigo de Theo. Ele está aqui?

Ele não sabe que ele está morto.

— Não, ele não vem nessa viagem conosco.

Noto que ele ainda não me lembrou de seu nome. Não consigo me lembrar, mas ele continua se aproximando, e preciso me manter firme e não recuar.

— Que pena, tentei ligar para ele outro dia.

— Oh? Qual é o seu nome mesmo? Posso ligar para ele e avisar que você está tentando falar com ele.

— Joe.

— Ok, Joe… você tem um sobrenome? — Mantenho minha voz leve e rio um pouco no final para esconder meu nervosismo.

— Webb.

Joe não parece estar fazendo ou dizendo nada fora do comum, é apenas… não posso explicar isso. Estou desconfortável e tive um dia muito difícil.

— Vou avisá-lo, se me der licença. — Tento me mover ao redor dele, mas, novamente, ele se move.

— Eu queria perguntar a você, como foi o jantar de caridade na noite passada?

Eden tenta soltar minha mão, e aproveito esse momento para desviar o olhar dele. Quando olho por cima de sua cabeça, vejo alguém se aproximando que também vi em minha casa. Foi há cerca de dois meses e ele foi levar um pacote para Theo.

Algo está errado.

Isto não é uma coincidência. Pela primeira vez desde que Theo me contou sobre o perigo, acredito.

Sem tirar a mão da bolsa, pego Eden em meus braços.

— Tenho que ir. Sinto muito, mas vamos perder nosso voo.

Eu me movo na direção oposta ao segundo homem que se aproxima de mim, quando vejo um terceiro vindo em nossa direção. Seus olhos encontram os meus, e então ele move a cabeça como se não quisesse que eu visse seu rosto. Eles estão se aproximando e tenho que ir… agora.

Enquanto me movo no centro do corredor, rezo para poder sair dessa.

Theo, Deus, alguém lá em cima deve estar cuidando de mim porque um policial está passando. Eu o chamo, e ele para.

— Sim, senhorita, posso ajudar?

Forço minha respiração a permanecer estável enquanto o alívio me inunda.

— Você poderia me ajudar? Minha filha está doente e preciso falar com a segurança. Eu realmente apreciaria se você pudesse ficar comigo no caso de haver um problema.

Ele olha para mim como se eu fosse maluca, o que provavelmente estou agora, mas ele relutantemente concorda. Quando olho por cima do ombro, os três homens estão me observando e fico grata por estar indo embora.

— Olá, Sra. Pearson. — Um homem caminha em direção a mim e Eden, e eu a agarro ao meu peito. Ninguém deve saber que estamos em Las Vegas. Depois do susto em Londres, estou perdendo a cabeça, e foram quatro dias muito longos e cansativos de viagem.

Balanço minha cabeça.

— Sinto muito, você pegou a pessoa errada. — Meu sotaque americano precisa ser melhorado, mas foi minha melhor tentativa. Era algo entre *The Sopranos* e um pirata.

Ele sorri.

— Eu sou Jackson Cole. Foi seu marido, Theo Pearson, quem me contratou. — Ele me mostra algum tipo de identificação, mas pelo que sei, ele é uma das pessoas perigosas que estavam me rastreando em Londres, e isso é apenas um estratagema. Balanço a cabeça e começo a me afastar, mas ele fala antes que eu esteja muito longe. — Ele me disse para usar a frase... 'taco de cabra'.

Meu coração acelerado desacelera um pouco.

— Desculpe? O que você disse?

— Taco de cabra. — Jackson dá de ombros. — Não perguntei por que, mas ele disse que você saberia o que significa.

Forço minha mandíbula trêmula a relaxar.

— Eu sei, e se ele disse a você, então... bem, já é alguma coisa.

Isso significa que ele é confiável. Quando Theo estava no hospital quando menino, costumávamos inventar brincadeiras que ficavam só entre nós. O hospital estava servindo tacos no almoço, e Theo e eu estávamos sendo bobos, o que levou a uma piada sobre se eles estavam servindo cabra. Em seguida, tornou-se uma piada sempre que um de nós estava chateado. Nós diríamos, e o outro ria.

— Sou o proprietário de uma das empresas de segurança privada de elite da América. Ele me contratou há três anos, mediante um adiantamento, caso isso fosse necessário.

— O que ser necessário?

— Sua proteção e respostas.

Finalmente, alguém vai me dar isso.

— Que respostas você tem, Sr. Cole?

— Quando chegarmos ao carro, darei a você o que puder. Posso ajudá-la com suas malas primeiro? — ele pergunta.

Aprecio a oferta mais do que ele imagina. Tive que gerenciá-las quando chegamos a Atlanta e passamos pela alfândega. Então descobri que não iríamos direto para Las Vegas e, em vez disso, pegaríamos um trem para Charlotte, onde deveríamos pegar nosso voo para Las Vegas. Quando chegamos ao portão, eles nos informaram que nosso voo foi cancelado e que deveríamos ir ao balcão de atendimento para obter informações adicionais. Eu não esperava que Carol, que era amiga de trabalho de Theo em Atlanta, estivesse esperando lá para nos dar novas direções e nos mostrar um carro. Fomos levadas para outro aeroporto onde um jato particular estava esperando para nos levar para Las Vegas. Tem sido um pesadelo, e Eden e eu tivemos pelo menos dois colapsos. Estamos exaustas, e a ideia de fazer mais disso é demais.

Embora eu prefira as respostas primeiro, esta é uma gentileza de que preciso.

— Isso seria adorável. Obrigada.

Jackson levanta as malas enquanto caminho com Eden pelo aeroporto até o SUV preto com vidro fumê. Meus passos diminuem, porque não conheço esse homem e não tenho ideia de para onde estamos indo. E se ele for o cara mau?

Ele abre o porta-malas e carrega nossas malas enquanto fico aqui, sem saber se devo virar e correr.

— Que garantias você precisa? — Jackson pergunta.

— O quê?

— Você parece preocupada, e entendo isso. Você está em um novo país, sem saber o que está acontecendo, seu marido morreu e você não me conhece. Se você não estivesse hesitante, eu ficaria preocupado. Não quero forçá-la a entrar no veículo, Sophie. Quero que confie que protegerei você e sua filha como fui contratado para fazer.

Mordo meu lábio inferior e então encontro as palavras que eu estava procurando.

— Você tem que me dizer para onde estamos indo e no que exatamente meu marido estava envolvido.

— Vamos para Idaho, onde nos encontraremos com um novo membro da minha equipe. Ele fornecerá a você e a Eden novas identidades e depois as acompanhará até onde Theo queria que vocês ficassem.

— Por que você não pode ir?

Jackson sorri tristemente.

— Não posso. O lugar que ele estabeleceu é um lugar que preciso evitar um pouco.

— Você fez algo ilegal lá? — pergunto.

— Não, mas tenho amigos lá que questionariam logo que eu aparecesse ao mesmo tempo que você, e isso deixaria você e Eden vulneráveis. Não vou fazer isso. Isso exigiria uma mentira elaborada, o que não é possível. Mentiras sempre têm uma maneira de se expor. É melhor ficar o mais próximo possível da verdade e evitar complicações sempre que possível.

Eu rio.

— Nem sei qual é a verdade.

— Talvez essa seja a melhor coisa. Sua ignorância pode ser sua salvação. Se você for questionada e não souber de nada, isso não é para melhor?

Desvio o olhar, a frustração aumentando e ameaçando se transformar em lágrimas.

— Como você se sentiria se esta fosse sua vida, Sr. Cole? Seu melhor amigo morre e você nem consegue segurar a mão dele. Então você é instruído a deixar sua vida para trás... sem contexto ou dinheiro. Você entra em um avião, indo para algum lugar diferente de onde alguém poderia ser conhecido, e chega em um lugar do qual você não tem boas lembranças, apenas para ser informado de que está partindo novamente. É como se...

Jackson se inclina contra a parte de trás do veículo.

— Como se?

Eu bufo.

— Como se estivéssemos tentando fugir de tudo o que sou.

— Isso é exatamente o que estamos fazendo. Desde o momento em que você pousou, alguém pode ter rastreado você. As medidas que você está tomando são para garantir que, se alguém estiver observando, o que Theo acreditava que estaria, eles já teriam perdido você. Então, nós dirigirmos, mudarmos suas identidades e depois nos movermos novamente nos permite turvar ainda mais sua trilha para que você não precise continuar correndo.

Eden levanta a cabeça enquanto eu a movo.

— Estou com fome, mamãe.

— Eu sei, querida. Vamos conseguir comida, prometo.

Ela olha para Jackson.

— Olá.

Ele sorri.

— Olá, Eden. Meu nome é Jackson.

Ela enterra a cabeça no meu pescoço e sorrio.

— Ela demora um pouco para se acostumar.

— Entendo. Eu tenho duas filhas.

Por alguma razão, esse pequeno fato me conforta.

— E se sua filha estivesse no meu lugar, o que você faria?

Jackson estala os nós dos dedos.

— O triste é que minha esposa e minhas filhas sabem que, a qualquer momento, seus mundos podem desabar. O trabalho que faço tem riscos e nos preparamos para isso, foi o que Theo fez. O erro que ele cometeu foi não dividir os riscos com você e Eden até momentos antes de morrer, com o que não concordo. Se você fosse minha esposa ou filha, eu lhe diria para confiar em seu instinto. Se você acha que estou mentindo ou sou uma ameaça, então não entre neste carro, mas se você confia em mim e essa frase que eu disse desde o início é suficiente, então precisamos ir embora.

Meu instinto. Deus, eu nem sei o que pensar, mas ele sabe sobre tacos de cabra. Isso tem que significar alguma coisa, certo?

Dou um passo em direção a ele que abre a porta de trás onde há uma cadeirinha para Eden. Aperto o cinto e depois vou para o outro lado do SUV para deslizar ao lado dela.

— Estou confiando em você, Sr. Cole, por favor, não me faça me arrepender.

CAPÍTULO TRÊS

Holden

— Outro? — pergunto à enfermeira-chefe que entra enquanto estou juntando minhas coisas para ir embora. Estamos fazendo a mudança de Blakely, a esposa de Emmett, para seu novo escritório na Main Street e, como sempre, estou atrasado.

Ela dá de ombros enquanto estende algo para mim.

— Parece que alguém ama você.

Ninguém me ama. Sou um workaholic divorciado que se recusa a aceitar o amor ou fazer uma pausa. Pelo menos é o que Mama James, a melhor tia do mundo, diz sempre que toca no assunto, o que é diário.

— Você guardou a caixa? — pergunto, pegando-o dela.

Ela me lança um olhar que murcharia uma flor.

— Pareço que trabalho no departamento de recepção?

Eu suspiro.

— Você tem muita coragem.

— Dr. James, sou a enfermeira-chefe de um dos andares mais ativos deste hospital. Eu gerencio a equipe, os médicos, os pacientes e suas famílias. Minhas responsabilidades são inúmeras e meu salário… não é. Sem mencionar que a maioria dos médicos aqui trata minha equipe como merda em seus sapatos. A coragem que sai de mim é o valor de anos de hostilidade reprimida em relação às pessoas por aqui pensando que tenho tempo de sobra para fazer algumas tarefas. No entanto, o que você está recebendo agora é minha recusa em me preocupar com a embalagem em que um presente veio.

Eu tento não achar isso cômico, porque a maior parte do que ela está dizendo está certo. Ela é uma merda a cada passo. Sou daqueles médicos que respeita e admira as enfermeiras. Elas trabalham mais do que a maioria e não recebem o crédito. Ainda assim, sou novo aqui e preciso garantir que as pessoas não caguem para mim.

— Entendo, foi uma pergunta simples. Não trato você ou sua equipe como qualquer coisa em meus sapatos. Valorizo a equipe de enfermagem e agradeceria receber o mesmo em troca. Não desvalorizo o seu trabalho. Eu sei o que cada um de vocês faz por mim e pelos outros médicos.

Seus ombros caem um pouco.

— Obrigada por dizer isso.

— Estou falando sério, Trina, você é o que mantém este hospital funcionando e faz os médicos parecerem bons.

Ela sorri um pouco.

— Vou perguntar sobre a caixa.

Levanto minha mão.

— Não há necessidade. Tenho certeza de que não vai nos dizer nada, e você tem... — Eu tento lembrar o que ela disse e, em seguida, sorrio quando ela volta. — Inúmeras responsabilidades. Esta não é uma para adicionar à sua lista.

Os olhos de Trina ficam marejados, mas deve ser um truque de luz, porque tudo o que todos falam é como ela tem somente uma emoção... irritação. Ela balança a cabeça e desaparece.

— Você é o homem mais inteligente que conheço, Dr. James.

— Você pode repetir isso em cerca de trinta segundos? — pergunto enquanto vasculho minha mesa.

— O quê? Por quê?

— Preciso encontrar meu gravador de voz para poder tocá-lo sempre que alguém disser o contrário.

Ela ri, e eu sorrio para ela. O conselho de Mama James sobre atrair moscas com mel nunca me deixou. Trato todos com respeito e espero que volte. Também aprendi como estagiário que as enfermeiras são suas melhores aliadas. Elas ouvem tudo, lembram de todos e podem salvar sua pele quando você precisar. Eu precisava disso.

Nunca conquistei uma enfermeira-chefe tão fácil, no entanto. Elas são nozes difíceis de quebrar, mas... ei, vou levar esta vitória.

— Eu deveria voltar — diz ela, olhando para a porta.

— Obrigado por trazer isso para mim.

— De nada.

Trina sai e eu me sento à minha mesa, lendo o cartão-postal novamente. Desde que voltei para Rose Canyon, minha vida tem sido… estranha. Primeiro, meu melhor amigo foi assassinado, sua irmã perdeu a memória, recuperou-a e depois se casou com meu outro melhor amigo, Spencer. Isso foi um choque para todos nós, pois ninguém sabia que eles estavam namorando. Algumas semanas depois, descobri que meu outro melhor amigo, Emmett, também estava guardando segredos quando sua maldita esposa apareceu.

Se tudo isso não fosse estranho o suficiente, comecei a receber essas entregas esquisitas.

Primeiro foi a estatueta da Torre Eiffel e um cartão postal do Grand Canyon. O segundo presente, que apareceu após o fiasco em que Emmett foi baleado, foi um cartão postal de Las Vegas e uma pequena estátua de uma pirâmide egípcia com exatamente as mesmas palavras do primeiro cartão postal. Este. Este não é o mesmo. É uma bugiganga do Big Ben, que não tem nada em comum com as outras duas bugigangas além do fato de que nenhuma delas faz o menor sentido, e um cartão postal que diz:

Seu pacote está chegando e você precisa buscá-lo.
8675300183

Que porra de pacote? Eu gemo e jogo o cartão postal sobre a mesa.

— Tudo certo? — uma voz feminina pergunta da entrada.

— Ei, Kate. Sim, estou bem.

Dra. Kate Dehring é a nova chefe do departamento de saúde mental. Tentei convencer meu amigo Dr. Mike Girardo, o médico que ajudou Brielle após sua perda de memória, a ficar, mas o hospital nunca conseguiu atender às suas exigências salariais. Felizmente, Kate entrou e fez uma tonelada de mudanças, tudo para melhor.

O hospital não é ruim, apenas subfinanciado.

— Um centavo por seus pensamentos?

Eu rio, e ela entra na sala.

— Eles nem valem tanto assim. O que a traz aqui?

Kate bate do outro lado da mesa e suspira pesadamente.

— Eu preciso do seu conselho.

— Isso deve ser uma mudança para você. Geralmente é você que está ouvindo isso.

Ela sorri, puxando seus longos cabelos castanhos para o lado.

— Isso é verdade, mas você é o especialista neste campo.

— Sente-se. Em que posso ajudar?

— Quero criar um programa para crianças no centro juvenil onde sua amiga trabalha. Seria para ajudar a lidar com as lutas da vida e também com o luto. As crianças são frequentemente esquecidas, e sei que a cidade estava carente de opções de aconselhamento quando seu amigo morreu. Gosto da ideia de focar apenas em todos os aspectos das crianças.

Eu me inclino para trás na minha cadeira.

— A escola fez um ótimo trabalho trazendo conselheiros para seus alunos.

— Sim, e é por isso que seríamos capazes de lidar com muitas áreas de conflito familiar, luto, exposição a drogas e violência... você sabe, coisas da vida.

— Eu poderia falar com Brielle sobre isso — ofereço.

— Isso seria bom. Comecei um programa semelhante no Texas, e muitas famílias gostaram de ter um lugar a quem recorrer para obter ajuda e orientação.

— Você está certa. Verei o que posso fazer.

Kate se levanta.

— Obrigada, Holden. Agradeço.

— Sem problemas. Estou indo encontrar meus amigos agora, então vou me certificar de falar com Brielle.

Pego meu casaco e saio do hospital antes que meu pacote misterioso chegue. Eu não gosto de jogos, e já tive o suficiente deles para durar uma vida inteira. No caminho até o novo escritório de Blakely, faço o possível para tirar tudo isso da cabeça e me concentrar em ajudar meus amigos.

Quando chego lá, sou imediatamente posto a trabalhar. Em quê? Montagem de mesa.

O que há com o manual dos móveis? Eles são propositalmente vagos e impossíveis de entender? Eles dão um parafuso de meio milímetro por letra que não está na embalagem e, de alguma forma, todos devemos saber para onde vai. A pior parte é que é da única loja que todo mundo conhece e adora, então eles ainda compram lá, independentemente das instruções impossíveis.

— Qual é o atraso na montagem da mesa? — Blakely, a irritante esposa de Emmett, pergunta.

Coloco a gaveta meio montada, que está ao contrário, para baixo.

— Nada.

— Você precisa de instruções para montar a coisa?

Sim, em inglês, mas não digo isso. Tenho que manter minha falsa bravata para não ouvir todo mundo zombando de mim no próximo mês.

— Eu sou a porra de um cirurgião. Posso montar uma escrivaninha.

Blakely, no entanto, não acredita. Ela sorri, vendo que a gaveta claramente não está certa.

— Então faça já. Caramba!

Eu vou mostrar a ela caramba.

Começo a dizer algo de volta, mas a esposa do meu outro melhor amigo idiota olha para o chão e depois para mim.

— Você precisa das instruções?

O que eu preciso é de novos amigos que se casem com mulheres não irritantes.

Isso não está nas minhas cartas. Jogo a chave de fenda, que nem funciona, já que essa marca não usa ferramentas normais, e me levanto.

— Ei, suas malucas, se vocês duas podem fazer isso mais rápido, por que não tentam?

Brie levanta as mãos em sinal de rendição.

— Eu não disse nada. Você é mal-humorado.

— Sim, sim, eu sou. — Porque, mais uma vez, ninguém acha que meu maldito perseguidor é um problema. Tudo o que recebo é porcaria por querer respostas. Bem, tudo bem, não preciso do departamento de polícia real quando tenho Blakely. Ela é uma investigadora particular e estou aqui como mão de obra gratuita, então é justo. — Ei, Blake, você está aberta a fazer qualquer tipo de investigação paralela?

Emmett balança a cabeça.

— Você é tão dramático. Sério.

— Eu sou dramático? Sr. Falsifico-minha-própria-morte-e-minto-para-todos. — Olho para ele, esperando por uma resposta para isso, mas ele se cala. — Melhor ainda, que tal quando Blakely foi com o psicopata e você se descontrolou?

— Adoraria ver como você lidaria com isso — Emmett responde.

— Meu ponto é que você não pode me dar merda, amigo.

Spencer entra na briga.

— Sobre o que estamos discutindo?

Blake entra na conversa.

— Holden me pediu ajuda para investigar algo, e Emmett está magoado, mas ele não pediu a ele.

— Pedi a ele! — grito enquanto olho para o marido dela. — Falei com ele sobre isso na primeira vez, depois na segunda e agora estou perguntando a Blakely, já que ele não está disposto a ajudar.

— O que foi? — Spencer pergunta.

Entrego o cartão a ele que o lê antes de entregá-lo a Blake.

— 'Seu pacote está chegando e você precisa buscá-lo.' O que você acha que isto significa?

— Talvez seja uma bomba — Brie sugere inutilmente.

Emmett ri.

— Ou talvez seja sua noiva por correspondência.

Oh, ele está em apuros agora. Sua esposa está atirando punhais nele.

— Não é engraçado, considerando onde estamos.

Eles continuam a brigar, e então Spencer intervém. Ele tem a mente mais analítica de todos nós. Ele resolve quebra-cabeças de uma maneira que eu gostaria de poder. Envie-me uma pessoa sangrando, eu vou curá-la. Mande-me alguém com alguma erupção estranha, eu entendo, mas quando se trata dessa merda... não.

Isso é tudo dele.

— Todos os três vieram com cartões postais da área de Las Vegas — diz ele.

— Conhecemos vocês, rapazes, e seu amor por Las Vegas — Brie zomba.

— Ninguém ama Vegas. Nós sobrevivemos a Las Vegas — Emmett diz.

Não é essa a maldita verdade.

Depois do inferno que criamos em Las Vegas, fiquei chocado por Addison não ter cancelado seu noivado com Isaac.

Eu sinto falta dele.

Ele era o melhor homem que eu conhecia. Sempre disposto a ajudar alguém e nunca quis nada em troca. Sua despedida de solteiro foi a despedida mais épica e nos colocou em muitas enrascadas, mas valeu a pena no final.

— Alguém já pensou que levamos a culpa por algumas das merdas que Isaac fez? — Emmett pergunta a Brielle.

— Não, mas pelo que ouvi, *você* foi o pior deles.

Spencer sorri.

— Você foi. Admita.

— Eu não me lembro de nada.

Emmett está cheio disso. Ele lembra. Sou eu quem tem buracos gigantes de tempo faltando e histórias que nem tenho certeza se são verdadeiras.

— Foco, filhos da puta. Sou eu que não me lembro de nada sobre Vegas. Desmaiei.

Emmett ri.

— Sim, nós encontramos você com seu pau para fora naquele banheiro.

Spencer assente.

— O banheiro *feminino*.

Há algumas coisas que nunca vou esquecer. Bebemos demais. Nós não comemos. Nós fodemos tudo e, aparentemente, transei com uma garota no banheiro de um clube.

Blakely caminha até Emmett.

— Mal posso esperar para ouvir sua parte nisso.

— O que acontece em Vegas, fica em Vegas.

Eles começam a se beijar, e eu não aguento. Todos esses caras passaram de solteiros a cachorrinhos apaixonados no que parece ser da noite para o dia. Estou feliz por eles, estou mesmo, mas meu Deus, parem já.

— Vocês dois precisam ir para uma lua de mel de verdade — falo, sentindo-me enjoado quando eles começam a bater no nariz um do outro.

— Ou você precisa encontrar uma garota disposta a casar com você e finalmente ser feliz.

— Sim, isso não vai acontecer. Não tenho desejo por uma mulher ou filhos. Estou perfeitamente feliz vivendo uma vida solteira e sem estresse.

Sem falar que já fui casado e sei como o divórcio não é divertido. Prefiro manter as coisas simples e, se evitar casamento e filho, não terei esse problema.

Antes que possamos discutir mais, há uma mulher batendo na porta. Ela é baixa, tem longos cabelos loiros e parece que passou pelo inferno, mas Deus, ela é deslumbrante. Seus grandes olhos azuis observam a sala enquanto ela segura com força a mão de uma garotinha.

Deus, essas pobres mulheres tentando escapar. Eu gostaria de poder fazer mais por elas.

— Com licença? Eu... eu esperava que alguém pudesse ajudar? — ela diz com um sotaque britânico.

Blakely rapidamente se move para ela.

— Olá, sou Blakely, a diretora do *Run to Me*. Este é o meu marido,

Xerife Maxwell, e esta são Brielle, Spencer, e Holden, ele é um médico se precisar de ajuda. Qual o seu nome?

Imediatamente, seus olhos encontram os meus. Há uma mistura de alívio e medo.

— Holden?

Eu me aproximo, movendo-me lentamente para não a assustar.

— Sim, meu nome é Holden James. Sou cirurgião e posso ajudar se você se machucou.

Ela balança a cabeça.

— Não, eu não estou ferida. Não... fisicamente, pelo menos.

Seus olhos azuis não deixam meu olhar, e ela está me estudando como se me conhecesse.

A voz de Blakely é suave quando ela pergunta:

— Esta é sua filha?

A mulher olha para a criança.

— Sim, esta é Eden.

— Olá, Eden, meu nome é Blakely. Você gostaria de algo para comer?

Os olhos de Eden vão para sua mãe e depois de volta para Blakely antes que ela sorria um pouco. Blake entende isso como um sim, vai até o armário e pega uma barra de granola. Quando ela volta, a garotinha torce o corpo e agarra a perna da mãe.

Eu fico aqui, observando-as. Há algo sobre essa mulher, mas não consigo identificar. Talvez ela tenha sido uma paciente minha antes?

Meus olhos caem para sua filha, cujos olhos são grandes e castanhos com pequenos traços de avelã neles. Depois o nariz dela, parece o da minha irmã. Na verdade, ela se parece com Kira nessa idade.

A mulher fala novamente.

— Desculpe, ela normalmente é bastante tagarela, mas tem sido um dia muito difícil, e quando cheguei à cidade, disseram-me para vir aqui para encontrar Holden James.

— Você estava procurando por mim? Eu conheço você?

Ela enfia o cabelo loiro atrás da orelha.

— Meu nome é Sophie Pearson. Nós nos conhecemos há alguns anos, meu nome na época seria... bem, não importa, não trocamos nossos nomes naquela noite.

— Você era minha paciente?

Tem algo aí. Eu simplesmente não consigo captar.

— Não. — Ela balança a cabeça antes de erguer a filha nos braços. — Mas já nos encontramos antes e, embora eu não tivesse certeza de porque fui enviada para cá, agora está um pouco mais claro.

— E quando exatamente nos conhecemos? — pergunto.

— Foi há pouco mais de três anos.

Três anos.

Olho para Eden, fazendo algumas contas, porque esta garotinha tem o nariz dos James. E o jeito que ela está olhando para mim, é…

Querido Deus.

— Onde? — pergunto rapidamente. — Onde nos conhecemos?

— Las Vegas.

CAPÍTULO QUATRO

Sophie

Entramos em uma sala dos fundos, minhas pernas parecendo geleia, e eu já estraguei tudo. Assim que falei meu nome, mentalmente me esbofeteei. Não posso mais ser Sophie Pearson. Eden e eu temos novos nomes e passaportes. Nossas antigas vidas não existem mais, e agora somos Sophie e Eden Peterson, que farei o possível para lembrar de agora em diante.

Quando Zach Barrett, um funcionário da Cole Security, trouxe-nos até aqui, ele explicou que era imperativo que eu fosse cautelosa com quem confio e sempre usasse meu novo nome. No entanto, quem poderia me culpar por esse deslize? Estou pasma com toda essa situação.

Oh, Theo, o que você fez?

Ele me enviou a uma pequena cidade para encontrar o pai de Eden, e tenho mais perguntas do que qualquer um pode responder.

Holden e eu olhamos um para o outro. Ele é muito bonito, e me repreendo por pensar nisso. Mas seu cabelo é escuro, despenteado, e a barba por fazer em suas bochechas é muito atraente. Mal me lembro dele daquela noite, mas algo familiar está em seus olhos. Aqueles que se parecem com os de Eden.

— Tenho muitas coisas que quero saber, mas não faço ideia de por onde começar — diz Holden, jogando o cabelo castanho-escuro para trás. Ele suspira e então olha para mim. — Primeiro, preciso perguntar, você está bem?

— Essa é uma pergunta bastante difícil de responder no momento. — Giro minhas alianças de casamento e ando um pouco. — Não. Não estou. Tem sido… bem, tudo está confuso, e sinto que devo dizer a você, caso ainda não tenha percebido, depois de nossa noite em Las Vegas, fiquei grávida.

Holden engole e acena com a cabeça.

— Suspeitei.

— Certo. Sendo um médico e tudo, você provavelmente já fez as contas. Ainda assim, ela é sua.

— E depois de todo esse tempo você decidiu me encontrar?

Eu não.

— Eu não tinha ideia de que estava vindo aqui para encontrar você. Meu marido arranjou tudo isso.

— Você é casada? — ele pergunta.

Isso definitivamente não está indo bem. Estou estragando isso a torto e a direito.

— Sinto que deveria começar do começo, porque estou estragando tudo.

— Mamãe? — Eden chama da mesinha, onde ela está colorindo um livro que alguém lhe deu. — Eu quero o papai.

De todas as coisas que ela poderia dizer. Eu me movo para ela, agachando e colocando minha mão sobre a dela.

— Eu sei, querida. Eu também o quero, mas isso não é possível. — Empurro seu cabelo loiro para trás. — Preciso falar com nosso novo amigo, você pode colorir um pouco enquanto resolvo as coisas?

Pedir a uma criança de três anos para pintar por mais de um minuto é um jogo perdido, mas preciso tanto quanto ela me dá.

— Tudo bem, mamãe.

— Boa garota.

Ela sai correndo e eu me viro para um homem que nunca pensei que veria novamente.

— Não posso dizer muito até que estejamos sozinhos, mas vou dar uma versão resumida. — Eu me levanto e me preparo para contar três anos de história o mais rápido possível. Isso deve acabar bem. — Eu não era casada quando você e eu nos conhecemos, mas dois meses depois… de Vegas, descobri que estava grávida. Meu pai tinha acabado de morrer e minha mãe não foi gentil durante seu luto. Bem, ela também não foi gentil antes disso. Ela exigiu que eu me livrasse do bebê para garantir que meu futuro marido, que ela e meu pai haviam escolhido, continuasse com isso.

Eu recusei. Ela me expulsou. Theo e eu éramos amigos de infância, e ele tinha um problema cardíaco genético muito sério, do qual sabíamos que morreria. Ele se ofereceu para se casar comigo, criá-la como sua e nos dar uma vida que ele nunca poderia compartilhar com outra. Eu era jovem e fui criada para acreditar que um filho fora do casamento era uma sentença de morte em nosso círculo. Theo me salvou de tudo isso.

— Uau, esse é um grande amigo, e não tenho certeza do que dizer.

Eu me apego à primeira parte de sua declaração.

— Ele era. Ele era o melhor e, embora nunca tenhamos tido um casamento de verdade, éramos a melhor parte de um casamento. — Uma lágrima se forma e eu me afasto. Não sei como viver neste mundo sem Theo.

— Vou presumir que ele faleceu por causa desse problema cardíaco — Holden diz antes de colocar a mão no meu ombro.

Eu me viro para olhar para ele, minha visão embaçada mascarando seu rosto atraente.

— Quatro dias atrás, e... foi quando vim para cá a pedido dele.

— Quatro dias? — Os olhos de Holden se arregalam.

— Sim, há mais nessa história, claro, mas me disseram para seguir todas as instruções ao longo do caminho, e isso me trouxe até aqui.

— Então, ele sabia quem eu era?

Eu rio sem humor.

— Parece que sim.

— Uau. — Ele coça a nuca. — Não sei o que dizer.

— Eu também não. Ainda não tenho certeza do que exatamente está acontecendo.

Quatro dias atrás, eu era casada e morava em Kensington. Eu tinha uma bela casa, amigos e, acima de tudo, estava segura.

Agora isso acabou. Cada parte da minha existência morreu e estou perdida.

Holden acena com a cabeça.

— Como você está indo até agora?

— Não muito bem. Quero dizer, eram apenas férias, e agora estamos... aqui. Então, não, não estou muito bem.

Ele sorri.

— Achei que não. Então, o que exatamente você deve fazer agora?

Tudo o que me disseram foi para vir aqui e encontrá-lo, então esperava que ele fosse o plano ou soubesse o que viria a seguir.

— Diga-me você.

— Umm, não sei. Eu nem sabia que você vinha ou que você existia. Bem, eu sabia que você existia desde que nós — ele olha para Eden — nos conhecemos, mas não sabia o seu nome e, honestamente, nós dois estávamos muito bêbados. Metade do tempo, pensei que tinha alucinado nosso... encontro.

Eu definitivamente não estava no meu melhor naquela noite. Fui para Las Vegas de férias com minha colega de apartamento. Era para ser uma viagem inesquecível. Nós nos divertimos, e eu estava curtindo, mas em nosso último dia lá, mamãe ligou e começou uma briga, porque saí de Londres sem permissão, como se não fosse uma adulta de 23 anos. Ela reclamou sobre ser irresponsável eu tirar uma semana para aproveitar minha vida. Eu me formei como a primeira da turma na universidade e merecia um pouco de diversão, mas isso não parecia importar para ela. Isso me deixou de mau humor, mas era nossa última noite nos Estados Unidos, então concordei em ir ao Jardim do Eden com Joanne e me divertir.

Eu consegui isso e muito mais – um bebê depois de uma noite em um banheiro.

— Você tem uma carta ou instruções?

Holden balança a cabeça.

— Eu não sei o que você quer dizer.

— Theo forneceu a todos que encontramos ao longo do caminho algum tipo de plano. Presumi que você tivesse um.

— Lamento dizer que não tenho planos.

Excelente. Como se isso pudesse ser uma bagunça maior...

— Eu não sei nada sobre você além de que é um médico. Você é casado? Você tem outros filhos?

Ele balança a cabeça.

— Não para tudo isso.

Isso, pelo menos, é alguma coisa. Começo a perguntar se ele está namorando, já que não consigo imaginar um médico atraente solteiro, mas antes que eu possa, Eden se levanta e caminha até nós.

— Quem é você?

Meu coração começa a acelerar, e olho para ele.

— Este é nosso amigo, Holden. Você pode dizer olá?

Ela se inclina contra mim, mas acena.

— Olá.

Ele desce até o nível dos olhos dela.

— Ei. Você coloriu aquela página?

Ela mostra a ele.

— É para o meu pai. Ele está doente.

— Está muito bonito — observa Holden. — Você gosta de colorir?

Eden balança a cabeça vigorosamente.

— Minha irmã também fazia isso quando era pequena. — Ele se inclina como se estivesse transmitindo grande conhecimento. — Eu não sou muito bom nisso, mas talvez você possa me ensinar?

— Mamãe é a melhor.

— As meninas são muito melhores do que os meninos em praticamente tudo.

— Vou ver você de novo em breve?

Seus olhos encontram os meus por um segundo, mas aquele olhar é uma conversa inteira sem uma palavra dita. Ele já cuida de Eden. Ele pode não ter um plano, mas está claro que cuidará de nós.

Esse olhar me quebra.

— Sim, acho que vamos nos ver muito — responde Holden.

E deixo escapar um soluço quando as emoções avassaladoras me esmagam.

CAPÍTULO CINCO

Holden

Uhhh.

O que agora?

Ela está chorando esses soluços profundos e longos que estão destruindo todo o seu corpo. Eden está de pé ao lado dela, parecendo confusa e um pouco assustada, e eu estou... perdido. Eu tenho uma filha.

Uma criança, e... ela está olhando para mim.

Então, faço a única coisa que sei fazer nessa situação e peço reforços.

— Brielle! Blakely! Ajuda, por favor.

Puxo Sophie em meus braços, segurando-a perto enquanto ela continua a chorar, e dou a Eden um sorriso estranho, que provavelmente é mais assustador do que reconfortante, mas estou fazendo o meu melhor aqui.

Alguns segundos depois, as meninas irromperam pela porta.

— O que você fez? — Brielle pergunta incrédula.

— Eu não tenho ideia, mas você poderia levar Eden para fora e me deixar falar com Sophie? — pergunto com o mesmo sorriso forçado.

Blakely olha para mim, o que devolvo com um revirar de olhos e, em seguida, inclino a cabeça, indicando que elas devem ir.

As mãos de Sophie agarram minha camisa, segurando-a com força. Assim que elas levam Eden para fora da sala, eu me afasto um pouco para fazer contato visual.

— Sophie, por que você está chorando? — Eu meio que me sinto como um idiota perguntando, já que, por que ela não estaria chorando?

O marido dela morreu. Ela saiu de casa e está exausta depois de quatro dias de viagem, sem parada, por que demorou quatro dias?

Ela olha para mim, suas lágrimas caindo.

— Eu estou assustada. Estou com medo, porque você não tem nenhuma direção, e vim aqui porque tive que correr. Ele me disse para deixá-lo morrer sozinho, porque poderíamos ser machucadas.

— Machucadas por quem?

— Não sei! — ela se engasga com as palavras, e posso ouvir a agonia nelas.

Eu a puxo contra mim, oferecendo-lhe qualquer proteção que meus braços possam dar. Eu me sinto péssimo, e a mãe da minha filha não deveria se sentir assustada e sozinha.

— Sophie, você está segura.

Ela balança a cabeça.

— Eu não estou.

— Por que você acha que está em perigo aqui?

— Porque você nem sabia que eu estava vindo ou porque estou aqui.

Eu não estou entendendo.

— Você também está doente. Foi por isso que ele mandou você para mim?

Ela enxuga o rosto com as costas da mão e pisca algumas vezes.

— Quem está doente?

— Você.

Seus lábios se abrem, e eu me pergunto se não deveria ter dito nada, mas os dois primeiros cartões-postais diziam que uma paciente estava chegando, e tenho que presumir que, desde que seu marido a enviou para mim, ela é essa paciente. Ela não sabe que algo está errado?

Sophie senta-se sobre as pernas, tentando conter as lágrimas.

— Eu não estou doente. Não tive nem um resfriado desde que Eden nasceu.

Talvez quisesse dizer cuidado de outra maneira. Ainda assim, passei meses pensando que estava deixando alguém doente que precisava de minha ajuda médica.

— Então, nem você nem Eden estão doentes?

— Por que você acha que eu estava?

Explico a ela a série de presentes e cartas que recebi, e ela faz algumas perguntas sobre detalhes, que faço o possível para responder.

— Você acredita que Theo estava enviando mensagens para prepará-lo? — ela pergunta.

— Eu acho. Acho que os postais eram para me avisar que, quando você finalmente chegasse até mim, eu cuidaria de você, e farei isso, Sophie. Se eu soubesse sobre Eden... — Corro meus dedos pelo meu cabelo. — Eu estaria lá.

Ela desvia o olhar por um segundo.

— Eu não sabia por onde começar para encontrar você. Eu nem sabia seu nome completo, e era Vegas. — Então ela solta uma risada. Não uma que me faça pensar que ela enlouqueceu, mas uma que é mais como se ela não pudesse acreditar. — Eu acho que você está certo sobre os avisos. Estou lívida. Por meses ele sabia sobre você! Ele sabia que estávamos com problemas e precisaríamos sair e vir para cá. Ele mentiu para mim só Deus sabe por quanto tempo. — Sophie se vira para mim. — Theo nunca me disse nada sobre em que tipo de problema ele estava. Ele esperou até que estivesse em seu leito de morte para me informar que Eden e eu estávamos em perigo e precisávamos sumir imediatamente. Então foi essa pressa de sair de Londres. Passamos por uma estranha troca de aviões. Voamos para Atlanta, então pensei que íamos direto para Las Vegas, mas fui desviada para um trem para Charlotte e *depois* um voo para Las Vegas. De lá, fui para Idaho antes de vir para cá. Foram quatro dias seguindo instruções enganosas e me perdendo. Eu não estou doente. Estou exausta e não sei para onde vamos a seguir.

Ela não vai a lugar nenhum. De jeito nenhum vou permitir que ela corra pela América se ela estiver em perigo. O melhor lugar para ela é aqui. Sei que parece loucura desde que nos encontramos uma vez, fodemos e agora temos uma filha, mas eu tenho uma filha.

Eu tenho uma filha.

Se ela está realmente em perigo, não vou simplesmente deixá-la fugir.

— Você não tem motivos para confiar em mim, mas prometo que não vou deixar ninguém machucar você ou Eden. Acho que o plano era você chegar até mim, mas apenas... não sei, sem ser rastreada. Você está aqui agora e eu gostaria de ajudar vocês duas.

Não apenas porque Sophie está claramente com problemas ou Eden é minha filha, mas porque essa garota precisa de alguém. Já fui essa pessoa antes. Quando minha irmã morreu quando eu tinha quinze anos, e meus pais enlouqueceram, fui eu quem mais sofreu. Estava perdido, sozinho, apavorado e tive que mentir sobre como as coisas estavam. Foi Mama James quem veio até mim e me tirou daquela casa, garantindo que eu estivesse seguro depois que eles falharam comigo em todos os sentidos.

A segurança não deveria ser uma mercadoria na vida, deveria ser uma certeza, mas muitas vezes não é.

Eu nunca ficaria bem em deixar essa situação sem solução.

— Eden não sabe que Theo não é seu pai — ela sussurra.

— Eu entendo.

Seus olhos azuis se enchem de lágrimas.

— Eu não queria mentir, mas...

Eu a paro ali, levantando minha mão.

— Você fez o que tinha que fazer. Não estou julgando você ou pedindo que transforme o mundo dela mais do que já foi, mas posso lhe dar um lugar para ficar e... bem, posso ser seu amigo se você me deixar.

As lágrimas finalmente caem, mas ela concorda com a cabeça.

— Que diabos você vai fazer? — Spencer pergunta uma vez que ele e Emmett podem finalmente me pegar sozinho.

— O que você acha que eu vou fazer? Essas são minha filha e a mãe da minha filha.

Emmett limpa a garganta, olhando para longe.

— O quê? — pergunto, já sabendo o que ele está pensando.

— Eu não estou dizendo uma palavra.

— Você não precisa falar para eu saber que está realmente dizendo algo.

Nós nos conhecemos muito melhor do que isso. Ele está pensando no que ambos estavam refletindo e provavelmente falando quando eu estava lá atrás com Sophie e Eden.

Spencer exala alto.

— Só que seria uma boa ideia fazer um teste de paternidade, o que — ele ergue a mão para interromper o que estou prestes a dizer — tenho certeza de que você já pensou nisso.

— Claro que pensei.

Eu realmente não pensei. Não sei por que não o fiz, já que sou um maldito médico, mas simplesmente sei. Essa é minha filha.

— Bom — Emmett responde. — Eu não quero ver você levar uma rasteira.

— Você acha que ela está mentindo?

Spencer a observa enquanto ela se senta na outra sala comendo um sanduíche da lanchonete.

— Não. Acho que ela está aqui e não tem ideia do que está acontecendo, mas você não a conhece. Você não tem ideia se ela é uma assassina ou se o marido realmente a mandou aqui para encontrar o pai de sua filha.

— Ela está com problemas. Ou, pelo menos, ela acha que está com problemas — digo a eles. Não adianta esconder nada disso deles. Não apenas porque Emmett é policial e ambos são treinados para matar alguém em segundos, mas porque eles me conhecem e vão descobrir. Prefiro deixar tudo às claras agora.

— Que tipo de problema?

— Eu não tenho certeza, e ela também não, parece. Tudo o que sei é que ela disse que o marido as enviou para cá antes de morrer para protegê-las. Não sei, talvez ele só quisesse ter certeza de que Eden conhecesse o pai dela.

— Então, você vai ajudá-la?

Eu olho para ele, perguntando-me quem diabos ele é.

— Claro que sim. O que diabos você faria?

— Ajudaria — ele responde sem pausa. — Não pensei que você faria algo diferente mesmo que ela não fosse sua filha, o que você não sabe ao certo. — Mais uma vez, ele sente a necessidade de reiterar isso.

— Não vou deixá-la na rua para morrer congelada.

Emmett limpa a garganta.

— Apenas um lembrete aqui, ela não ficaria na rua. Blakely tem casas seguras para os fugitivos. Eu sei que ela ofereceria uma para Sophie e Eden.

Uma parte de mim se pergunta se essa não é a melhor ideia, mas a outra parte não quer isso. Perdi cada minuto da vida daquela garotinha e realmente não quero perder mais. É uma loucura desde que não tive nenhum desejo por uma família. Na verdade, fiz tudo o que pude para estragar qualquer chance disso, mas agora está aqui, na minha cara, e não quero afastá-la.

Além disso, se ela estiver em perigo, não a quero sozinha.

— Sophie e eu temos muitas coisas que precisamos resolver, e talvez passar um tempo juntos seja o que precisamos, mas vou manter isso em mente.

Uma risada sai da boca de Spencer.

— Você é um maldito idiota.

— Então, você também.

Ele dá de ombros.

— Talvez, mas você e eu sabemos que forçar uma mulher a passar um tempo com você não vai conquistá-la.

— Ela acabou de perder o marido e não estou tentando conquistá-la. Estou tentando construir algum tipo de amizade para poder ajudá-la. — E tudo isso é verdade. Claro, Sophie é deslumbrante e me sinto atraído por ela, mas não sou estúpido. De jeito nenhum eu vou entrar na bagunça em que ela está.

— Claro que não. Vi o jeito que você estava olhando para ela.

Maldito Spencer.

— Como a mulher que criou minha filha que eu não sabia que existia?

— Sim, vamos chamá-la assim.

Antes que eu possa responder, Sophie entra e me dá um sorriso cansado.

— Blakely nos ofereceu um lugar para ficar, então, se você preferir, podemos fazer isso. Talvez eu possa encontrar um hotel, se houver um por perto?

O diabo que isso vai acontecer.

— Não, você vai ficar comigo. Você não conhece a cidade, o hotel é uma merda, e eu preferiria que você e Eden estivessem seguras comigo — respondo, mantendo minha voz calma.

Ela acena com a cabeça.

— Eu preferiria isso. Estou muito cansada e provavelmente não dormiria se estivéssemos sozinhas em um lugar estranho.

Esta mulher passou por um inferno, e sei apenas uma fração do que aconteceu. Quero a oportunidade de aprender o máximo que puder com ela. Se soubermos com quem estamos lidando, as coisas ficarão mais fáceis.

— Bom, vamos lá e instalar vocês.

Minha casa não é nada digna de nota, mas tem três quartos e fica nos arredores da cidade, onde é tranquilo e ninguém nos incomoda.

Eu as ajudo a entrar no carro, pegando emprestada uma cadeirinha do *Run to Me*. Blakely tem muitos suprimentos para quem aparecer precisando de um santuário. A viagem não leva mais do que quinze minutos, e nós dois ficamos em silêncio. A cabeça de Sophie está voltada para a janela e não tenho ideia se ela está dormindo, mas não quero incomodá-la.

Quando estacionamos na entrada, seus olhos encontram os meus, e eles estão cheios de resignação e tristeza.

— Não tenho certeza do que dizer — confesso.

— Eu também não. — Ela se vira para olhar para Eden, que está dormindo no banco de trás, enrolada em um cobertor e um casaco de inverno. — Sinto como se tivesse perdido tudo em um momento e sei que para você deve ser um conjunto diferente de emoções.

A perda dela é meu ganho, e mesmo que não queira me sentir assim, eu me sinto. Tenho uma filha, que nem sabia que existia, e agora ela está aqui.

Não estou feliz que Sophie tenha passado por nada disso e gostaria que tivesse acontecido de forma diferente, mas não consigo parar de pensar no fato de que há uma garotinha que conheço por causa disso.

— Acho que nós dois estamos sobrecarregados e precisamos de um pouco de tempo para entender as coisas.

Ela ri uma vez.

— Não sei se o tempo vai mudar alguma coisa, Holden. Temos uma filha juntos, sou sem-teto, sem muito dinheiro e estou questionando tudo o que achava que sabia sobre mim.

— O que isso significa?

Sophie se vira, enxugando o rosto.

— Não sei mais quem eu sou. A vida que construí, a mulher que fui, tudo se foi em um momento. Não sou mais casada e fui instruída a nunca mais voltar a nenhum lugar onde estive antes. Não de volta à Inglaterra ou mesmo à França, onde passei apenas alguns meses depois da universidade. Não posso ver família ou amigos. Minha vida deve ser apagada, ou podemos ser mortas. E por quê? Não sei. Theo era um bom homem. Ele não fez nada além de ajudar as pessoas a investirem seu dinheiro e ficarem ricas. Então, por que toda a minha vida deve mudar? Quem sou eu se não posso ser aquela garota? Como é que nossas vidas estão em perigo por causa de suas escolhas?

Deixei tudo isso afundar antes de dizer:

— Seu marido deve saber algo sobre alguém poderoso.

— Tenho certeza que sim, mas *eu* não. A única coisa que ele me pediu foi ir a festas e galas com ele. Isso foi o máximo que me envolvi. Eu tinha minha própria carreira, que agora também acabou.

— O que você fazia?

Ela balança a cabeça.

— Eu era uma pintora.

— Por que você não pode pintar agora?

— Vou pintar sempre. Nunca serei capaz de ignorar a atração de um pincel, mas nunca poderei vender meus quadros novamente — não como eu, pelo menos.

— Por quê?

O olhar de Sophie se volta para o bordo à direita.

— Porque aquela garota desapareceu.

CAPÍTULO SEIS

Sophie

A casa de Holden é pequena, mas limpa. Não é nada como meu apartamento em Londres. Era aberto e arejado, com paredes brancas e eletrodomésticos modernos. Tudo era mantido pelo nosso mordomo e pela governanta. A babá ia todas as manhãs para ajudar com Eden enquanto eu ia para meu elegante estúdio.

Eu amava nossa casa. Adorava que Theo tivesse garantido que todas as nossas necessidades fossem atendidas e odeio que tudo tenha acabado.

Não é como se eu acreditasse que deveria ter tudo, só nunca pensei muito em uma vida sem isso. Holden leva nossa última mala para o quarto de hóspedes e eu o sigo.

O quarto é adorável. É pintado com um lindo tom de azul claro e cortinas brancas emolduram as janelas. Na parede à esquerda há uma cama queen-size, há uma cômoda na parede à direita dela, e as pequenas tábuas de carvalho que cobrem o chão parecem ser de madeira original.

É bonita, mas não é a minha casa.

Ele coça o pescoço e suspira.

— Vou limpar o quarto dos fundos amanhã ou algo assim. Vocês duas podem ficar aqui, ou se quiserem ficar no meu quarto, durmo no sofá.

— Não há necessidade disso. Eden e eu podemos ficar aqui juntas. Obrigada — falo, realmente agradecida por sua gentileza.

É muito enervante ter um filho com alguém e não o conhecer. Se eu passasse por ele na rua, poderia olhar duas vezes, porque ele é atraente, mas seguiria meu caminho.

Esse pensamento me faz parar. Eu o acho atraente.

Depois de todos os anos pensando que parte de mim havia sido apagada, estar perto de Holden me despertou um pouco.

Bem, não vou pensar nisso porque, a partir de agora, estamos morando juntos na mesma casa, pois meu marido assim o quis.

— Lamento que não seja maior ou arrumado, mas não esperava companhia.

— Está bem. De verdade. Eu apenas aprecio você nos deixar ficar aqui.

— Claro que quero vocês duas aqui. O que posso pegar para você? — ele pergunta.

— Uma semana de sono.

Eu gostaria de estar brincando.

— Eu poderia dar a você um remédio se precisar de ajuda para dormir.

Balanço minha cabeça.

— Está tudo bem. É mais por não ter dormido muito do que por ser incapaz de fazê-lo.

Ele acena com a cabeça lentamente antes de dizer:

— O banheiro é por aquela porta ali. — Ele aponta para o da extrema esquerda. — Aquela ao lado é um armário, e deve haver toalhas lá. Sinceramente, não entro muito neste quarto, mas quando me mudei, Brielle e Mama James o arrumaram.

— Mama James?

Seu sorriso é carinhoso.

— Minha tia. Ela é mais mãe para mim do que a minha. Ela pega todas as coisas quebradas e perdidas antes de consertá-las e deixá-las ir.

— Bem, parece que ela tem muito trabalho comigo então — eu digo, tentando soar leve e engraçada, mas posso ouvir a dor em minha voz. — Nem ela vai conseguir consertar o que há de errado comigo.

— Não acredito que qualquer pessoa esteja quebrada além do reparo, Sophie. Podemos estar um pouco debilitados pelo desgaste, mas tudo o que precisamos é de um pouco de tempo e nos curamos. Já vi pessoas voltarem de dores indescritíveis mais fortes do que jamais poderiam ter imaginado.

Talvez no sentido médico ele tenha, mas como alguém poderia sobreviver perdendo quase tudo o que é essencial para quem eles são?

— E se as partes quebradas não puderem ser vistas?

— Eu não acho que temos que ver para curá-las.

— Espero que você esteja certo, Holden.

— Eu também, porque embora você possa se sentir quebrada ou perdida, vejo uma mulher forte que não é nada disso. Você cruzou o oceano sozinha com uma criança, sem saber para onde estava indo e tendo acabado de perder o homem que ama. Vejo uma mulher que lutou quando muitos desistiriam. Não se esqueça disso. — As palavras de Holden penetram em minha alma, e eu me apego a elas.

Aceno uma vez.

— Farei o possível para lembrar.

— Bom. Estou no corredor se precisar de alguma coisa. Tenho muitas anotações de pacientes para colocar em dia, então ficarei acordado por um tempo...

— Ok.

Então ele sai, fechando a porta atrás de si, e deixo meus olhos vagarem para onde Eden dorme, enfiada nos cobertores. Minha necessidade de que as coisas estejam em ordem aumenta, mas não tenho recursos para fazer nada. Não consigo nem me dar ao trabalho de escrever no meu diário. De qualquer forma, não tenho certeza se quero me lembrar do que estou sentindo agora. Então, subo na cama, envolvo meus braços em volta da minha filha e choro até dormir.

O cheiro de bacon enche meu nariz enquanto meus olhos se abrem. Eu pisco, sem saber onde estou. Minha mão se move sobre os lençóis, encontrando-os frios e vazios. Onde está Eden? Sento-me, olhando em volta, e então fico de pé, jogando meu cardigã sobre os ombros e saindo correndo pela porta.

Assim que viro para a sala de jantar, respiro pela primeira vez.

Ela está segura.

Ela está sentada à mesa com Holden, um prato de ovos e bacon na frente dela. Seus olhos castanhos estão olhando para ele com seu sorriso caloroso.

Devo exalar alto porque os dois se voltam para mim.

— Mamãe! — Eden exclama enquanto desce da cadeira e corre para mim.

Holden também se levanta.

— Pensei que você poderia querer dormir, então fiz o café da manhã de Eden. Você gostaria de algo?

— Isso seria ótimo, obrigada.

Todos nos sentamos e ele me serve um prato de comida. Eden volta para o dela, cortando outra fatia de bacon. Eu não como no que parecem dias. Nada parecia apetitoso e eu estava muito estressada para lidar com muito mais do que um pedaço de fruta ou um muffin.

No entanto, eu poderia devorar tudo na mesa.

— Comi dois pedaços e comi frutas e dois ovos — diz Eden com um sorriso.

— Dois ovos? — digo com minhas sobrancelhas levantadas. — Você devia estar com muita fome.

Sua cabecinha balança para cima e para baixo.

— Gosto do bacon daqui, mamãe.

Havia coisas que eu adorava comer quando vinha de férias. A única coisa de que mais me lembro foi a diferença no bacon. Mal posso esperar para comê-lo novamente e ver se faz jus à memória.

Pego uma fatia e mordo, gemendo baixinho enquanto o faço. Bem, isso é exatamente como eu me lembro.

— Bom? — Holden pergunta com um sorriso conhecedor.

Minha mão cobre minha boca, e eu rio.

— Tão óbvio?

— O gemido delatou.

— Bem, é celestial. Nosso bacon não tem um gosto tão bom em Londres.

— Ainda bem que os Estados Unidos têm pelo menos isso.

Eu abaixo minha mão e sorrio para ele.

— Pelo menos isso.

— Mamãe, posso assistir à televisão?

— Claro, pegue seu tablet e sente-se no sofá.

As mãos de Eden batem palmas e ela sai, deixando Holden e eu sozinhos na mesa.

Eu tento não olhar para ele e me lembrar de minhas próprias regras, mas ele é tão bonito. Seu cabelo é uma bagunça de castanho, mas é perfeito para ele. Há uma sombra de barba cobrindo suas bochechas e contornando seu maxilar forte. Ele tem um rosto que eu poderia pintar.

Holden limpa a garganta.

— Eu tenho que ir para o hospital hoje por algum tempo. Expliquei que minha família chegou inesperadamente e precisava estar aqui. Outro médico se ofereceu para cobrir meu turno, mas preciso pegar algumas coisas no consultório para terminar aqui.

É uma loucura para mim que este homem, desperdiçado no clube, seja um médico. Eu sei que parece um pouco crítico, mas as duas versões dele são tão contraditórias. Tantas coisas sobre aquela noite são um borrão, mas nosso encontro sempre foi algo que eu consigo lembrar com riqueza de detalhes.

— Isso é bom. Podemos ficar aqui enquanto você sai correndo.

— Ou vocês podem vir comigo. Esta é uma cidade muito pequena, e se escondermos vocês, as pessoas vão pensar que há um motivo. É melhor decidirmos o que estamos dispostos a dizer às pessoas e nos atermos a isso.

— Não entendo — confesso. — O que a cidade tem a ver com isso?

— Nossa cidade é incrível, cheia de pessoas atenciosas e maravilhosas que adoram fofocas. É assim que as coisas são e, pelo que aprendi, é melhor simplesmente ir lá e ser aquele que dá o tom da história.

— Você quer que eu conheça pessoas aqui e conte a elas minha história?

Ele balança a cabeça.

— Não assim. Vamos inventar algo que esteja próximo da verdade e isso tornará as coisas mais fáceis, acredite em mim.

— O que está perto da verdade?

Ele olha para a sala de estar, onde Eden está assistindo a um show satisfeita.

— Levei menos de um minuto para perceber que Eden é minha filha. Embora eu não tenha um teste de DNA para provar, ela é idêntica à minha irmã nessa idade. Não vai demorar muito para Mama James ou qualquer outra pessoa desta cidade perceber a semelhança. Se negarmos, acho que vai causar mais drama.

Eu torço minhas mãos, os nervos me atingindo com a próxima coisa.

— Você… quer um teste de DNA?

— Eu não preciso de um.

Com isso, estou chocada.

— O quê?

— Eu não preciso de um. Acredito em você e… — Seu olhar se fixa em Eden novamente.

Eu olho, preocupada com o que quer que ela possa ter feito, e posso chorar, porque ela está fazendo isso de novo. Ela está deitada, cabeça pendurada para fora do assento, pernas para cima no encosto, assistindo televisão com o tablet ao lado dela.

— Ela sempre se senta assim? — ele pergunta, esquecendo-se da declaração que estava fazendo.

Suspiro, constrangida com a pose dela.

— Eden, já conversamos sobre isso, querida. Você não pode se sentar assim.

— É confortável — ela protesta.

— Não pode ser — eu argumento.

Holden ri baixinho. O calor enche minhas bochechas. Não importa quantas vezes Theo e eu a repreendêssemos sobre isso, nós a encontraríamos na mesma posição momentos depois. O pior foi o dia em que ela fez isso na igreja em um casamento. Eu queria rastejar para debaixo do banco e esperar que o Senhor me chamasse para casa.

— Mamãe, gosto desse jeito.

Meus ombros caem e esse sentimento é tão intenso. Eu me viro para Holden e digo:

— Sinto muito, posso fazê-la sentar direito, mas ela não vai durar muito.

Ele balança a cabeça.

— Não. Sentei-me assim até os quinze anos, quando assistia à TV ou jogava no meu Gameboy.

— Você fez?

— Eu estava sempre ouvindo merda dos meus pais e irmã. Era confortável.

Meus olhos voltam para Eden e sorrio.

— Sempre achei estranho, porque ninguém da minha família fez isso.

— Bem, esperemos que seja tudo o que ela herdou de mim.

— Holden? Eu sei que Eden é sua filha, mas como você pode não querer uma prova?

Ele se inclina para trás e, depois de um momento, finalmente responde:

— Você já soube de alguma coisa? Sem que isso fosse confirmado?

— É claro.

— Bem, foi assim que me senti. Olhei para ela e soube. Se você tivesse vindo até mim depois daquela noite, ou se tivéssemos nos conhecido antes, eu não pediria um teste de paternidade. Só porque você está aqui agora não muda isso. Agradeço por oferecer a opção e, talvez, se precisarmos, façamos isso. No entanto, acredito em você e não preciso de um teste para me dizer o que já sei.

Minha mão se move para minha boca. Não acredito que ele disse isso. É demais acreditar que esse homem é real.

— Eu gostaria que tantas coisas fossem diferentes naquela noite. Estaríamos tendo uma conversa muito diferente se elas tivessem sido.

— O que você quer dizer?

Talvez nós tivéssemos namorado. Talvez pudéssemos tê-la criado juntos. Tantas coisas poderiam ter sido diferentes se tivéssemos nos conhecido... não sei. Se tudo isso tivesse acontecido, eu nunca teria me casado com Theo e não teria dado a ele a única coisa que ele queria: uma família. Enquanto ele queria uma esposa e filhos, ele nunca quis que um filho herdasse sua condição.

Ainda assim, Holden e eu perdemos uma oportunidade.

— Só isso... nós deveríamos ter conversado. Trocado números de telefone ou pelo menos sobrenomes antes de nós... você sabe.

Holden ri.

— Estou sinceramente chocado por ter conseguido me apresentar com o quanto bebi.

Mesmo em seu estado de embriaguez, ele ainda era bom. O melhor que já fodi, o que não quer dizer muito, já que não tenho um histórico extenso. Eu namorei um narcisista antes de conhecer Holden, e ele nunca se importou comigo. Eram suas necessidades, e as minhas não eram relevantes. Então, talvez ele não fosse bom? Eu não sei mais. Faz tanto tempo desde que alguém me tocou.

O suspiro profundo de Holden me lembra de sua declaração anterior.

— Desculpa. Você estava... bem, você conseguiu.

— Eu fui bom? — ele pergunta com uma pitada de brincadeira em sua voz.

Eu rio, sem vontade de admitir meus pensamentos.

— Você desmaiou logo em seguida.

— Não foi isso que perguntei.

Pego um pedaço de bacon e dou de ombros.

— Você não foi ruim.

Holden deixa cair a cabeça para a mão.

— Não sei se rio ou choro. Eu *não fui ruim?* Isso não é um endosso brilhante.

— Eu também não estava exatamente sóbria. — E embora eu me lembre da maior parte, não quero admitir quantas vezes a repeti. — Sinceramente, não me lembro muito do ato, mas você foi maravilhoso durante a preparação para isso.

— Bom saber que eu tinha jogo naquela noite.

Reviro os olhos e solto uma risadinha. Deus, eu não ria há muito tempo. É bom, mesmo que seja apenas um momento. Traço padrões nos veios da madeira e olho para o meu dedo enquanto ele se move.

— Você foi gentil. Eu lembro disso. Havia um cara que estava sendo agressivo e você interveio, puxando-me para você e protegendo-me.

— Por mais que queira levar o crédito por fazer isso por cavalheirismo, eu estava completamente bêbado. Pelo que sei, poderia estar caindo e pensei que você era um pilar, e foi por isso que agarrei você.

— Vamos fingir que é o outro — digo, balançando a cabeça. — De qualquer forma, você pode ter bebido, mesmo assim foi legal e me disse que eu era bonita.

— Eu lembro disso. Pensei que você era tão linda. De longe a mulher mais bonita que já vi.

— Obrigada.

— Você ainda é. — Ele levanta a mão. — Não que esteja dando em cima de você, só estou dizendo que você ainda é linda. Não era pretérito, só isso.

Sinto o calor subir ao meu rosto. *Jesus, Sophie, controle-se. Ele não está dando em cima de você como disse. Ele está sendo doce.*

— Bem, você é mais bonito do que eu me lembro também — ofereço o mesmo elogio de volta.

O peito de Holden estala ligeiramente.

— Quanto melhor?

— Um pouco — falo provocando.

— Um pouco, porque sou como um bom vinho que melhora com a idade, ou um pouco, por que não se via muito no clube?

Mais como se você fosse incrivelmente atraente e o último homem que me fez sentir desejável.

— Você é um problema, não é?

— Você não tem ideia… ou, talvez você tenha, na verdade. — Nossos olhares se movem para Eden. — Você a chamou de Eden por causa do clube?

Concordo.

— Eu não sabia seu nome completo ou como encontrá-lo, mas queria que ela tivesse uma parte de você de alguma forma. É bobo e um pouco ridículo, mas gostei do nome e ela foi celestial para mim. Ela é perfeita e, honestamente, não consigo imaginar um mundo sem ela. Theo concordou que era adequado também.

— Você pode me contar mais sobre ele ou o que aconteceu?

Há muito o que contar e, honestamente, não tenho certeza do que dizer. Jackson deixou bem claro que eu deveria manter tudo sobre o passado de Theo para mim. Devo confiar apenas em um homem chamado Holden, e devo ter muito cuidado para não dar nada além de informações superficiais. Se meu paradeiro for descoberto, pode ser perigoso para mim e para Eden. Jackson nunca me disse do que exatamente eu estava fugindo ou quem era a ameaça para mim, mas se era ruim o suficiente para me mandar para o outro lado do mundo, era ruim o suficiente para eu levar a sério.

Ainda assim, seria bom saber mais do que isso. Se alguém vier atrás de mim ou de minha filha, devo ter uma saída. Ele também me deu dois números de telefone de pessoas que trabalham para sua empresa de segurança e estão de olho em nós. Um deles é Zach Barrett, que nos levou a Rose Canyon e ficaria por aqui por alguns dias antes de retornar a Michigan. O outro é Miles Kent, que Jackson disse que ficaria mais tempo do que Zach.

Tudo isso é um pouco demais para mim.

— Para ser honesta, não tenho certeza do que aconteceu.

— Eu posso entender isso, mas e Theo? Você mencionou que eram amigos de infância. Vocês sempre tiveram sentimentos um pelo outro?

Eu rio e depois desvio o olhar. Não quero admitir nada disso, mas sinto que mentir para Holden não é justo. A respiração instável escapa dos meus pulmões.

— Theo e eu nunca fomos... bem, eu o amava de todo o coração, mas nunca fomos íntimos.

— Vocês nunca ficaram... juntos?

— Não dessa forma. Nós éramos melhores amigos, mas não amantes. Também nunca me senti atraída por ele.

Eu posso ver a confusão nos olhos de Holden, mas não vou dizer mais do que isso. Em todos os nossos anos juntos, eu nunca quis mais.

— Mas você foi casada por um tempo, e você nunca...

— Nunca. Tentamos nos beijar uma vez. Foi muito engraçado, porque nos separamos e começamos a rir. Então, talvez depois do primeiro aniversário de Eden, um dos meus amigos da universidade fez um comentário sobre como Theo e eu deveríamos pelo menos tentar dormir juntos, já que éramos casados e tudo. Marcamos hora e local, tudo muito profissional, e quando ele veio ao meu quarto, acabamos assistindo a um filme e decidimos nunca mais ouvir ninguém. Você é o último homem com quem dormi — eu admito.

Isso o sacode de volta. Seus olhos castanhos se arregalam e a mandíbula cai um pouco frouxa.

— Você está brincando comigo?

— Não estou. Eu não poderia trair meu marido mesmo que não fôssemos casados da maneira bíblica. A discrição era muito importante para Theo e para mim. Minha família era influente e, se não acreditassem que éramos realmente casados, poderiam ter dificultado as coisas. Minha mãe faleceu há cerca de oito meses, o que significava que eu provavelmente poderia ter parado de me preocupar com isso, mas parecia errado. Theo não tinha ninguém, e senti que era o mínimo que eu poderia fazer também.

Esse não foi o motivo completo. Era também porque eu nunca mais queria me machucar. Estar com Theo era uma escolha segura. Significava que não havia risco de amar e perder. Isso significava nenhuma chance de outra gravidez e sem mais explicações. Havia segurança em meu casamento, e me agarrei a ela, perdendo a outra parte de mim que ansiava por amor.

Holden se inclina para frente, sua mão descansando na minha.

— Tenho certeza de que ele amava muito você para ser capaz de fazer o que fez. Casar-se com você para protegê-la de qualquer ira que sua família traria e criar Eden como se fosse dele.

Com isso, solto uma gargalhada, porque é um lixo total.

— Se ele me amasse, teria me dado uma ideia do que eu estava enfrentando. Em vez disso, tive que ir embora enquanto ele estava morrendo, porque tudo o que ele fez arriscava nossas vidas.

Estou tentando muito perdoar Theo, porque não consigo imaginar que ele queria esse resultado, mas houve oportunidades mais do que suficientes para ele falar comigo. Eu poderia ter ajudado ou pelo menos sido capaz de formular meu próprio plano.

Depois, há o fato de que ele sabia quem era o pai de Eden. Há quanto tempo ele sabia? Foram dias, semanas, anos? Falei com ele sobre isso tantas vezes quando ela era um bebê. Theo sabia o quanto eu desejava saber quem era seu pai biológico para poder dar a ele a chance de fazer parte de sua vida. Ele sabia como era tê-la em sua vida e tirou isso de Holden... e de mim.

— Você sabe que ele me mandou cartas. Bem, estou assumindo que foi ele de qualquer maneira.

— Você mencionou isso, mas não tenho certeza se processei bem essa informação ontem.

Holden se levanta e caminha até um armário e coloca três cartões postais e bugigangas aleatórias.

— Estes são os que vieram antes de você.

— Posso?

— É claro. — Ele os empurra para mim.

Meu coração afunda.

— Esta é a caligrafia dele. — A escrita grossa eu reconheceria em qualquer lugar. Quando ele estava muito doente para ficar perto das pessoas, passávamos bilhetes, e conhecia sua caligrafia tão bem quanto a minha. — O que é isso no final?

— Esse é o número da minha licença médica, mas nunca entendi por que estaria aí. É por isso que pensei que estava recebendo uma paciente, não uma filha.

Eu rio uma vez.

— As bugigangas me confundem. Elas são bastante aleatórias. Nada combinado ou com um tema.

Holden os organiza em uma fileira.

— Esta é a ordem na qual vieram.

— Sempre com uma Vegas… Oh, meu Deus! A Torre Eiffel é onde fica o Garden of Eden Club, e a pirâmide é porque fiquei no Luxor… em Las Vegas. O Big Ben é porque sou britânica.

Ele ri.

— Tudo faz sentido então.

— Sim, mas por que todo esse mistério? Por que não ligar para você e explicar, em vez de enviar algumas malditas miniestátuas?

— Fazemos algumas loucuras pelas pessoas que amamos, mas isso não significa que sejam as escolhas certas. Não consigo imaginá-lo fazendo você ir embora quando ele estava morrendo, não foi fácil.

Emoções indesejadas me preenchem, e viro minha cabeça.

— Eu sei…, mas gostaria de saber o porquê e agora o quê.

Sua mão aperta.

— Agora você está aqui, e farei tudo o que puder para proteger você e Eden.

Eu me viro para ele e sorrio suavemente.

— Obrigada.

Ele concorda.

— Vamos nos preparar e esclarecer nossa história para que eu possa cumprir essa promessa.

CAPÍTULO SETE

Sophie

— Tem certeza de que já quer ir para a cidade? — pergunto da porta enquanto Holden pega a papelada que ele precisa.

— É melhor sairmos na frente. Pelo menos com Mama James — ele me assegura.

— Ok.

Detesto a ideia de ter de responder a perguntas sobre Eden ou de ser julgada por quem não me conhece. Com muita frequência, a mulher usa a marca da vergonha. Eu era jovem, estava bêbada e dormi com um homem em um clube sem ao menos saber seu nome completo. Eu sou uma prostituta, uma vadia ou uma interesseira que só queria prender um homem com dinheiro, enquanto Holden é um garanhão que 'teve sorte'. Nunca entendi por que uma mulher é envergonhada pelo mesmo ato pelo qual um homem é parabenizado, mas esse é o meu destino, e aguentarei, como todas nós.

Ainda assim, não conheço essas pessoas e, embora tenha cometido um erro, um milagre aconteceu. Eden enriqueceu minha vida além da medida e não me arrependo de minha decisão ou das consequências dela.

Digo isso agora com três anos de distância. Naquele dia, eu me arrependi a cada segundo.

Holden sorri calorosamente.

— Prometo, não vai ser ruim.

— Holden? É você? — chama uma mulher alta com cabelo castanho escuro. Ela está vestindo um jaleco branco e segurando um tablet enquanto se aproxima. Não consigo pensar em outra palavra para descrevê-la além de impressionante. Ela é magra, mas não muito magra, e anda com orgulho. É claro que ela é confiante e alguém com ar de autoridade.

— Ei, Kate. Eu não estou realmente aqui — ele responde. — Só vim pegar algumas coisas no meu escritório e trazer minha amiga Sophie e Eden para ver onde trabalho.

Ela pisca e depois olha para nós duas.

— Oi! — Seus olhos são suaves e gentis. — Sou Kate Dehring, acho que nunca nos conhecemos.

Estendo minha mão.

— Eu sou Sophie, uma velha amiga de Holden que acabou de chegar na cidade.

Kate olha para Eden e depois para Holden.

— Oh. Que legal.

Holden coloca a mão nas minhas costas.

— Temos um almoço marcado e estamos atrasados, você precisa de mim para alguma coisa?

Kate balança a cabeça.

— Isto pode esperar. Eu só queria que você consultasse um paciente, mas posso pedir ao Dr. Trumble.

— Eu sei o quanto você o ama.

Kate bufa.

— Sim, ele é um pêssego.

— Se puder esperar, estarei de volta em um ou dois dias. Estou tirando um tempo para ficar com essas duas.

— É claro. Não é nada urgente. Podemos passar o tempo conversando sobre tudo outro dia, mas se algo mudar, ligo ou envio uma mensagem para você. Divirta-se muito no almoço. — Ela acena enquanto caminha pelo corredor. — Prazer em conhecê-la, Sophie. Tenho certeza de que nos veremos muito, já que você estará perto de Holden.

— Prazer em conhecer você também.

Holden nos leva pelo corredor até o carro. O tempo todo minha mente está correndo. Algo nesse encontro me deixa desconfortável. Ela é muito bonita, eu me pergunto se... Deus, nunca considerei que ele pudesse estar namorando alguém. Ele deve estar, considerando o quão bonito e bem-sucedido ele é.

Oh, Sophie, você aprenderá a não se sentir atraída por um homem que você não pode ter ou que não a quer?

Isso me enerva profundamente. Acabei de perder meu marido e aqui estou, pensando em outro homem. É verdade que Theo e eu não éramos realmente casados, mesmo assim estou sendo ridícula. Não posso me sentir realmente atraída por Holden, posso?

Ele é gentil, inteligente, incrivelmente bonito, sei que ele é... bem-dotado, e ele é o pai de Eden. Também faz muito, muito tempo desde que olhei para outro homem com qualquer possibilidade. Esta é uma ideia maluca. Eu claramente não estou pensando direito e não estou lidando bem com o novo status da minha vida – conhecido como a bagunça quente.

Ainda assim, quando chegamos ao carro dele, me viro para ele.

— Você a está namorando? — pergunto, instantaneamente me odiando por deixar escapar.

— Quem? Kate? — ele pergunta, parecendo confuso.

— Parecia que você queria nos afastar dela ou... não sei. Eu só estava curiosa para saber se você está namorando? — Eu gostaria de poder desaparecer como as lufadas de ar do calor de nossas respirações.

— Absolutamente não. Primeiro, não saio com médicas ou enfermeiras. Qualquer um neste hospital está fora dos limites. Aprendi essa lição em Los Angeles. Em segundo lugar, ela está namorando George, que é policial aqui. Eu gosto de George, e ele é literalmente o cara mais idiota que já conheci, então é divertido vê-los juntos. Não vou atrás de pessoas apegadas... oh, e não me sinto atraído por ela de qualquer maneira.

— Não é da minha conta. Não sei o que deu em mim agora. Lamento profundamente. Eu não queria...

— Você não fez nada de errado. Só estou dizendo que você não precisa se preocupar em ser a mamãe com um bebê em algum estranho triângulo amoroso. Não há ninguém que tente fugir de você, não que eu deixe, de qualquer maneira, considerando quem você e Eden são para mim.

Não sei por que isso me conforta, mas conforta. Também desperta uma nova camada de perguntas sobre onde estou com ele.

Quando ele disse isso, eu queria afundar nele.

Forço um sorriso.

— Aprecio sua honestidade e bondade.

— Sempre serei honesto com você. Não gosto de segredos e mentiras. Vi dois de meus amigos quase perderem a vida por causa deles.

— O que você quer dizer?

Holden desvia o olhar e depois volta para mim antes de falar.

— Os últimos seis meses nesta cidade foram difíceis. Você conheceu Spencer e Emmett, mas não conheceu Isaac. Ele era o melhor amigo que qualquer um de nós já teve e um dos melhores caras em geral.

Acho isso difícil de acreditar desde que Holden acolheu a mim e Eden sem uma única hesitação. Ele tem sido legal com uma garota que mal conhece e com sua filha que não sabia que tinha.

Ele continua:

— Ele foi morto, o que gerou muita dor e tristeza. Brielle foi ferida no mesmo incidente e sofreu perda de memória e... bem, essa é uma história por si só. Mas então Emmett quase perdeu a vida e Blakely foi colocada sob custódia protetora. Tem sido... muito.

— E eu aqui pensando que minha vida estava fodida.

— Agora você é meu drama, ao que parece. Uma linda garota chega à cidade, com uma criança de três anos a reboque e... puf, eu tenho uma filha.

Desvio o olhar, odiando isso por ele.

— Ei — Holden diz, inclinando meu queixo para ele. — Não estou chateado com isso. Sinceramente, eu estava me sentindo um pouco deixado de fora.

Com isso, reviro os olhos.

— Eu não acho que isso é algo que alguém deseja, Holden. Não viemos sem bagagem.

— Todos nós temos bagagem. Eu tenho um passado, o qual inclui você.

— Sim, bem, você não parece ter nenhuma falha que eu possa ver. Você é praticamente perfeito. — Assim que termino meu discurso incoerente, coloco a mão sobre a boca. Sou uma idiota sangrenta. Acabei de deixar escapar isso no estacionamento onde as pessoas estão andando. Droga.

— Estou longe de ser perfeito. Sou um médico que já fez escolhas erradas e, algumas vezes, isso custou a vida de um paciente. Embora nunca tenha sido negligente, isso pesa sobre mim. Engravidei uma garota em Las Vegas e depois desmaiei, é você, a propósito. — Eu rio. — Eu era casado, falhei nisso. Jenna é uma grande mulher, mas eu não era o homem que ela precisava. Todos nós temos defeitos, Sophie, e o que estou fazendo agora não é heroico, é o que qualquer homem deveria fazer.

Não qualquer homem. Eu namorei um homem horrível com quem terminei um relacionamento alguns dias antes de ir de férias para Las Vegas. Ele nunca teria aberto sua casa para mim como Holden fez.

— Não concordo, mas aprecio isso.

Eden bate na janela e então ele diz:

— Acho que essa é a nossa deixa. Além disso, está congelando aqui fora.

Quando entramos no carro, há um silêncio constrangedor ao nosso redor. Não tenho certeza do que dizer neste momento. Minha vida inteira parece fora de controle e estou procurando algo em que me agarrar.

Holden dirige, batendo os polegares no volante, claramente não tão louco quanto eu. Limpo minha garganta.

— Peço desculpas por ser uma bagunça.

— Você não é uma bagunça e não tem nada pelo que se desculpar. Se os papéis fossem invertidos, tenho certeza de que estaria enlouquecendo.

— Tenho certeza que sim.

— Bem, se você não enlouqueceu, você irá depois de hoje. Vamos para Mama James agora, e você vai amá-la. Ela cuidou de mim depois que meus pais partiram e é a única família de verdade que tenho. Vou avisá-la, porém, haverá muitas perguntas, mas farei o possível para respondê-las.

Os nervos me atingiram.

— Ela vai ficar zangada?

— Sobre o quê?

— Estou falando sobre Eden.

Holden balança a cabeça.

— De jeito nenhum. Mama James realmente não fica brava com nada. Ela é realmente uma santa. Não sei como ela veio da mesma família do meu pai e é do jeito que ela é. Não há ninguém mais gentil do que ela. Claro, ela terá perguntas, mas então você fará parte da família dela.

Eu não conheço ninguém assim. Cresci em um lar com pais que usavam o amor como arma. Família não era uma palavra que tivesse qualquer valor para eles. É por isso que trabalho tanto para garantir que Eden saiba que é amada incondicionalmente.

Talvez agora ela possa ter mais, talvez ela possa ter o tipo de família que eu nunca pensei ser possível.

CAPÍTULO OITO

Holden

Eu estaria mentindo se dissesse que não pareço que vou cagar na calça trazendo Sophie e Eden para a casa da minha tia, mas mentir é o que vou fazer.

A verdade é que quanto mais rápido eu acabar com isso, melhor será para todos nós. Mama James vai aguentar a fofoca, então Sophie e eu não precisamos. Embora a ideia de usar minha tia como escudo humano não me faça sentir tão masculino, sou homem o suficiente para pelo menos admitir isso... para mim mesmo.

Nós paramos e Sophie suspira.

— Vai ficar tudo bem — digo a ela, porque estou realmente confiante de que minha tia não fará de Sophie a vilã. Serei eu. Com razão.

— Sinto que a história que contamos desapareceu. Não consigo me lembrar do que devo dizer.

— Que nos conhecemos em Las Vegas, você estava morando na Inglaterra, vamos precisar de um local que não seja Londres — digo a ela.

— Podemos dizer Manchester. Meu melhor amigo morava lá, então conheço a área bastante bem.

Concordo.

— Manchester. Você e eu não nos conhecíamos na noite em que... nós nos conectamos e não tínhamos como encontrar um ao outro. Tudo isso é a verdade até agora, que é realmente o melhor ângulo que podemos jogar.

— E como explicamos meu reaparecimento repentino?

— Você veio aqui para um evento de trabalho e viu meu nome em uma reportagem.

Sophie ri um pouco.

— Isso é um pouco forçado.

— Mais do que seu marido moribundo enviou você aqui para me encontrar para que eu pudesse protegê-la de quem quer prejudicá-la? — pergunto com uma sobrancelha levantada. — Sem falar que eu *estava* no jornal, e Mama James o tem na geladeira.

— Ponto esclarecido. Ok, então vim aqui a trabalho, mas sou uma artista, o que na verdade não é um trabalho para o qual a maioria das pessoas viaja.

— Você trabalha para um pintor, não há curadores ou algo assim?

— Sim, isso pode funcionar. — Sophie acena com a cabeça e começa a mastigar a unha do polegar. É algo que notei que ela faz sempre que está pensando profundamente.

Mesmo uma pequena mentira parece difícil quando se trata de Mama James, mas a segurança de Sophie e Eden é mais importante. Vou precisar ter certeza de que meus amigos estão contando a mesma história também. Dessa forma, Emmett não vai dizer algo contraditório e deixar Mama James chateada.

— Olha, se for demais, é só me deixar falar para você não ter que mentir nessa parte.

Antes que possamos sair do carro, há uma batida na janela de Sophie.

Eu olho, imediatamente pronto para lutar, e vejo minha tia parada ali com os lábios virados para cima e a cabeça inclinada para o lado.

Eu conheço esse olhar. Aquele que diz que sabe que estou tramando algo e não vai voar.

— Oi, Mama James — falo, engessando meu sorriso característico que às vezes funciona. — Você deveria estar dentro de casa, onde está quente, minha pessoa favorita no mundo.

— Hoje não, Holden.

E às vezes meu charme não funciona.

Eu olho para Sophie.

— Deixe-me explicar tudo, ok?

Ela acena com a cabeça.

Saio do carro e vou até minha tia e beijo sua bochecha. Antes que eu possa abrir as portas de Sophie ou Eden, Mama James começa a entrar.

— Quem é aquela mulher e aquele bebê que poderia ser o clone de sua irmã?

— Você vai me deixar tirá-las do carro para que eu possa apresentá-las? — pergunto.

— Sim, sim, claro — diz ela, dando um passo para trás e apertando o casaco em volta do corpo.

Abro a porta de Sophie primeiro, ajudando-a a sair. Quando ela começa a se encolher, eu a puxo ao meu lado, colocando minha mão em suas costas.

— Mama James, esta é Sophie Pearson.

— Peterson — Sophie corrige.

— Desculpe, Peterson. Estou um pouco nervoso — tento explicar o deslize que sei que não foi um enquanto abro a porta dos fundos. — E essa garotinha é Eden. — Ela está desmaiada no banco de trás, o que provavelmente é melhor para todos enquanto explico isso.

Tenho a história toda na cabeça, mas basta olhar para os olhos castanhos de minha tia e não consigo. Eu não posso mentir para ela. Ela tem sido minha rocha durante a maior parte da minha vida e fiz de tudo para ser o homem que ela ajudou a criar.

— Quase quatro anos atrás, conheci Sophie em um clube em Las Vegas. Eu estava bêbado e me aproveitei dela, nem me preocupando em saber seu nome completo ou número. Ela voltou para a Inglaterra, descobriu que eu a engravidei e nós apenas nos reencontramos. Presumo que as lágrimas em seus olhos quando você olha para Eden significam que você também sabe.

Mama James cobre a boca com a mão e depois olha para o banco de trás.

— Ela é sua filha.

Concordo.

— Ela é.

Então seu olhar se move para Sophie, e ela avança, puxando-a em seus braços.

— Minha doce menina, você é um anjo por cuidar desse bebê sem ajuda. Você é uma mulher incrível.

Sim, ela é, as duas são.

Ficar preocupado em como iríamos explicar tudo acabou sendo inútil. O que deveria me preocupar era Mama James tentando me envergonhar. Essa é a maldita missão dela. Ela mostrou fotos de bebê, trouxe meus boletins, mensagens de meninas do colégio, e agora a mulher louca está pegando meu álbum de casamento.

É aí que eu traço o limite.

— Chega — eu exijo calmamente para Mama James. — Por favor, você está arruinando minha imagem.

— Você não tem uma imagem diferente de sua calça em torno de seus tornozelos quando você desmaia — Mama James repreende.

Sim, Sophie compartilhou esse pequeno boato.

— Não foram meus tornozelos — murmuro. Foram meus joelhos, mas tanto faz.

Eden entra correndo, segurando Pickles, o gato que nunca vai embora e me odeia.

— Mamãe, podemos ficar com Pickles?

Sophie sorri.

— Não, querida, é o animal de estimação da Mama James.

Ela se agarra a ele, o gato ronronando em seus braços.

— Eu o amo. Papai Noel pode me trazer um gato?

— Parece que ele ama você também — Mama James diz com um sorriso. — Você deveria levá-lo para... — Ela olha para mim, confusão brilhando em seus olhos. Sei que ela quer dizer meu nome, mas provavelmente não sabe como Eden me chama.

— Holden — termino por ela. Eu me volto para Eden. — E, não, você não deveria trazê-lo para mim, ele não gosta de meninos ou de qualquer pessoa com alma.

Mama James zomba.

— Isso não é verdade. Ele me ama, e Eden, Sophie, Spencer e Emmett muito bem. E eu deveria dar uma chinelada em você por esse comentário.

— Bem, então ele não gosta de homens inteligentes que têm alma.

Aquele gato tem sido a ruína da minha existência desde que apareceu. Ele me persegue, chegando perto e depois se afastando, brincando comigo e tentando me manter na ponta dos pés. Então, assim que baixo a guarda e imagino que ele vai me deixar em paz, ele ataca. Tive mais arranhões desse gato estúpido do que gostaria de admitir.

Depois, ele é dócil e se deita nos braços de Mama James com um sorriso. Juro, o gato sorri apenas quando tira meu sangue.

— Eu não sei o que você fez com Pickles, Holden, porque ele é o gato mais doce para todos, *menos* para você.

— Claro, devo ter feito alguma coisa.

Sophie se aproxima, acariciando Pickles enquanto ele descansa em Eden.

— Ele parece bastante calmo.

— Ele realmente é o gato mais maravilhoso.

— Oh, sim, totalmente doce e maravilhoso... para um demônio — eu digo.

Mama James revira os olhos.

— Talvez se você fosse mais legal.

— Talvez se ele não tentasse arrancar meus olhos...

Ela acena com a mão para mim.

— Oh, pare com isso. Ele estava tentando subir em você, não arrancar seus olhos.

Sim, claro, vamos com isso. Ele espera até que ela esteja de costas antes de começar seu ataque. Claro, seu estúpido rosto angelical o livra de problemas.

Eden beija o topo de sua cabeça.

— Ele é o gatinho mais doce.

— Ele com certeza é... não.

Mama James suspira pesadamente.

— Eden, sempre que quiser abraçar Pickles, pode vir aqui. Minha casa está sempre aberta.

— Oh, tenho certeza de que você está muito feliz em dar a ela um motivo para visitá-la.

Ela sorri.

— Sinto falta de ter uma casa cheia de crianças.

Eu sei que ela sente. Ela estava sempre nos alimentando e certificando--se de que tivéssemos biscoitos. Vir aqui era a melhor parte do nosso dia. Depois da escola, meus amigos sempre tentavam me convencer a deixá-los compartilhar meu saque.

Mama James se vira para Sophie.

— Quanto tempo você pretende ficar em Rose Canyon?

— Não tenho certeza. — A voz de Sophie treme um pouco.

— Ela pode ficar o tempo que quiser, mas há muita coisa em que estamos trabalhando.

— Para ficar, preciso arrumar um emprego, mas...

— Bem, se você precisar de ajuda com Eden, estou em casa o dia todo, e não há nada que eu adoraria mais do que passar algum tempo com ela.

Oh, Senhor.

— De jeito nenhum você vai levá-la para suas reuniões de velhas — interrompo para que Sophie não tenha que responder.

— O que há de errado com minhas reuniões e quem você está chamando de velha?

— Seu grupo. Seis velhinhas se encontrando para fofocar sob o pretexto de caridade para crianças, o que poderia dar errado?

Mama James deixa cair o queixo.

— Holden Xavier James, você não vai menosprezar essas mulheres. Cada uma é como uma avó para você e sempre o apoiou.

Ela perdeu a cabeça.

— Quem? Barbara, que tentou me casar com a neta dela, quinze anos mais velha do que eu, para que eu pudesse — faço aspas no ar — consertá-la? Ou talvez Alta, que me filmou não obedecendo uma placa de pare, chamou a polícia e mostrou na igreja! E depois tem Tina. Ela está sempre fazendo comentários obscenos para mim e beliscando minha bunda quando passo perto dela. — Isso atrai uma risada de Sophie. — Todas as suas amigas têm alguns parafusos soltos.

Não me preocupo em mencionar Marylou, que suspeito que colocou laxante nos milk-shakes do marido por anos e depois reclamou de seus constantes problemas estomacais, ou Desiree, que dormiu com o irmão do marido por anos, e não tenho cem por cento de certeza de que sua filha é do marido. Sim, elas são totalmente os melhores modelos para minha filha.

Mama James olha para mim.

— Você ultrapassou o sinal de pare, Holden?

Desisto.

— Não é o ponto.

— Eu acho que é. Alta precisava mostrá-lo ao grupo da igreja? Não, mas ela ligou o projetor e disse que colocou o videoclipe errado na playlist, e eu acredito nela. Não é culpa dela que você ficou envergonhado por suas próprias ações. Quanto a Barbara, bem, você pode culpá-la? Lizzy não está ficando mais jovem, e você é um bom menino. Você poderia tê-la ajudado. Tina… aquela mulher é apenas uma tarada, e não posso falar por isso. — Mama James pega sua cesta de tricô. — No entanto, sou praticamente sua mãe. Eu nunca machucaria essa criança, e você sabe que ela seria muito amada por mim.

— Eu sei disso.

— Então, suas objeções não são válidas, são?

Só ela pode me repreender assim.

— Não, senhora.

Ela acena com a cabeça e se vira para Sophie.

— Eu sei que você não me conhece muito bem, querida. Sou uma espécie de família para vocês duas agora e adoraria que viesse me visitar durante o dia. Se você precisar de mim para cuidar dela enquanto procura um trabalho, ficarei feliz em ajudar. Temos um centro juvenil na cidade onde Brielle trabalha, que você pode não conhecer, mas é uma garota maravilhosa.

— Ela conheceu Brie — explico e instantaneamente desejo não o ter.

O fogo brilha nos olhos de minha tia.

— Ela a conheceu? Ela conheceu seus amigos primeiro?

Sophie intervém.

— Eu estava procurando por Holden quando cheguei na cidade, e ele estava com eles.

Isso parece acalmá-la.

— Oh. Bem, então você sabe que Brielle é muito doce, e ela provavelmente poderia ajudá-la a encontrar algo.

— Não insista, Mama — eu advirto. — Se Sophie estiver na cidade e quiser um emprego, ela entrará em contato.

Não tenho ideia do que ela vai fazer. Ela pode sair no meio da noite, então quero moderar qualquer expectativa de que ela viva aqui por muito tempo.

— Claro, estou apenas oferecendo.

— Eu aprecio isso — diz Sophie. — Eden adoraria brincar com Pickles, tenho certeza.

Pickles olha para mim, seus olhos se estreitando. Pois é, alegria é tudo que ele e o demônio que o habita traz.

— Tudo bem, preciso voltar para casa e fazer algum trabalho — eu digo, pronto para encerrar isso antes que Pickles decida me atacar.

Mama James se levanta e ajuda a conduzir todos nós até a porta.

— Espero vê-lo muito em breve, Holden. Minha perna não tem estado muito bem ultimamente. Da última vez que você olhou para ela, as coisas melhoraram, mas só quando você passou por aqui.

No ano passado, observei a mulher vibrante começar a se deteriorar. Cerca de dez meses atrás, ela caiu e quebrou a perna. Felizmente, aconteceu quando ela estava em uma de suas reuniões de tricô e conseguiram ajudá-la imediatamente, mas fiquei preocupado com o que teria acontecido se ela tivesse se machucado enquanto estava sozinha em casa. Quanto tempo teria se passado antes que alguém percebesse? Mandei fazer uma pulseira médica para ela, bem como um sistema de monitoramento que ela poderia usar para obter ajuda. Quando voltei, alguns meses atrás, notei que ela não ia ao médico, mancava muito e havia se esquecido de tomar o remédio para o coração por quase uma semana.

Ela é a única família que me resta.

— Você já fez fisioterapia? — pergunto.

— Sim, toda semana.

— Está ajudando?

Ela dá de ombros.

— Eu gosto de ir. As meninas de lá são maravilhosas. Só acho que fica melhor depois da sua visita.

Eu sorrio.

— Também sinto saudade.

— Então venha e certifique-se de trazer Eden e Sophie também. Tenho a sensação de que esta perna ficará curada em pouco tempo.

— Você é uma mestre em culpa — digo a ela e, em seguida, beijo sua bochecha.

Ela se inclina um pouco.

— Foi muito bom conhecer você, Eden.

Eden se vira de um lado para o outro.

— Eu gosto de Pickles.

— Sempre que você quiser visitá-lo, pode vir.

— Amanhã? — Eden pergunta, olhando para Sophie.

Sophie ri.

— Veremos. — Ela se vira para Mama James. — Foi adorável passar um tempo com você. Obrigada por ser tão gentil, apesar do que você pode ter pensado a princípio.

Mama James leva a mão ao rosto de Sophie.

— Achei você maravilhosa, só isso. Por favor, venha, e quis dizer o que disse sobre se você precisar de ajuda.

Sophie encontra meus olhos.

— Acho que vamos ficar aqui por um tempo, então posso precisar dessa ajuda.

Deus, espero que sim, porque não quero que elas vão embora.

CAPÍTULO NOVE

Sophie

— Solte-se, Sophie. Você está tão tensa! Você finalmente terminou com Edward... você precisa viver um pouco — minha colega de apartamento, Joanne, diz enquanto me entrega uma bebida.

— Eu não sou como você, Jo! — grito por cima da música.

— Eu sei. Então, experimente. É divertido.

— Eu nem sei o que fazer — eu admito.

— Vê aquele cara? — Ela aponta para um homem alto com cabelos escuros e ombros largos. — Vá beijá-lo.

Isso não vai acontecer.

— Jo!

— O quê? É o que eu faria.

Eu bufo.

— Você sabe que isso não vai acontecer.

Ela sorri e balança os quadris.

— Tudo bem, então beba sua bebida.

Essa é uma opção muito melhor do que beijar um homem aleatório em um clube. Levanto meu copo em sinal de vivas e deixo o líquido escorrer pela minha garganta.

Jo grita e depois ri.

— Quem vai pagar uma bebida para a minha companheira?

Alguns caras levantam a mão e um deles corre para o bar. Jo parece se deliciar com a atenção enquanto todos riem e se divertem, mas eu me afasto um pouco. Eu sempre faço.

Theo sempre me critica por isso, alegando que sou uma flor insensível e que, se estivésse-mos na era da Regência, eu morreria solteirona. Felizmente, não estamos cem anos atrás e consigo ser tímida sem que isso destrua minha vida.

Ainda assim, invejo Jo. Ela não se importa com o que as pessoas pensam. Ela vive em voz alta e não tem medo do que seus pais ou a sociedade pensam. Eu daria qualquer coisa para derrubar minhas barreiras, apenas uma vez, e ser ousada. Para fazer algo imprudente e ser completamente livre, mas nunca o farei. Não é apenas quem eu sou. Embora depois da discussão com minha mãe antes de virmos para cá, é bastante atra-ente quebrar algumas regras pelo menos uma vez.

— Aqui está, linda — diz o homem alto que foi ao bar, entregando-me minha bebida.

— Ah, obrigada.

Eu realmente não quero beber isso, já que não vi o barman fazer. Theo foi infle-xível para que pelo menos eu fosse inteligente. Sorrio, coloco a bebida em meus lábios e finjo prová-la.

Jo, que assistiu a toda a troca, segura a bebida.

— Você não bebe isso. — Ela a pega de mim e se espalha por toda parte. — Porra! — Sua risada cresce enquanto ela a limpa do braço. — Eu sou uma bêbada desleixada. E só desperdicei seu tempo. Desculpe por isso.

— Não se preocupe — ele responde, mas a contração de sua mandíbula diz que ele está irritado por ter gastado muito dinheiro em uma bebida que acabou no chão.

Jo envolve seu braço em volta de mim, seus lábios contra minha orelha.

— De jeito nenhum você estava bebendo isso. Não confio em nenhum desses ho-mens.

Sorrio, amando que minha amiga me protegeu do jeito dela.

— Eu não quero me perder.

Ela zomba.

— Que pena, querida. — Jo agarra o homem ao lado dela e diz: — Você pode comprar doses para mim e minha amiga aqui. Se você for muito legal sobre isso, posso dançar com você.

Ele concorda com o pedido de flerte dela e compra duas doses para nós duas. Nós as pegamos rapidamente, e o álcool de antes se mistura a elas, fazendo minha cabeça girar. Não estou bêbada, mas estou me sentindo um pouco solta.

Jo beija minha bochecha.

— Eu voltarei. Vou dançar com ele.

Concordo com a cabeça, peço outra bebida para mim e, em seguida, fico de costas para o bar. Bebo lentamente a vodca e a coca antes de caminhar em direção à pista de

CORINNE MICHAELS

dança, observando-a dançar sem se importar com o mundo. A música é alta, o baixo pulsando em um ritmo sexy que me faz mexer um pouco os quadris.

Um corpo quente pressiona contra mim por trás. A colônia é almiscarada e forte, ardendo um pouco meu nariz.

— Você quer dançar?

Eu me viro e fico cara a cara com o homem que me comprou a bebida que Jo derramou. Ele se eleva sobre mim, e não consigo explicar, mas não me sinto bem. Meu instinto está gritando para ficar longe dele.

— Você me assustou. — Forçando um sorriso, dou um passo para trás, mas ele me puxa contra ele, fazendo com que minha mão livre voe para seu peito.

— Você está bem? — ele pergunta, como se eu estivesse caindo ou algo assim. — Você tropeçou?

Empurro contra seu peito um pouco.

— Sim, estou bem. Obrigada por me pegar.

Em vez de me liberar, ele empurra mais.

— Pensei que você queria dançar?

— Eu prefiro não, obrigada, no entanto.

— Vamos, é o mínimo que você pode fazer.

Eu me mantenho calma, sabendo que minhas opções são limitadas e preciso pensar. Se eu conseguir colocá-lo na pista de dança, posso chegar até Jo.

— Uma dança? — pergunto, querendo confirmação.

— Para uma bebida. — Sua tentativa de ser fofo não está funcionando.

— Tudo bem.

Caminhamos até a área onde vi Jo pela última vez, mas não a vejo quando começo a dançar. Nós nos movemos com a música, sua mão nunca deixando minhas costas enquanto ele nos move para frente e para trás. Eu continuo olhando ao redor, tentando vê-la. Então ele me vira lentamente, movendo nossos corpos para que sua perna fique entre a minha. Eu me afasto um pouco, porque minha saia é curta, e realmente não preciso dela escorregando para cima.

Mais uma vez, ele move a perna para o mesmo lugar, desta vez colocando a outra mão na minha coxa, deslizando-a em direção à minha bunda.

Eu o empurro para trás, puxando minha saia para baixo e me afastando.

— Por favor, não faça isso.

Ele se aproxima, um sorriso malicioso em seus lábios enquanto recuo, apenas para tropeçar em alguém dançando atrás de mim. Prevejo terminar esparramada no chão escorregadio de bebida, mas então há braços em volta de mim, e estou de pé novamente, olhando para os olhos castanhos mais deslumbrantes que já vi.

— *Olá — falo, e então quero me dar um tapa mentalmente.*

O homem olha para o idiota com quem eu estava dançando e depois de volta para mim.

— *Você está bem?*

Balanço minha cabeça.

— *Ele não me deixa em paz.*

Ele acena com a cabeça e depois sorri, passando o braço em volta de mim.

— *Ei, obrigado por dançar com minha namorada. Eu estava atrasado.*

— *Desculpe? — o cara pergunta, seus olhos indo para mim e depois para o meu salvador.*

Coloco minha mão em seu peito e cabeça em seu ombro.

— *Este é meu namorado.*

— *Eu paguei uma bebida para você. — A veia em sua testa começa a inchar.*

Meu falso namorado enfia a mão no bolso e tira uma nota de vinte.

— *Obrigado. Aqui, sem ressentimentos.*

O cara pega os vinte, zomba e vai embora. Pela primeira vez, expiro sem medo crescendo em meu peito.

— *Obrigada — digo, dando um passo para trás.*

— *É claro. Qual o seu nome?*

— *Sophie — falo com um sorriso.*

— *Prazer em conhecê-la, Sophie. Ele estava sendo um idiota?*

Concordo.

— *Demais.*

— *Bem, estou feliz por ter visto um pouco disso e intervindo.*

Eu me inclino para não ter que gritar tanto.

— *Eu também. Devemos dançar — falo, o que me choca.*

Ele sorri.

— *Pelo amor de aparência?*

— *E porque devo muito a você.*

O homem estende a mão para o meio da pista de dança. Eu a pego, envolvendo nossos dedos e fingindo que uma onda de calor não inundou meu corpo.

Não me lembro da última vez que senti isso. Não sei se alguma vez o fiz.

Quando chegamos a um espaço aberto, ele sorri.

— *Eu sou Holden, a propósito.*

— *Prazer em conhecê-lo.*

— *Vamos transformar sua noite, Sophie, e torná-la inesquecível.*

CORINNE MICHAELS

Eu acordo, sentindo-me um pouco confusa depois do sonho. Faz tanto tempo desde que pensei naquela noite. Tanto tempo desde que me lembrei de como Holden me fez sentir. Passei de tanto medo de alguém a me sentir mais segura do que nunca, o que é uma prova de como sou maluca.

Eden está ao meu lado, seu rosto relaxado em um sono feliz. O relógio marca duas da manhã e, embora eu deva tentar voltar a dormir, estou bem acordada e um pouco confusa.

Vasculho minha bolsa ao lado da cama e pego meu diário. Isso sempre me ajuda a organizar meus pensamentos, e Deus sabe que preciso fazer isso. Assim que o encontro, vou até a cadeira no canto e acendo a luminária.

Com minha caneta posicionada acima do papel, começo a escrever.

Querido Diário,

Faz mais de uma semana desde que tive tempo, ou talvez mais desejo, de fazer isso, mas preciso expressar meus sentimentos mais do que nunca.

Eu perdi Theo. Ele morreu, e não só eu o perdi, mas também tudo o mais. Minha casa, meus amigos (não que eu tivesse muitos), meu país, meu nome e trabalho. Sinto falta dele. Quero entrar em seu escritório e contar a ele sobre Eden pendurada de cabeça para baixo novamente e pedir que ele me ajude a ter ideias para detê-la. Quero abraçá-lo, explicar minha dor por tudo que está acontecendo e não posso.

Em vez disso, estou aqui às duas da manhã, escrevendo para você.

Meu único amigo neste mundo.

Embora isso não seja bem verdade. Ao perder Theo, ganhei Holden.

Theo me obrigou a fugir, porque Eden e eu corremos perigo. De quê? Não sei, mas estou em Rose Canyon para começar de novo. Estou com raiva por causa disso. Ele deveria ter me contado

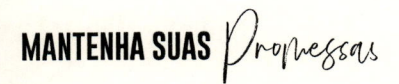

quando descobriu a identidade de Holden. Ele me devia isso. Em vez disso, ele o guardou e o revelou quando não consigo buscar respostas sobre como ou por que ele mentiu. Nada disso faz sentido. Meu coração está literalmente em pedaços. Como posso amar Theo, confiar nele, conhecê-lo tão bem quanto a mim mesma e, ainda assim, não o conhecer? Estou com tanta raiva dele por mentir, morrer e ir embora.

Também estou confusa sobre Holden. Ele é o último homem que já me tocou. Ele e eu compartilhamos uma filha e, embora não nos conheçamos, me sinto segura com ele.

Estou começando a questionar minha sanidade. Esse é realmente o coração disso.

Não faz sentido confiar nele. Nós nos conhecemos uma noite de passagem que resultou em nossa filha.

Não consigo nem pensar no fato de que estou atraída por ele, porque parece errado. Eu não deveria me sentir assim, certo? Sei que meu casamento não tinha nada de sexual, mas eu amava Theo.

Nada disso faz sentido, mas sonhei com a noite em que nos conhecemos e lembrei do toque dele, então talvez seja a solidão. Talvez seja o fato de nunca ter pensado que iria querer um homem novamente, ou, pelo menos, se eu quisesse um, não teria a opção de tê-lo. Agora posso querer alguém, mas sou viúva e não deveria querer ficar com ninguém. Não há razão para que não possa estar com alguém, além do perigo que não conheço, mas que pode estar me caçando mesmo assim.

CAPÍTULO DEZ

Sophie

— Mamãe, podemos ver o papai? — Eden pergunta enquanto eu a estou vestindo.

Não sei como dizer isso a ela. Tenho lutado muito para saber o que dizer a ela sobre a morte de Theo ou como fazê-lo. Ela o amava tanto, e não havia ninguém no mundo que ele amasse mais do que ela. Ela nunca chegou a dizer adeus. Ela nunca terá alguns dos rituais que ajudam no luto.

Mas está na hora.

Não vou mais mentir para ela.

Pego seus dois pulsos em minhas mãos, abaixando-me para que fiquemos no nível dos olhos.

— Eden, você se lembra de como papai e eu dissemos que ele estava doente?

Ela acena com a cabeça.

— Ele está no hospital.

— Ele estava. Ele estava muito doente, querida. Seu coração estava fraco e cansado.

— Ele está dormindo? — ela pergunta inocentemente.

— Não é bem assim, papai foi para o céu para ficar com a vovó — digo a ela. Eden não tinha idade suficiente para entender o falecimento de minha mãe, mas falamos com frequência sobre ela estar no céu.

— Ele vai voltar?

Eu movo minhas mãos para as dela.

— Não, ele não pode, mas podemos falar com ele à noite ou em nossas orações.

Seus longos cílios abrem e fecham enquanto ela pondera sobre isso.

— Posso dar um abraço nele?

Afastando minhas lágrimas, forço um sorriso.

— Você sempre pode mandar um abraço para quem sente saudades, sabe como?

Ela balança a cabeça rapidamente.

— Você coloca seus braços assim. — Segurando seus pulsos, envolvo seus braços em volta do peito. — Feche seus olhos. — Ela os fecha. — E você pensa muito sobre quem você gostaria que estivesse aqui e aperta o máximo que pode.

Eden se abraça, e fecho meus olhos, fazendo o mesmo, desejando que fosse Theo me abraçando de volta. Ele dava os melhores abraços. A maneira como seu calor me envolvia me fazia pensar que nada poderia me machucar enquanto ele estivesse por perto.

— Mamãe, você acha que ele sentiu?

Abro os olhos, olhando para os castanhos da minha filha, arregalados e cheios de esperança.

— Sim, minha doce menina, acho que ele sentiu.

Ela envolve os braços em volta do meu pescoço, segurando-me com força, e deixo uma lágrima cair enquanto seguro o que resta do meu mundo.

Há uma batida, e me viro para ver Holden encostado no batente.

— Eu não queria interromper.

Limpo minha bochecha.

— Você não...

— Holden!

— Oi, querida.

— Meu pai está no céu com minha avó.

Ele se agacha.

— Aposto que ele conheceu minha irmã Kira também.

Seus olhos se arregalam.

— Você tem uma irmã no céu?

— Eu tenho.

— Você dá abraços nela? — Eden pergunta inocentemente.

Holden envolve os braços em volta do peito do jeito que acabei de fazer, fecha os olhos e aperta.

— Acabei de fazer isso e pedi a ela que fosse procurar seu pai para ver como ele está.

Eden avança, abraçando-o pelo pescoço. Holden ri, pegando-a e apertando seus braços ao redor dela.

Ela se contorce depois de um segundo e se vira para mim.

— Posso brincar com meus brinquedos?

— Claro.

Antes que possamos dizer outra palavra, ela dispara para a sala de estar, que se tornou o país das maravilhas de Eden.

Sento-me na beirada da cama.

— Ela gosta de você.

— Estou feliz.

Eu rio uma vez.

— Sim, mas quero dizer que ela realmente gosta de você. Vocês dois já se uniram e é lindo de ver.

— Ela é fácil de se relacionar.

Olho para ele.

— Sim, ela é.

— Você está bem? — ele pergunta com preocupação em sua voz.

— Não, mas era hora de contar a verdade a ela.

Ele dá um sorriso triste e se senta ao meu lado na cama.

— Não sei se existe um momento certo para dizer a uma criança que seu pai se foi.

Não, não há, e tenho a sensação de que as perguntas de Eden não vão acabar depois de contar isso a ela.

— Há muitas conversas difíceis pela frente, não é?

Como quando falar com ela sobre o lugar de Holden em sua vida.

Ele estende a mão, cobrindo a minha.

— Não estou com pressa, Sophie. O que for melhor para Eden será o melhor para todos nós. Quero que ela saiba que sou o pai dela? É claro. Acho que agora é a hora certa? Não. Ela tinha um pai e o perdeu. Isso é difícil o suficiente. Acho que levamos isso um dia de cada vez e partimos daí. Além disso, isso vai acontecer com o tempo. Não precisamos nem mesmo lidar com isso.

Holden James é um homem maravilhoso. Ele me faz sentir como se tudo pudesse ficar bem.

— E se forem semanas ou meses? Como explicamos isso para as pessoas?

— Não devemos explicações a ninguém. Acho que você vai se surpreender com o funcionamento da Mama James. Ela é uma das maravilhas deste mundo com fofocas. Ela vai acabar com os boatos e continuaremos contando nossa história do jeito que quisermos.

— Sua tia é honestamente uma mulher adorável.

— Ela é. É por ela que voltei para Rose Canyon este ano.

— Quer dizer que você nem sempre esteve aqui? — pergunto.

— Não, eu era um médico importante em Los Angeles e adorava estar lá. Realmente adorava *pra* caralho. O clima é um milhão de vezes melhor do que isso, mas não tem Mama James. Eu vinha para casa para uma visita talvez uma vez por ano até que Emmett ligou e disse que ela caiu e quebrou a perna. Corri para cá, instalei-a e, na última visita, quando Isaac morreu, notei algumas coisas que me preocuparam.

— Como o quê?

Ele suspira.

— Ela não estava indo ao médico, e eu me preocupei que fosse sua memória, mas ela se lembra de tudo. É o coração dela, no entanto. Ela teve problemas quando era mais jovem, e fez uma cirurgia bem-sucedida, mas as paredes estão enfraquecidas e seu cardiologista disse que sua pressão arterial precisa baixar. Foi o suficiente para eu voltar e estar perto para ficar de olho nela.

— Você é realmente tão perfeito? — pergunto. — Já ouvi falar de homens como você, mas eles sempre pareceram um mito.

— Eu não sou perfeito. — Holden se levanta e se move pelo quarto. — Ela é minha única família e não merece ficar sozinha. Faço o que acho certo.

Isso ali solidifica o que eu pensava. Como ele não vê isso? É raro que alguém desista de sua carreira por qualquer coisa, muito menos para cuidar de um parente idoso, mas ele o fez.

Sem pensar, eu me levanto e fico na frente dele.

— Passei os últimos quatro anos me perguntando sobre o homem com quem tive uma filha. Fantasiei com você, sonhei com o tipo de pessoa que eu esperava que você fosse. Agora eu sei, e não consigo acreditar que você é real.

O lábio de Holden puxa para cima.

— Você está me fazendo parecer heroico quando não sou.

— Para ela você é. Acredito que os heróis são altruístas. Eles arriscam pelos outros, independentemente do custo para si mesmos. Não foi isso que você fez quando desistiu de sua vida na Califórnia?

Quando você acolheu a mim e Eden em sua casa sem hesitar?

Ele muda de posição e fica claro que isso o deixa desconfortável. Embora eu não conheça todos os detalhes sórdidos de seu passado, não preciso saber para ver o que há de bom nele. A maneira como ele deu a Eden e a mim tudo o que precisávamos e nem mesmo pensou duas vezes sobre isso é tudo de que preciso. Essa é a marca de um herói.

Essa é a marca de um homem pelo qual orei.

— Não vamos falar sobre isso. Eu vim porque tenho uma surpresa para você.

— Para mim? — pergunto, sentindo-me um pouco desconfortável.

— Vamos. — Ele estende a mão e eu coloco a minha ali. Caminhamos em direção aos fundos da casa e ele abre uma porta.

O quarto que era seu escritório agora está totalmente reformado. Tem uma cama grande com uma mesa de cabeceira ao lado. Há uma linda cômoda e cortinas transparentes em ambos os conjuntos de janelas.

— Isso é adorável — digo a ele.

— Vocês duas precisam de seu próprio espaço, e podemos refazer o quarto em que Eden está dormindo para ser um pouco mais apropriado para ela agora que você tem este quarto.

Ando pelo espaço, sentindo tanta gratidão que é avassaladora.

— Você realmente não precisava fazer isso.

— Eu fiz. Quero que esta seja a sua casa, Sophie. Vocês duas devem se sentir confortáveis aqui.

— Nós estamos e… obrigada. — Sem pensar, envolvo meus braços em volta do pescoço dele e o abraço.

Ele me abraça de volta, e sinto seus lábios na minha têmpora.

— Isso faz tudo valer a pena. Bem-vinda, Sophie.

Querido Diário,

Hoje é o primeiro dia que não choro. Pela primeira vez, não me deitei na cama, odiando meu marido, desejando que ele estivesse vivo para que eu mesma pudesse matá-lo. Hoje é difícil por causa disso. Difícil porque sinto muito, mas nem tudo é raiva e tristeza. Holden limpou o quarto dos fundos para mim, arrumou um quarto adequado e chamou de minha casa. Eu estava tão emocionada e feliz.

Feliz por ter encontrado em algum lugar alguém altruísta e disposto a doar sem hesitar. Ele não pede nada de mim e dá atos de bondade, bem como verdades que eu não tinha antes.

Estou lutando com minhas emoções.

Como posso me sentir um pouco feliz com o fato de que, embora Theo tenha partido, ainda tenho Holden em minha vida?

É louco. Está errado. Tudo isso me faz sentir uma imensa quantidade de culpa. Eu não deveria estar feliz. Ponto final. Deveria ser miserável o tempo todo. Não deveria ficar feliz quando Holden sorri para mim. Não deveria sentir um frio na barriga quando o pego olhando para mim. Sua beleza definitivamente não deveria estar em minha mente.

No entanto, está.

Eu sei que, de certa forma, é compreensível, né? Sou uma mulher com necessidades. Eu as negligenciei dizendo a mim mesma que há coisas mais importantes para me concentrar. Eu estava bem com o que eu tinha. A amizade é aceitável para muitas mulheres, e mais do que meus pais jamais tiveram.

E só porque olho para Holden dessa maneira, não significa que estou fazendo algo errado.

Pelo menos, é o que tenho que dizer a mim mesma, porque não parece compreensível. Parece uma traição para Theo.

O que não consigo conciliar.

Cada vez que digo o quanto isso é errado, continuo pensando em como Theo realmente não era meu marido. Nunca fizemos amor. Nunca tivemos aquela intimidade de dividir a cama. Éramos a porra de um romance da Regência com quartos separados.

Não, não éramos nem isso, porque, pelo menos nas novelas, ele visitava meu quarto. Minha porta nunca foi aberta.

A não ser que fosse Eden vindo me acordar.

Ainda assim, sinto-me leal a ele. Não tenho ideia se ele já esteve com outra mulher, o que talvez eu devesse ter perguntado, mas isso não importava para mim. Então, por que eu sinto que isso é importante para ele?

Apoio minha caneta no papel, ponderando meu turbilhão de emoções em torno disso.

Então, quando começo a escrever, há uma batida forte na porta.

Congelo, olhando para cima sem levantar a cabeça. Holden está no trabalho, e é nosso primeiro dia aqui completamente sozinhas. Eden está cochilando, e desde que estou aqui, ninguém apareceu.

Eu não tenho certeza do que fazer. Abro? E se for a pessoa de quem eu deveria estar fugindo e ele me encontrar? Os nervos começam a aumentar e considero minhas opções de fuga.

Eu poderia sair pelos fundos, mas se houver várias pessoas, pode não ser a melhor ideia.

Então, ouço outra batida, que é seguida por uma voz.

— Tacos de cabra.

Jackson.

Corro para a porta, sentindo alívio por não ser alguém querendo me machucar. Ainda espio pelo buraco para ter certeza de que é ele antes de abrir a porta.

Ele sorri.

— Que bom ver você, Sophie.

— Estou feliz que seja você.

— Não se preocupe, tenho observado e, como eu disse, temos pessoas aqui de olho nas coisas.

Sim, mas não é tão simples não se preocupar.

— Eu não vi ninguém.

— Você não deveria.

— Zach ainda está por aí?

— Não, ele voltou, você tem um cara novo e Miles ainda está aqui, ambos são completamente capazes.

Ainda assim, teria sido bom conseguir algum tipo de sinal para que eu soubesse que ele estava por perto.

— O que você está fazendo aqui? — pergunto, lembrando como ele disse que não poderia visitar, porque conhecia pessoas aqui.

— Pude usar meus amigos na cidade como uma maneira de verificar as coisas. Como você está?

— Eu realmente não tenho uma resposta para isso. Presumo que você saiba por que estou nesta casa e que deveria encontrar Holden?

Ele concorda.

— Theo me informou sobre a conexão de Holden com Eden. É parte do motivo pelo qual ele queria você aqui mais do que em qualquer outro lugar. Que lugar melhor para enviar alguém do que para um homem que tem todos os motivos para protegê-la? É o que eu teria feito no lugar dele.

— Sim, em vez de ser honesto e me permitir a oportunidade de fazer isso sozinha, que nobre.

Jackson bufa.

— Eu não disse que a nobreza tinha um papel nisso.

— Então, você veio me ver?

— Parcialmente. Eu vim ver Spencer e Emmett para discutir o julgamento em que eles estão testemunhando, e tenho algo para você.

— O que você poderia ter para mim? — pergunto.

Ele extrai uma carta do bolso da camisa e a entrega para mim.

— Isto é do Theo.

Estou ficando bastante irritada com tudo isso. Se Theo tinha tanto a dizer, poderia muito bem ter dito quando estava vivo. Agora ele está morto e estou recebendo uma mensagem dele? Coloco-a sobre a mesa e bufo.

— Não está feliz com a carta?

— Você estaria? Ele conhecia a identidade do pai de Eden. Ele estava envolvido em algo que exigia que eu me movesse literalmente pelo mundo e adotasse um novo nome. Não tenho nenhuma ligação com meus amigos ou pessoas que conhecemos há anos. Estou morando na casa de alguém que nem conheço, sem ter a menor ideia do que devo fazer agora. Vivo e arrumo um emprego como esta nova versão de Sophie Pearson?

— É isso mesmo, você é Sophie Peterson. Você decide isso.

— Bem, gostava de ser Sophie Pearson. Eu gostava da minha vida, da minha casa, do meu trabalho. Gostava de tudo, então Theo pode levar suas cartas para o túmulo em que ele enterrou todos nós.

Depois que as palavras são ditas, eu me odeio por elas. Estou com tanta raiva de tudo isso. Se ele tivesse falado comigo antes, eu poderia ter feito planos com ele. Muito disso não seria tão confuso quanto é. Poderíamos ter ido antes, juntos, e eu poderia estar ao lado dele.

Jackson olha para a carta.

— Você conhecia Theo melhor do que ninguém, Sophie. Ele não foi cruel, foi?

— Não, não foi cruel.

— Então leia a carta. A sua segurança e a de Eden era tudo com o que ele se importava. Nunca teve a intenção de machucar você, e acho que pode ser o que ele sentiu ser a única maneira de protegê-la.

Por mais zangada que eu esteja, nunca poderia ignorá-lo, e aposto que Theo também sabia disso.

— Por que recebi isso agora? Por que não no dia em que ele morreu?

Jackson sorri.

— Disseram-me para entregar isso a você exatamente sete dias após a morte dele. Não confiei em ninguém além de mim para garantir que fosse entregue.

Ele se vira para sair, mas chamo seu nome.

— Vou ver você de novo?

— Sim. E lembre-se de que você está segura aqui. Você pode escolher o que quer fazer, se é ficar e construir uma vida aqui ou partir. Theo não deu instruções além de que deveríamos protegê-la e fornecer-lhe as informações necessárias. Se você quiser deixar Rose Canyon e ir para qualquer outro lugar na América, nós facilitaremos isso.

— Mas não Londres?

— Não, Sophie, você nunca mais poderá voltar para lá.

Então, estou de alguma forma segura na América? Tive que vir para Rose Canyon, mas não tenho que ficar? Se ele ainda estivesse vivo, eu o estrangularia.

— Eu não entendo nada disso. Você sabe disso, certo?

Jackson ri.

— Está claro como lama.

A porta se abre atrás de mim e me viro para ver Eden acordando de seu cochilo. Ela nunca guardará um segredo se vir Jackson. Ela se aproximou dele imediatamente, então tento bloquear sua visão, mas antes que possa dar dois passos, ouço um *clique* e me viro para dizer alguma coisa, mas ele se foi.

Desapareceu no ar.

Esse é um truque brilhante.

— Mamãe! — Eden grita e vem em minha direção, de braços abertos.

— Olá, meu amor.

Eu a pego e beijo suas bochechas.

— Você teve uma boa soneca?

— Eu tive que montar um pônei no meu sonho.

— Isso é maravilhoso.

— Holden está aqui?

Outro homem que parece ter causado uma boa impressão nela. Ela acorda antes de mim todos os dias, tomando cuidado para sair do quarto sem me mexer, e toma café da manhã com ele. Esta manhã, eles comeram panquecas e bacon. Bacon está sempre incluído.

Dei a ela um pouco mais de tempo antes de sair, querendo que ela tivesse uma chance de conhecer seu pai.

— Ele ainda não está em casa, mas deve voltar a qualquer momento.

— Posso colorir?

— É claro.

Ela se foi em um momento, indo para a área da sala de estar onde Holden colocou alguns livros para colorir que comprou e algumas bonecas. Cada dia acaba tendo uma outra coisa para ela em casa.

Quando ouço a porta de um carro bater, vou até a janela e, com certeza, Holden está subindo os degraus.

Ele sorri quando me vê, e aceno um pouco, uma vibração agitando meu peito.

Eu gostaria que o homem não fosse tão bonito.

Esse sorriso é o que mais me lembro. Quando dançamos, seus olhos nunca deixaram os meus e, durante toda aquela noite, ele estava sempre feliz. Não importava o quão pouco eu me lembrasse no dia seguinte, nunca conseguia tirar aquele sorriso da minha mente.

Pego a carta que está sobre a mesa, enfio no bolso de trás e fico ali, esperando. Quando ele entra, a energia na sala muda.

— Ei — diz ele, deixando cair uma mochila, mas segurando uma sacola de compras.

— Como foi o seu turno?

— Exaustivo, mas... vou ficar bem. Como foi seu dia?

— Foi... bom. Sinto que estou me adaptando bem.

O rosto de Holden se ilumina.

— Você acha que vai se acomodar um pouco mais?

Eu quero ficar aqui e fazer amigos? Neste momento, não tenho para onde ir, mas tenho Holden, que perdeu três anos da vida de Eden. Não seria justo levá-la agora que ele acabou de encontrá-la.

Também não seria justo com Eden, que perdeu tanto.

Dou a Holden um sorriso suave.

— Provavelmente deveríamos, já que ficaremos na cidade por um tempo.

Quando seus olhos brilham, sei que estou fazendo a escolha certa.

CAPÍTULO ONZE

Sophie

Eu estou tão nervosa. Sei que é só um almoço, mas parece incrivelmente estranho. Vou sair sozinha hoje pela primeira vez desde que cheguei na cidade. Mas... passos de bebê. Quando Brielle e Blakely me convidaram para almoçar com elas, Holden insistiu que ele e Eden se divertiriam muito na casa de Mama James e que eu deveria aceitar o convite.

Chego à porta, expiro profundamente e entro.

Brie me vê imediatamente e acena. Sorrio e vou até ela e Blakely.

— Olá.

— Ei! Estou tão feliz que você pôde nos encontrar. Tive o dia de folga e gosto de tirar Blakely do escritório uma vez por semana para comer alguma coisa, em vez de tentar resolver os problemas do mundo com o estômago vazio. Estamos fazendo assim há alguns meses.

Sento-me e rio baixinho.

— Tenho certeza de que ela aprecia seu cuidado.

— Na verdade, não — diz Blakely sem pausa.

— Ela está brincando. Ela aprecia. Ela só está frustrada porque tem uma reunião com o advogado depois do almoço. Ignore-a.

— Oh? Está tudo bem? — pergunto.

Blakely suspira pesadamente.

— Ficará. Eu estive envolvida em um caso estúpido há alguns meses, e o julgamento começa em três ou quatro meses. O promotor só quer se encontrar comigo novamente para repassar minha história e garantir que tudo esteja correto, e que estou preparada para testemunhar.

Meu interesse é despertado.

— Sobre o que é o julgamento?

Blake e Brie se olham antes de Brielle começar.

— É uma longa história, mas alguns meses atrás, meu irmão foi morto. Fui a única testemunha ocular, mas sofri um ferimento na cabeça que me deixou com perda parcial de memória. Foi horrível, e... acabamos contratando uma equipe de segurança privada para nos ajudar, porque meu marido é amigo do proprietário. No meio de descobrir tudo, tropecei em algumas coisas malucas. Spencer e eu trabalhamos para recuperar minhas memórias, o que me levou a descobrir que eu estava noiva de Spencer e ninguém sabia. Blá, blá, longa história aí. De qualquer forma, depois que pensamos ter descoberto quem matou Isaac e tudo ficou para trás, Blakely veio para Rose Canyon e revelou toda uma outra quadrilha de tráfico clandestino que tinha laços com as pessoas daqui.

— Emmett quase foi morto, eu fui sequestrada e pegamos o babaca — finaliza Blakely. — Agora é hora de garantir que ele nunca machuque outra garota.

Meus olhos devem estar como pires enquanto tento absorver essa informação. Theo me mandou aqui para ficar segura, e agora estou descobrindo isso? Jesus Cristo, como diabos isso é melhor do que estar em Londres? Ainda assim, encontro as únicas palavras que sou capaz de falar.

— Isso é... terrível. Não sei nem o que dizer, sinceramente. Estou um pouco apavorada por estar aqui agora.

— Eu prometo a você, esta cidade é incrivelmente chata, e não tenho muita certeza de como diabos terminamos com tudo isso acontecendo, mas tudo bem, porque ele ficará na prisão pelo resto de sua vida — diz Brie. — De qualquer forma, cresci nesta cidade e a coisa mais emocionante que aconteceu foi quando ganhamos o campeonato regional. É realmente bem chato aqui.

Claramente não.

— Não tenho certeza se uma quadrilha de tráfico e um assassinato são chatos.

A mão de Blakely se move para cobrir a minha.

— É realmente tudo culpa de Brielle. Se conseguirmos nos livrar dela, o problema pode desaparecer.

Brie dá um tapa em seu braço de brincadeira.

— Cadela. Eu não sou o drama, sou? Oh, Deus, sou?

— Você é absolutamente o drama.

— Mesmo? Porque sinto que você é muito mais dramática do que eu. — Brie sorri e então se vira para mim. — Ela é totalmente mais dramática.

Sorrio.

— Sinto como se eu fosse o drama agora.

— Você totalmente é — diz Blake com uma piscadela. — Mas aparentemente prosperamos com isso, então seja bem-vinda.

— Obrigada.

A garçonete anota nosso pedido e então um homem corpulento se aproxima. Ele é baixo e tem um bigode que faz uma pequena curva na ponta.

— Olá, meninas.

— Olá, prefeito Stengel — Brie diz primeiro. — Eu não vi você quando entramos.

Ele descansa as mãos nas costas de ambas as cadeiras.

— Acabei de chegar. É ótimo ver vocês duas, e quem é essa?

— Esta é nossa amiga Sophie. Ela é amiga de Holden — explica Blake.

— Ah, ouvi coisas maravilhosas sobre você de minha esposa. Parece que a Sra. James também gosta muito de você. Bem-vinda a Rose Canyon, sou o prefeito Stengel.

Eu concordo.

— É um prazer conhecê-lo também.

— E você é da Inglaterra?

— Sim, sou.

— Maravilhoso. Você terá que trazer um pouco de cultura para esta cidade. Há alguns anos, tentamos fazer um festival de culinária do mundo todo, mas acabou sendo um churrasco com a mesma comida de sempre — explica.

— Não sei que cultura eu poderia trazer, mas vou me esforçar para fazer o que puder.

— Eu já gosto de você. — Ele ri. — Tenham um bom almoço, senhoras.

Aceno enquanto ele se afasta, indo para outro grupo, que o cumprimenta com entusiasmo. Blakely suspira pesadamente.

— Sei que não tenho motivos para não gostar dele e, no entanto, aqui estou, planejando sua morte...

Brielle balança a cabeça.

— Blakely e o prefeito tiveram um começo difícil, mas ele é um bom homem que ama esta cidade mais do que qualquer um que eu conheça.

— Então por que você não gosta dele? — pergunto a Blake.

— Quando cheguei à cidade, tive certeza de que ele estava envolvido no caso em que eu estava trabalhando. Cada instinto que tinha me dizia que era ele, e então descobri que não era. O filho dele também parecia suspeito — Ela olha para o prefeito e depois de volta para mim. — Acho que parte disso é minha própria necessidade de estar certa, então continuo procurando por algo que não me faça sentir completamente inepta.

Theo era assim. Ele precisava estar certo mais do que qualquer outra coisa, e isso me deixava louca quando brigávamos. Ele não podia simplesmente admitir que estava errado e, de alguma forma, inventaria algo para provar seu ponto de vista, embora todos soubéssemos que ele estava chegando lá. Penso na carta na minha bolsa que ainda não consigo ler.

É em partes iguais o medo de que ele diga algo que eu preciso saber e prefiro não saber, ou está cheia de lixo.

Meu mundo parece ter virado do avesso, e não consigo me orientar. Se ele acrescentar mais, nunca mais ficarei bem. E realmente preciso estar bem.

Brielle pousa a mão no meu pulso.

— Você está bem?

Eu devo ter me distraído.

— Desculpe por isso. Eu estava sonhando acordada, ao que parece.

— Sobre alguma coisa em particular?

Eu dou de ombros.

— Na verdade, não.

— Você tem mais alguma ideia sobre quais são seus planos? — Blake pergunta.

— Eu gostaria de ficar aqui por um tempo. Eden já adora Holden, e eu adoraria que eles tivessem um relacionamento.

Brie me dá um sorriso caloroso.

— Estou feliz que você se sinta assim. Adoraríamos ser tias de Eden e suas amigas também.

É uma loucura para mim que, ao perder a única família que me restava, ganhei uma completamente nova.

— Eu adoraria isso.

— Bom. — Blake sorri. — Então, se você vai ficar aqui, quais são seus planos?

— Gostaria muito de encontrar uma forma de trabalhar a pintura que fosse flexível. Brielle — volto minha atenção para ela — você acha que o lugar onde você trabalha me contrataria? Posso ensinar todos os tipos de técnicas diferentes, desde habilidades básicas até as mais avançadas. Sou formada em história da arte e em educação. Eu adoraria colocar isso em prática.

— Absolutamente! Não pagamos muito bem, mas é gratificante de outras maneiras.

Dinheiro é algo com que absolutamente preciso me preocupar, mas tenho certeza de que posso me contentar com o pouco que me foi dado e com o que puder ganhar trabalhando.

— Entendo, e qualquer coisa é melhor do que onde estou atualmente.

— Bom! Vou falar com minha chefe amanhã e ligo para você ou para Holden para contar o que ela disse.

Um plano é bom. Um plano para ficar em Rose Canyon definitivamente não é o que eu pensei, mas pela primeira vez desde a morte de Theo, estou animada com as possibilidades de para onde minha vida pode ir.

CAPÍTULO DOZE

Holden

Hoje foi um dia horrível *pra* caralho. O único ponto positivo foi voltar para casa, para Eden e Sophie.

Já estou pensando na casa e elas sendo o meu lar.

Vou desempacotar essa merda mais tarde.

Quando estaciono o carro, suspiro pesadamente, minha cabeça caindo contra o encosto. Perdi uma paciente de 21 anos, ela teve uma parada, e por mais que eu tentasse, não consegui recuperá-la. Ela só... morreu, e vou ter que esperar por uma autópsia para saber mais. Depois de lidar com essa situação, recebi uma ligação de Seattle que mexeu ainda mais com a minha cabeça.

Achei que tínhamos acabado com isso. Tem sido semanas de silêncio sobre garotas desaparecidas ou *desconhecidas* aparecendo, e eu... deveria saber melhor do que esquecer que este mundo é uma merda. Desta vez não é Portland, mas perto o suficiente para receber a ligação.

Então, esta noite, no que deveria ser uma divertida noite de pôquer com os rapazes enquanto as garotas nos importunam, terei que discutir este novo pedacinho de informação.

Não adianta chafurdar aqui, no entanto. Pego minha bolsa e vou para dentro, onde Sophie e Eden estão enroladas no sofá, lendo um livro.

Toda a frustração, raiva e estresse do dia desaparecem.

A cabeça de Eden se vira.

— Holden!

Ela sai dos braços de sua mãe e vem correndo em minha direção. Eu a pego, segurando-a para mim. Um dia, ela vai fazer isso gritando papai. Não sei quando, mas mal posso esperar. Eu amo essa garota com todo o meu coração. Em um instante, toda a minha vida mudou. Não é mais sobre trabalho e outras besteiras da vida – é sobre ela.

Esta garotinha que me possui.

E a mãe dela que, Deus me ajude, eu também quero.

Sophie se levanta, um sorriso em seus lábios perfeitos.

— Ei, como foi o trabalho?

— Horrível, mas acabou. — Sorrio enquanto coloco Eden com mais segurança em meus braços. — E o que você fez hoje?

— Fomos brincar com Pickles, e mamãe tinha uns afazeres.

— Você viu aquele gato malvado? — pergunto, também querendo saber onde Sophie foi.

— Ele é um doce!

— Ele não é.

Eden ri, descansando a cabeça no meu ombro.

— Eu o amo.

— Bem, alguém tem que amar coisas podres.

Sophie balança a cabeça.

— Fui ao centro juvenil para me encontrar com Jenna, que...

Porra.

— É minha ex-esposa.

— Sim, isso foi muito interessante. — Sophie levanta uma sobrancelha.

Quando mencionei que tinha uma ex-mulher, provavelmente deveria ter elaborado que ela mora na cidade e é a diretora do centro juvenil.

— Ela foi legal com você?

Jenna não é má. Essa é uma das coisas que odeio nela. Sempre que 'brigávamos' – o que na verdade era mais como uma discussão, ela sempre era tão equilibrada. Não que eu quisesse levar um tapa ou algo tão dramático, mas ela nunca *lutou*. Por qualquer coisa. Incluindo nós.

— Ela foi, na verdade. Fiquei pasma quando me disse quem era, mas ela me deu as boas-vindas à cidade e queria ouvir sobre minha pintura e o que eu poderia fazer pelo centro juvenil se trabalhasse lá.

— Bom. Então, você conseguiu o emprego?

Sophie sorri.

— Acho que sim. Expliquei nossa situação e que precisava garantir que Eden fosse cuidada. Ela se ofereceu para me deixar levá-la para ficar no berçário também.

Tudo parece ótimo e, pela aparência de Sophie, fica claro que ela está feliz.

— Veja, está tudo dando certo.

— Sinto falta de pintar — diz ela baixinho. — Sinto falta disso, e a ideia de tocar um pincel na tela faz meu coração disparar.

Quanto mais feliz ela estiver aqui, mais provável será que ela fique.

— Então mal posso esperar para que você pinte de novo.

Sophie dá um passo para trás, mordendo o lábio inferior.

— Holden, eu gostaria de falar com você sobre uma coisa.

Está claro que ela está nervosa, e agora eu também estou, mas reprimo e me concentro em deixá-la me dizer o que é antes de tirar conclusões precipitadas.

— Certo.

— Você sabe que eu quero ficar aqui, não só porque acho você maravilhoso, mas também porque você merece estar com Eden…

— Vou voltar para a parte dois, mas você me acha maravilhoso?

Ela ri.

— Talvez eu tenha exagerado um pouco nessa parte.

— Nós iremos com maravilhoso, mas continue, o que está em sua mente?

— Como você sabe, não tenho acesso aos meus fundos e me disseram para não os tocar, mesmo que pudesse. Presumo que a pessoa de quem Theo me escondeu esteja vigiando nossas contas, então esperava que pudéssemos ficar com você. Só até eu conseguir um emprego e ganhar o suficiente para podermos nos mudar. Tudo o que tenho é um pouco de dinheiro, e não sei quanto tempo isso vai me ajudar.

Pego a mão dela como sempre quis desde que a vi.

— Você não tem que se mudar. Se você quer trabalhar e economizar seu dinheiro para não ficar presa, faça isso, mas não se mude. Fique comigo. Minha casa está paga, não há nenhuma conta que eu não possa administrar e… gosto que vocês duas estejam aqui.

Grande risco dizer tudo isso, mas aqui está. Chegar em casa do hospital e elas estarem aqui é realmente incrível. Nunca me senti tão à vontade. Além disso, quero aproveitar o máximo de tempo possível com Eden.

— Você tem certeza?

— Tenho.

— Obrigada! — Seu sorriso é largo, e ela se inclina e beija minha bochecha. — Não vai ser muito dinheiro, mas é um passo, e não estarei longe de Eden.

— Acho ótimo. Agora, tenho um favor a pedir…

— Sim. Seja o que for, eu farei.

Levanto uma sobrancelha e sorrio.

— O que for?

— Você não pediria esses favores.

Ela está certa. Eu nunca faria. Ainda assim, é divertido provocá-la.

— Não, mas esta noite é a noite do pôquer, e eu gostaria que você e Eden fossem comigo.

— Eu adoraria ir!

— Bom. Vou tomar um banho e vamos para lá.

— Sophie! Você veio! — Blakely diz, passando por mim e indo até ela. Ela passa o braço no de Sophie e a guia para dentro sem sequer me cumprimentar. — Entre, está congelando.

— Bom ver você também, Blake.

— Eu vejo você o tempo todo, Holden, e na maioria dos dias prefiro não ver.

Emmett aparece na esquina e sorri.

— Parece que você não é mais o favorito.

— Não tenho certeza se alguma vez fui.

Ele ri.

— Você nunca foi o meu.

Eu o ignoro.

— Espero que você tenha algo mais forte do que cerveja para esta noite. Vamos precisar.

— Estamos esperando por Spencer, ou você vai me dar uma pista sobre por que temos que conversar? É sobre Sophie ou Eden? Tipo, talvez você tenha feito um teste de DNA…

Levanto minha mão, interrompendo-o.

— Eden é minha sem um teste.

— Holden...

— Não, escute. Não preciso de um teste para me dizer o que já sei. Mama James disse a mesma coisa quando a viu. Ela sabia, assim como eu. Como falei para Sophie, se ela tivesse vindo logo depois, eu não teria questionado. Embora absolutamente odeie como tudo aconteceu e tenha perdido três anos de sua vida, um teste de DNA não muda o que vejo quando olho para Eden. Cansei de falar sobre isso e vou considerar um insulto se você disser o contrário.

— Tudo bem. Não vou tocar no assunto de novo — Emmett me assegura. — Então, se não é sobre as meninas, é sobre o marido morto?

Eu gostaria de saber algo sobre isso, mas não sei. Não importa o quanto eu tente descobrir se há algo sobre eles que não estou vendo, a única coisa que se destaca é o número da minha licença médica. É quase como se a pessoa que as enviou quisesse me lembrar que eu sou, na verdade, um médico. Então, solicitei os registros médicos de Theo.

Agora é só esperar pegá-lo e ver quantos arcos terei que pular para obtê-lo.

— Não, mas recebi uma ligação de um médico da área de Seattle. Ele queria falar sobre uma paciente que tem... uma jovem com muitas semelhanças com Keeley e as outras garotas. Aparentemente, ele estava em Portland quando Keeley apareceu no necrotério e é amigo do legista de lá. Ela foi internada no hospital há duas semanas e está viva, mas mal. Ele acha que está ligada ao caso Wilkinson com base nas semelhanças. Ele estava ciente do meu envolvimento e entrou em contato.

A mandíbula de Emmett aperta.

— Isso não é possível. Ryan Wilkinson está na prisão aguardando julgamento.

— E você acha que a organização dele faliu porque uma pessoa foi presa? — eu desafio.

Está tudo quieto desde que Ryan foi preso e, embora eu esperasse que continuasse assim, todos sabíamos que não. Ele ameaçou que haveria mais, se não meninas, então problemas com alguém que está chateado. Ele deixou claro que não estava trabalhando sozinho, então até que a polícia descubra quem mais está envolvido, haverá mais.

— Claro que não, e temos o FBI envolvido e investigando. Blake estava em contato com alguém de sua antiga equipe, e eles disseram a ela que encontraram uma conexão com alguém no Texas.

— Isso é bom, e não conseguimos nada de Wilkinson sobre as meninas que já estavam em Portland?

Emmett rola o uísque em seu copo, suspirando pesadamente.

— Nada.

Antes que eu possa dizer qualquer outra coisa, Spencer entra.

— Olhe para este triste bando de idiotas.

— E veja quem completa o quadro — eu jogo de volta.

— Verdade. Uma grande verdade. — Spencer se serve de uma bebida e se senta ao nosso lado. — Por que parece que um de vocês vai destruir minha noite?

— Outro médico com quem trabalhei me ligou sobre uma garota que pode estar ligada ao caso. Jovem, bonita, injetada com todo tipo de droga e encontrada sem qualquer identificação. Ela está em coma, então não podemos obter respostas dela ainda.

A cabeça de Spencer cai para trás.

— Sabe, nós três não precisamos salvar o mundo. Podemos deixar que a polícia de lá cuide disso.

Emmett ri.

— Minha esposa acha que sim, e se houver uma conexão, eu sou a polícia e posso ajudar.

— Sua esposa também acha que você é um bom partido.

Levanto meu copo e sorrio.

— Todos nós sabemos a verdade sobre isso.

Emmett nos ignora.

— Então, você quer simplesmente ignorá-lo, Spencer?

— Claro que não. Eu só gostaria de aproveitar nossas vidas pelo menos uma vez. Gostaria de ter tempo para realmente me curar do inferno que enfrentamos. Brielle pode parecer normal de novo, mas ela está lutando. Ela pula com barulhos altos e ainda tem problemas para dormir. Sempre que digo o nome de Isaac, é como se ela perdesse o ar.

— Não faz tanto tempo — eu o lembro. — Do ponto de vista médico, ela ainda está traumatizada com o que aconteceu. Esse primeiro ano não é fácil.

Spencer olha para sua esposa e depois para mim.

— Eu sei, e ela está se encontrando com Kate agora, o que é parte do que me faz não perder a cabeça com tudo isso. Ela vai semanalmente e está começando a ajudar um pouco.

Eu concordo.

— Kate é uma ótima médica. Incrivelmente inteligente e em sintonia com seus pacientes.

Emmett balança a cabeça.

— Ela também está namorando George.

Ahh, George, nosso policial que realmente deixa todos nós perplexos. Ele é um cara legal, o que provavelmente é o que Kate vê nele, mas ele é desajeitado e frequentemente se encontra nas situações mais estranhas. Os dois são realmente o par mais improvável.

— Mama James ama George — eu os lembro. Ela acha que ele é perfeito.

— Mama James ama todas as coisas que precisam ser consertadas. É por isso que ela ama tanto você — brinca Spencer.

— E você.

— Touché. Mas ela realmente ama Emmett, então vamos focar nisso.

— Ou podemos nos concentrar no que prendeu Holden em nós — Emmett sugere.

— Não estou preso a nada.

— Oh? — Emmett fala. — Nós mantivemos nossas bocas fechadas desde que Sophie chegou aqui, mas o tempo acabou. Você não pode me dizer que ter o seu caso de uma noite em Las Vegas aparecendo com uma criança a tiracolo não fodeu sua cabeça.

Não, não posso. Eu estou… bem, não sei. Na verdade, tento não pensar muito nisso ou me perguntar se vou acordar e elas terão ido embora. Muito disso não faz sentido, e me irrita que o marido de Sophie soubesse quem e onde eu estava e ainda me roubasse de fazer parte da vida de Eden. Eu estaria lá e a amaria, seria… bem, tudo que um pai deveria ser.

— Estou mais preocupado com Sophie do que qualquer coisa.

O sorriso presunçoso de Spencer aparece na borda de seu copo.

— Preocupado com o fato de que você tem sentimentos por ela ou pela segurança dela?

— Sua segurança.

— Então, você não tem sentimentos por ela? — ele contesta.

Eu entrei nisso.

— Obviamente me importo com ela. Ela é a mãe da minha filha.

— E ela é linda — Emmett acrescenta.

Isso me irrita instantaneamente.

— Você é casado, não é?

— Não significa que eu não tenha olhos, idiota. Sophie é linda e parece muito legal. Blakely gosta dela...

Spencer assente.

— Brie também. Ela disse que o almoço com as meninas foi ótimo e está muito feliz por poder trabalhar no centro juvenil. Mama James também me parou ontem para falar sobre o quanto ela ama Eden e como Brielle deveria conseguir um emprego para Sophie.

Juro, minha tia é a humana mais intrometida que conheço.

— Essa mulher está determinada a mantê-la aqui.

Emmett ri.

— Você esperava algo diferente?

Olho pela porta de vidro deslizante e vejo Sophie rindo com as meninas. Eden está à mesa, comendo algo que tenho certeza de que não deveria, mas Sophie parece tão natural e à vontade. Como se essas garotas fossem suas amigas por toda a vida, em vez de algumas semanas.

— As coisas não batem com as mensagens e o que ela disse. Não posso protegê-la se não souber a verdade.

— O que faz você pensar que ela está mentindo? — Emmett pergunta.

Essa pergunta rola dentro da minha cabeça.

— É apenas o timing de tudo. As cartas, os pacotes, então ela aparece, completamente inconsciente do que quer que seu marido a esteja escondendo. Quando Jenna e eu éramos casados, ela não podia peidar sem que eu soubesse.

Spencer bufa.

— Holden, você se casou quando tinha vinte anos. Você e Jenna não tinham segredos e não tinham vida. Você não tem ideia de como era a casa deles.

Conto a eles o pouco que sei sobre a vida dela em Londres, incluindo como Sophie e Theo podiam ter sido casados, mas nunca foram íntimos.

— Espere, então a última vez que a pobre garota fez sexo foi em um clube com um cara que não consegue se lembrar? — Spencer pergunta com um sorriso.

— Ela disse que não foi ruim.

— Aprovação brilhante. — Emmett levanta seu copo, batendo contra o de Spencer. Eu realmente odeio meus malditos amigos.

— Meu ponto é que eles eram amigos. Olhem para nós, temos o mesmo tipo de amizade que ela tinha com ele, e contamos tudo um para o outro — eu os lembro.

Os dois compartilham um olhar conspiratório.

E então eu me lembro que meus dois melhores amigos são idiotas mentirosos.

— Certo. Bem, o que eu deveria ter dito é que conto tudo a vocês, filhos da puta, e vocês dois são idiotas que mentem.

Spencer estende a mão, segurando meu ombro.

— Eu queria contar a você sobre Brielle, mas ela e eu não queríamos colocar ninguém em uma posição estranha com Isaac.

— Eu nunca planejei contar merda nenhuma para vocês, então... é isso — Emmett diz sem remorso.

Um mentiu sobre estar noivo e o outro sobre ser casado. Agora entendo por que eles escolheram manter seus relacionamentos em segredo, mas quando descobri, fiquei chateado. Somos amigos desde a escola primária, e realmente pareceu um tapa na cara.

Se Isaac estivesse vivo, ele teria chutado a bunda de ambos, e eu teria ajudado.

— Vocês dois são amigos de merda.

Spencer balança a cabeça.

— Não, todos nós estamos apenas tentando descobrir nossa merda. As pessoas guardam segredos por uma razão, e acho que para Sophie é o mesmo.

— Você acha que a história dela tem buracos?

— Oh, definitivamente acho que há buracos. Acho que ela tem segredos, também não acho que sejam pequenos. No entanto, ela não conhece ou confia em você, ainda.

Emmett fala antes que eu possa dizer qualquer coisa.

— A outra opção é que ela está dizendo a verdade e o marido mentiu para ela. Nesse caso, ela está lidando com isso também.

— Se o marido dela realmente não contou a ela sobre você, havia uma razão, e talvez ela realmente não saiba qual é — conclui Spencer. — Podemos debater isso por dias, mas parece que Sophie vai ficar, o que vai dar a ela algum tempo para se abrir com você. Enquanto isso, podemos ter a empresa de Jackson investigando o marido de Sophie e no que ele pode estar envolvido.

Eu nem tinha pensado nisso. Por mais que odeie intrometer-me na vida dela, ajudaria muito se soubéssemos com o que o marido dela se meteu.

— Diga a ele para ser discreto, não que ele não seja, mas não precisamos de ninguém fazendo perguntas e alertando-os sobre onde Sophie pode estar. Eu só preciso saber no que ele estava envolvido que faria com que sua esposa tivesse que fugir.

— Ela pode estar envolvida e está brincando com você.

— Eu não acho que ela está. Conversamos sobre a vida dela na Inglaterra e ela parecia feliz.

Spencer esfrega o queixo.

— Nada disso se soma. Se ele era bom com dinheiro e sabia que havia uma possibilidade de isso acontecer, por que não preparar uma estratégia de saída realmente boa? Por que não garantir que ela tivesse dinheiro, um lugar para morar e sua própria segurança? É o que eu faria se fosse Brielle.

— Infelizmente para nós, ele está morto, então não podemos obter essas respostas. — Tanto quanto eu gostaria, porque Spencer está certo. Se minha esposa tivesse que desaparecer, eu me certificaria de que ela não fosse deixada à mercê de outros.

A menos que esse fosse o ponto. Que ela deve confiar na minha bondade e ficar aqui.

Emmett solta um longo suspiro.

— Bem, Jackson esteve aqui não faz muito tempo, e tenho que ligar para ele esta semana de qualquer maneira. Posso mencioná-lo e ver se ele pode nos ajudar.

— Por que ele estava na cidade? — pergunto, imaginando se isso tem algo a ver com a garota que apareceu no noroeste do Pacífico.

— Para, mais uma vez, tentar me persuadir a ser seu consultor.

Meus olhos se arregalam com isso.

— O quê?

— Sim, ele está pensando em abrir uma filial aqui e perguntou se eu estaria interessado em trabalhar para ele. Não sei.

— Você seria perfeito para isso — diz Spencer. — Você comandou uma unidade militar, tem experiência em combate, conhece a área e tenho certeza de que ganharia muito mais dinheiro do que ganha agora. Além disso, se o que Holden pensa é verdade e aquela garota em Seattle tem algo a ver com Portland, isso lhe daria muitas ferramentas à sua disposição.

Emmett passa a mão pelo cabelo.

— Preciso pensar em tudo. Enquanto isso, vou ver se Jackson vai investigar aquela garota em Seattle.

Meus olhos a encontram novamente, cabelo loiro no alto da cabeça, olhos azuis brilhando enquanto ela sorri para Brie e Blakely. Eu quero isso.

Eu quero que ela venha para jantares e crie nossa filha aqui. Eu quero o que meus dois melhores amigos têm – uma família. Vou protegê-las, mas para fazer isso, temos que saber a verdade sobre o que ela está escondendo.

— E veja o que ele pode descobrir sobre Theo — acrescento, sem tirar os olhos dela. — Preciso saber o que estou enfrentando.

CAPÍTULO TREZE

Sophie

— Mamãe, tive um acidente — diz Eden com lágrimas nos olhos.

Esta é a terceira vez esta semana que ela tem um acidente e parte meu coração vê-la tão chateada. Eu me preocupo que ela esteja lutando para se ajustar a todas as mudanças repentinas em sua vida, mas fazer xixi na cama sempre foi algo com o qual Eden lutou. Além disso, ela tem bebido muita água, então isso provavelmente não está ajudando.

— Está tudo bem, querida, vamos limpá-la.

Ela enxuga as bochechas e vamos para o banheiro. Eu a limpo o melhor que posso e troco suas roupas.

— Eden, você esperou muito?

— Não, mamãe, eu nem senti.

— Tudo bem. — Não tenho certeza do que dizer sobre isso.

— Posso tomar uma bebida? Estou com sede.

Sorrio e aceno.

— Claro, só um pouco, já que está perto da hora de dormir.

Agarrando a sacola de roupas sujas, saio segurando a mão dela. Blakely está do lado de fora da porta.

— Ela está bem?

— Sim, apenas um pequeno acidente.

Ela sorri para Eden.

— Você sabe, tenho um pouco de sorvete na parte de trás, onde estão todos os meninos. Você gostaria de pegar um pouco?

Os olhos de Eden brilham instantaneamente.

— Nós podemos?

Blakely estende a mão para ela.

— Vamos. Vamos irritar os caras.

Minha filha nem olha para trás enquanto foge com Blake. Durante toda a sua vida, ela esteve em um círculo muito pequeno – eu, Theo, Martin e alguns amigos. Ela tinha alguns amigos na escola, mas nunca os recebemos, e ela também nunca ia à casa deles.

Nós simplesmente nunca nos encaixamos, o que nunca me incomodou, já que eu não gostava de metade das pessoas que conhecia. Elas eram tão desonestas e chatas. Não queria sair para comprar bobagens ou beber ao meio-dia e reclamar do meu marido. Eu adorava Theo.

Ver seu círculo aumentar me faz esperar por uma vida diferente agora.

Uma espécie de como o que vejo aqui. Amigos jantando em uma quinta-feira aleatória e contando histórias engraçadas.

— Ei, tudo bem? — Holden pergunta quando ele entra na cozinha.

— Tudo bem.

Ele olha para Eden.

— Ela derramou alguma coisa? Vejo que ela se trocou.

Pisco, surpresa por ele ter notado.

— Ela teve um acidente. Tem acontecido com mais frequência desde que chegamos aqui, então trouxe uma muda de roupa comigo.

— Ela sempre tem isso?

— Apenas algumas vezes ela fez xixi na cama à noite, mas nada mais do que coisas normais de criança.

Holden sorri suavemente.

— Tenho certeza de que este é um período de adaptação para ela. A mudança de horário, novas pessoas, a perda de seu pai...

— Nós vamos superar isso, certo?

Ele pega minha mão e a aperta.

— Nós vamos.

Antes que eu possa abrir minha boca, ele me solta, mas juro que ainda posso sentir seu calor contra a minha pele.

Holden limpa a garganta.

— Você está pronta para ir para casa?

Casa, que palavra nova.

— Quando você quiser.

— Perfeito, vamos voltar para casa, tenho um longo dia no hospital amanhã.

Encontramos Eden na varanda dos fundos, tomando sorvete com Blake e Emmett. Spencer e Brielle estão encolhidos no sofá, de mãos dadas e conversando sem palavras. É tão íntimo que tenho que desviar o olhar.

Assim que Eden termina sua guloseima, voltamos para casa. Dou um banho nela, coloco-a na cama e caminho silenciosamente para o meu quarto. É então que me sento na beira da cama, olhando para a carta que Jackson deixou semanas atrás.

Quero lê-la, mas tenho medo do que quer que esteja dentro.

Há uma batida na minha porta, e enfio a carta debaixo do meu travesseiro antes de gritar baixinho:

— Sim?

Holden abre a porta.

— Ela conseguiu dormir bem?

Concordo.

— Ela estava cansada depois de hoje à noite.

— Meus amigos a adoram.

— Eles são realmente maravilhosos com ela. Todo mundo foi.

— Bom. Você está indo para o centro juvenil de manhã?

— Sim — eu digo, sentindo-me um pouco nervosa. — Faz muito tempo que não trabalho. Estou animada para começar a pintar novamente, no entanto.

Holden caminha em direção à cama, parando no final e parecendo um pouco hesitante.

— Sophie, qual era o seu sobrenome quando nos conhecemos?

A pergunta me atordoa um pouco. Não tenho certeza do que dizer.

— Não sei se posso dizer.

— Acho que você mudou de nome quando veio para cá, você escorregou uma vez — ele me diz honestamente.

— Eu fiz.

— Eu só me pergunto, se tivesse perguntado seu sobrenome na noite em que nos conhecemos, qual teria sido?

Se eu tivesse dito a ele meu nome completo em Las Vegas quando nos conhecemos, ele saberia qual era de qualquer maneira, então não vejo mal em dizer a ele agora.

— Sophie Armstrong. Esse era o meu nome de solteira.

— Obrigado por me dizer.

— Honestamente, não há muito que você não saiba neste momento.

— E qualquer coisa que você me disser, nunca compartilharei.

Eu acredito nele. Holden tem todos os motivos do mundo para manter nossos segredos – Eden.

Holden caminha até mim, agachando-se.

— Eu me preocupo com vocês duas, e... por mais que odeie como isso aconteceu, estou feliz por vocês estarem aqui.

Segurando seu rosto na minha mão, sorrio.

— Sinto o mesmo. Eu gostaria que tivesse sido diferente, mas, ao mesmo tempo, não. Encontrar você e passar esse tempo juntos significou muito para mim. Você tem sido um amigo maravilhoso e permitiu que Eden e eu nos estabelecêssemos muito bem aqui.

Seu lábio se curva em um sorriso.

— Bom. — Ele faz uma pausa antes de dizer: — Eu deveria ir.

Concordo com a cabeça, mas nenhum de nós se move. Há uma mudança no ar que está cheia de saudade e tensão. Ele estar no meu quarto com minha mão ainda segurando sua bochecha de repente se tornou muito íntimo.

Eu gostaria de ser mais corajosa e poder beijá-lo. Eu gostaria de ser a mulher que ele conheceu em Las Vegas que pegou o que ela queria, mas não sou aquela garota.

Encaro seus olhos castanhos, desejando poder ler seus pensamentos e rezando para que ele não possa ver os meus.

Holden limpa a garganta e se levanta, minha mão caindo.

— Boa noite, Sophie.

Eu o observo recuar para a porta.

— Boa noite, Holden.

Ele não para e, quando ouço o clique da porta, deito-me no travesseiro, ouvindo o barulho da carta. Puxando-a para fora, olho para o meu nome escrito na letra familiar de Theo. Posso não ser corajosa o suficiente para beijar Holden, mas definitivamente sou capaz de ler isso. Sento-me e passo o dedo sob o selo, tentando imaginar quando Theo a escreveu e desejando que ele tivesse acabado de falar comigo.

Abro com cuidado, tirando o papel de linho com o P floreado impresso no topo. Mandei fazer este papel para ele quando fechou seu primeiro negócio. Sorrio com a memória, porque ele estava tão orgulhoso de ter feito sua empresa decolar sem a ajuda de seu pai.

Seu roteiro confuso preenche a página, e respiro fundo duas vezes e começo a ler.

Minha querida Sophie,

Tacos de cabra são servidos diariamente no céu, caso você não saiba.

O perdão também é abundante aqui — pelo menos, essa é a minha esperança, porque sei que preciso muito dele. Mais do que tudo, preciso disso de você.

Se você tem esta carta, então conheceu a equipe de pessoas que fará o que não posso fazer desde que estou morto — proteger você e Eden. Vou presumir que você seguiu as instruções e está onde eu esperava que estivesse. Se não o fizesse, não teria esta carta e eu não falaria com ninguém.

Já que estamos trabalhando com suposições, então é mais provável que você tenha chorado, dito para eu me foder e passado um bom tempo com raiva, mas espero que você me permita esta explicação e não destrua esta carta antes de finalizá-la. Eu tenho motivos, e eles são:

Eu sou um idiota egoísta.

Um canalha.

Um filho da puta.

E um covarde.

Sou egoísta porque não contei a você e esperei até morrer antes de colocar esse plano em ação. Egoísta porque queria apenas um pouco mais de tempo com você e Eden.

Eu sou um idiota pelos mesmos motivos acima.

Um bastardo porque tentei um milhão de vezes ser honesto e falhei todas as vezes.

E covarde por não ter forças para falar com você sobre isso. Tive medo de que, se contasse isso antes, você fosse embora e eu não tivesse a única coisa neste mundo de que realmente precisava, você e Eden. Eu também estava com medo de que se contasse, você estaria em perigo pior do que está agora, meu amor.

Como você provavelmente já deve ter presumido, fui um idiota e confiei nas pessoas erradas. Permiti que meu desejo de ser rico e melhor que meu pai ofuscasse o que era certo.

Claro, eu não sabia disso até que fosse tarde demais para sair. Minhas únicas opções eram continuar e não os deixar saber o que descobri enquanto fazia planos para proteger vocês duas quando estivesse morto, ou ir até eles e possivelmente ser morto. Escolhi a primeira opção. A única coisa que a mantém segura é que você não sabe de nada. Portanto, não direi o quê, quem ou por quê. Tudo o que vou dizer é que você não pode confiar em ninguém do nosso passado. Ninguém sem a senha, Sophie.

Investi nas pessoas erradas e é uma escolha da qual me arrependerei por muito tempo depois de meu último suspiro.

Você deve recomeçar na América, porque, enquanto estiver aí, estará segura. Você nunca deve voltar para a Inglaterra e deve fazer o que puder para seguir em frente.

Ainda nem fui embora e sinto sua falta, Fee. Espero que você possa me perdoar e saber que tudo o que fiz foi para protegê-la.

Amor,

Theo

Ah, Theo… em que mundo você se meteu?

CAPÍTULO QUATORZE

Holden

Três meses depois

Sophie está trabalhando até tarde no centro juvenil esta noite, e em vez de sair com Emmett ou Spencer como eu normalmente faria, estou pintando minhas unhas enquanto a neve cai lá fora.

— Tem certeza de que essa cor fica bem em mim? — pergunto a Eden, olhando para o esmalte que está espalhado até a junta do meu dedo.

— Uh-huh. É muito linda.

Sorrio.

— É alguma coisa.

— Em seguida, tenho que colocá-lo em seus lábios!

— Esmalte nos lábios? — Posso não ter um conhecimento muito amplo de maquiagem, mas sei que definitivamente não é assim que funciona.

— Vai ser tão bonito — ela me garante.

Acho que não vai ser, mas não vou ser o cara que partirá o coração dela.

— Que tal eu pintar suas unhas depois — eu sugiro.

Quão difícil poderia ser? Eu sou médico, já operei pessoas com cortes de precisão, sei manusear um pouco de tinta.

Oh, como estou errado.

Assim que começo, Eden começa a me contar uma história, que requer suas mãos, e ela não se importa se o esmalte está molhado ou se estou pintando uma unha.

— E então entrei no avião e estava tão cansada, mas mamãe estava triste. Ela estava chorando. — Ela agarra meu rosto com os dedos cobertos de esmalte. — Holden! Você chora?

— Todo mundo chora às vezes — digo a ela.

Ela suspira pesadamente.

— Não gosto de chorar.

— Por que não?

— Porque meu nariz escorre.

Lógica sólida. Olho pela janela, descobrindo que a neve está caindo mais forte agora. Pego meu telefone e ligo para Sophie.

— Você está a caminho de casa?

— Sim, pai, estamos a caminho — responde Brielle em vez de Sophie. Reviro os olhos.

— Ninguém perguntou a você.

— Vou levar Sophie para casa, já que você não se ofereceu para vir buscá-la.

Eu vou matá-la.

— Eu ofereci e ela me disse que não.

— Seu cavalheirismo está morto.

— Você vai estar se continuar me dizendo merda.

— Chega, crianças — Sophie repreende. — Estarei em casa em breve. Eden está bem?

— Ela está ótima. Ela pintou minhas unhas, o rosto e partes do chão. As duas riem.

— Perfeito. Vejo você em breve.

— Dirija com cuidado, Brie.

— Eu vou. — Ela bufa e desliga.

Faço o possível para não agir como um idiota nervoso, mas não consigo evitar. Limpo o esmalte o melhor que posso, o que requer muita esfregação, porque não tenho ideia se temos removedor em algum lugar. Eu realmente não pensei nisso quando disse que não havia problema em fazê-lo.

Trinta minutos depois, Sophie entra pela porta, tremendo e tirando a neve de sua jaqueta.

— Está ficando muito traiçoeiro lá fora. Estou preocupada com Brielle, mas ela se recusou a ficar.

Essa garota não tem senso de autopreservação.

— Ela ainda está por aí?

— Não, ela saiu antes que você pudesse vir intimidá-la.

Suspiro e pego meu telefone para ligar para Spencer.

— Ei, sua esposa é uma idiota. Ela está voltando da minha casa agora.

— Que diabos ela estava fazendo na sua casa?

— Trazendo Sophie para casa, e antes de começar, ela foi embora antes que eu pudesse dizer a ela para passar a noite.

— Tudo bem. Obrigado por me avisar, vou bater nela quando ela chegar em casa.

Eu me engasgo.

— Cara, ela ainda é a pequena Brielle para mim.

— E é isso que torna tudo ainda mais divertido.

Desligo, não querendo ouvir mais nada, e Sophie está sorrindo para mim.

— Você está com esmalte no pescoço.

— Não ficarei surpreso se encontrar no meu nariz.

Ela ri, e Eden sai correndo de seu quarto.

— Mamãe! Você viu a neve?

— Eu vi. Assim que parar, talvez possamos brincar um pouco. Trouxe para casa luvas e uma roupa de neve do centro juvenil.

Esta tempestade de neve veio sem muito aviso, e não tive tempo de ir buscar trajes de neve, por isso estou feliz por ela ter conseguido encontrar alguns.

— Yay! Quero construir um grande boneco de neve — diz Eden com olhos brilhantes. — Nós podemos?

Sophie assente.

— Absolutamente, querida.

— Querida, por que você não deixa sua mãe entrar em casa para ela se aquecer?

— Ok! Eu ganho mais maquiagem!

Qualquer coisa menos isso. Eu a observo enquanto ela corre para o quarto e fecha a porta com uma risadinha. Às vezes, olho para ela e meu coração dói. Não sei como vivi em um mundo sem ela, e rezo para nunca saber nada além disso.

Nos últimos meses, estabelecemos um ritmo confortável. Nós trabalhamos, Sophie fica até tarde duas noites por semana, e fico sozinho com Eden. Durante o dia, Mama James cuida dela, apaixonando-se cada vez mais por ela.

E meus sentimentos por Sophie continuam mudando também. Somos amigos, mas há uma tensão sexual subjacente que estou lentamente perdendo a capacidade de ignorar.

— Gostaria de chá? — pergunto a ela, limpando minha garganta e os pensamentos de como eu gostaria de aquecer seus lábios beijados pela neve com os meus.

— Isso seria adorável. Vou me trocar e verificar Eden.

Ela vai primeiro para o quarto de Eden, mas sai segundos depois com um sorriso.

— Ela já está dormindo.

— Já? — pergunto.

— Você deve tê-la cansado. Vocês só pintaram as unhas?

— Lemos alguns livros, assistimos a um programa e ela supervisionou o preparo do jantar e a limpeza. Ela comeu tudo e tomou um pouco de suco. No geral, foi uma noite normal juntos.

Sophie dá de ombros.

— Seja o que for, isso a esgotou.

— Missão cumprida então. Estarei na sala se você quiser assistir a um filme.

— Dê-me cerca de dez minutos.

Ela sai e eu vou para a sala, procurando na lista de possíveis filmes para assistir. Essa é a porcaria feminina típica, mas não tive que suportar uma dessas desde minha ex-esposa. Poderíamos ir de super-herói ou suspense, mas não tenho ideia se ela gosta disso.

Sou salvo quando ela aparece com um short de algodão e um suéter pendurado no ombro. Seu cabelo loiro está preso no alto da cabeça e ela está usando óculos. O visual sexy tipo vizinha ao lado está em pleno vigor.

— Você encontrou algo para assistir?

Sim, suas pernas incríveis.

— Eu estava esperando por você.

Ela sorri, empurrando os óculos para cima do nariz e pegando o chá.

— Gosto de quase tudo.

Gosto de você. Gosto de suas pernas. Gostaria de beijar você até que você não consiga mais respirar.

Querido Deus. Como diabos vou passar por isso sem me envergonhar?

— Que tal um mistério então? Existem alguns novos que são meio que cheios de suspense — eu sugiro.

Afastando o desejo cada vez maior, sorrio e rezo para que ela ocupe o outro sofá.

No entanto, nada parece estar indo do meu jeito, e ela se senta ao meu lado, dobrando as pernas por baixo.

— Maravilhoso. Amo suspense.

Eu me levanto, precisando me impedir de olhar para suas pernas nuas, ligo a lareira e pego o cobertor nas costas da cadeira para ela.

Coberta. Ela precisa ser coberta.

Eu coloco o cobertor sobre ela, e ela olha para mim confusa.

— Achei que você poderia ficar com frio. A temperatura continua caindo.

Assim como minhas células cerebrais, porque meu sangue está em outra parte da minha anatomia.

— Obrigada.

Isso é diferente para nós. Normalmente, vamos para nossos respectivos quartos depois que Eden vai para a cama. Nossos dias estão ocupados com meus turnos insanos e os horários dela sempre mudando, então nós dois estamos exaustos quando o jantar termina. No entanto, nós dois temos folga nos próximos dias e, como a neve chegou, pensei que talvez fosse uma boa ideia.

Eu estava errado.

Eu sou um maldito idiota.

Depois de procurar por qualquer um que envolva armas e caos, encontro um e aperto o play. Sophie se acomoda mais no sofá, e eu provavelmente pareço ridículo, porque estou mantendo muito mais distância entre nós do que seria normal. Se ficar longe dela, não vou querer tocá-la.

— Você já viu isso antes? — ela pergunta depois de um susto.

— Você já?

Ela balança a cabeça.

— Você simplesmente não parece perturbado.

É porque não estou focando no filme. Eu não poderia dizer a você uma maldita coisa que está acontecendo. Mas posso contar como está a respiração dela ou como ela mexeu as pernas treze vezes sob aquele cobertor. Posso dizer quantas vezes ela tomou um gole de chá, lambeu os lábios e estremeceu.

— Acho que só espero o que está por vir — minto.

Ela ri baixinho.

— Eu queria poder. Está com frio?

A pergunta me surpreende.

— Frio?

Ela levanta o cobertor e se aproxima de mim.

— Você continua tremendo um pouco. Aqui, posso compartilhar.

O que diabos eu digo sobre isso? Não estou com frio, na verdade, estou superaquecendo. Entre a lareira e meu sangue fervendo por ela, estou chocado por não estar suando abertamente e não sei o que posso fazer para me acalmar. Estou pensando em correr para fora e me jogar em um monte de neve.

Sophie nos enfia debaixo do cobertor, e abro meu braço para permitir que ela se aconchegue ao meu lado. Honestamente, teria sido ridículo se eu não fizesse.

Sem pausa, ela se move ao meu lado, descansando a cabeça no meu peito.

— Obrigada.

— Pelo quê?

Ela não diz nada por um momento e depois fala.

— Tudo isso. A única razão pela qual sobrevivi nesses últimos meses é por sua causa.

— Eu não fiz muito.

Ela se senta, com a mão no meu peito.

— Não fez muito? Você está louco? Você fez tudo. Não apenas nos deu um lugar para morar, mas também fez dele um lar. Eden adora você, e você é maravilhoso com ela. Tudo isso poderia ter sido diferente, mas você nos deu tudo. Acima de tudo, você nos deu segurança.

Jesus, eu quero beijá-la. Essa é a única coisa que continuo ouvindo na minha cabeça — o canto incitante, incentivando-me a fazer algo estúpido.

Beije-a, beije-a, beije-a.

Levanto minha mão, roçando a pele macia de sua bochecha com meus dedos.

— Eu não sou tão altruísta, Sophie.

Seus olhos se arregalam e o desejo nada nas piscinas azuis.

— Acho que você é.

— Eu quero vocês duas aqui. Quero mantê-las seguras, mas também não quero que vocês vão embora.

Ela envolve seus dedos finos em volta do meu pulso, mas não puxa minha mão para baixo. Ela apenas nos congela aqui.

— Isso não é egoísmo.

— O que estou pensando agora não é altruísta, posso prometer isso.

Sua respiração falha.

— E o que você está pensando?

Tenho tanto medo de assustá-la. Ela passou por muita coisa, mas estou sofrendo por ela.

— Como você é linda.

— Você acha que eu sou bonita? — ela pergunta como se não pudesse acreditar.

— Você sabe que eu acho.

— Acho você muito bonito — Sophie confessa, e juro que me ilumino por dentro. Um elogio estúpido e não consigo pensar direito. Não que eu pudesse antes, mas não vejo como isso é relevante. — Olho para suas linhas, como a luz se move ao seu redor e adoraria pintá-lo um dia, se você estivesse aberto.

— Nu? — pergunto. Bem, estou meio que provocando.

Suas bochechas ficam rosadas.

— Se é isso que você realmente quer.

Eu rio, puxando-a mais apertado.

— Assista ao filme, Sophie, antes que eu faça algo realmente estúpido.

Como beijá-la, tocá-la e aquecê-la em todos os lugares.

CAPÍTULO QUINZE

Sophie

Um calor confortável me envolve, e há crepitações fracas ao fundo. Estou tão confortável que nunca quero me levantar.

— Sophie, amor.

Eu me ajeito mais fundo no calor delicioso.

— Humm.

Uma risada baixa reverbera através de mim.

— Acorde, garota sonolenta.

— Não — murmuro, envolvendo meu braço mais apertado em torno de Holden.

— Você perdeu o filme.

— Não importa.

Seu braço aperta, e meus olhos se abrem. Holden. Estou dormindo em Holden. Sento-me rapidamente, ligeiramente desorientada e envergonhada. Porra.

— Adormeci.

— Você fez.

— Em você.

— Bem, mais ou menos.

Eu estava deitada em seu peito. Lembro-me da batida de seu coração e da maneira como sua respiração constante me embalou em um estado de sonho. O brilho do fogo e o calor de seu corpo fizeram minhas pálpebras ficarem pesadas. Droga.

— Sinto muito.

— Pelo quê? — Holden pergunta com a cabeça inclinada.

— Por... — Pelo que eu sinto muito? Abraçá-lo? Adormecer quando deveríamos estar assistindo a um filme? Desejar que estivéssemos em uma cama para que pudesse realmente ficar confortável com ele?

Todas essas são coisas pelas quais devo me lamentar, mas não tenho certeza de qual delas escolher. Sei que o último definitivamente não será repetido.

— Não estar assistindo ao filme.

Holden dá de ombros.

— Você não perdeu muito. O filme era muito chato.

— Então talvez tenha sido bom eu ter adormecido. — Ofereço a ele um sorriso.

A verdade é que mal durmo. Cada barulho me acorda, fazendo-me pensar se há alguém na casa. Estou sempre no limite, esperando que algo ou alguém apareça no escuro. Sentir-me segura por um tempo me permitiu finalmente relaxar.

— Ouça, sempre que precisar de mim para ser seu travesseiro, estou aqui.

— Agradeço a oferta. — Embora seja perigoso aceitar. Eu poderia ficar muito confortável e esquecer que esta vida pode desmoronar a qualquer momento. Não sei o que ou quem ou por que tive que fugir. Não tenho nada além de uma carta que não me dá nenhuma informação e uma esperança de que vir para cá foi o suficiente para nos manter seguros.

Mas, com Holden, quero mais do que apenas meia existência, e a cada dia que passa, nós nos tornamos mais uma família do que qualquer outra coisa.

Eu cozinho algumas noites, então ele faz, e nós dois cuidamos de Eden. Ele assumiu seu papel de pai de maneira esplêndida. Ele a adora, e ela acha que ele é perfeito, com o que eu concordo.

Olho pela janela para a neve que cai, cobrindo o chão com um lençol intocado. Embora não seja fã do frio, adoro a neve. Há algo de mágico na queda da neve, como ela repinta a terra com brilho. É o frescor que sugere um novo começo no horizonte.

Eu poderia ter isso?

Quero isso. Eu ficaria aqui, neste calor, com este homem que nos deu um novo começo. O passado é encoberto e esquecido pela novidade que ele oferece.

Está bem aqui na minha frente, mas estou com tanto medo de agarrá-lo.

— Ei, onde está sua mente? — Holden pergunta, ajustando o cobertor em volta de mim.

— Em uma fantasia — admito.

— Boa?

Sorrio, deixando escapar uma risada curta.

— Poderia ser, se fosse possível.

Holden pega meu queixo entre o polegar e o indicador, gentilmente me cutucando para olhar para ele.

— Sonhei com coisas que nunca pensei que fossem possíveis, e às vezes elas se tornam realidade. Você pode pensar que é uma fantasia, mas isso não significa que não possa se tornar realidade, Sophie. Sonhar é como temos esperança de um futuro melhor.

— E se esse futuro ainda é assustador porque, embora eu o deseje, não sei se é certo?

Ele deve saber que estou falando de nós.

Por favor, diga que você quer o mesmo e que encontraremos um jeito.

Não, isso é idiota. Eu não quero isso. Preciso que ele seja o forte, caramba.

— Nenhum de nós realmente sabe se algo está certo, apenas temos que ter fé.

E é aí que estou lutando.

Eu bocejo e Holden ri.

— Vamos, você precisa dormir um pouco.

Levanto-me, dobro o cobertor e espero que ele se levante. Caminhamos pelo corredor até nossos quartos. Não tenho certeza se devo dizer alguma coisa ou, se dissesse, se poderia evitar beijá-lo.

Quando chegamos à minha porta, ele fala primeiro.

— Eu tenho um turno cedo na sexta-feira, mas estava esperando que depois, talvez você deixasse Mama James ficar com Eden para que pudéssemos comer algo e conversar?

— Como um...

Deus, isso soa como se ele estivesse me convidando para um encontro, o que seria uma loucura, porque é tão cedo. Eu não estou pronta para isso. Mas talvez esteja sendo ousada ao pensar nisso. E se não for um encontro e ele quiser falar comigo sobre os direitos dos pais?

Teríamos que descobrir isso, porque não posso nem contestar as coisas. O nome de Holden não está na nova certidão de nascimento.

— Como um jantar — ele termina antes que meu pânico realmente se instale. — Nada mais do que dois amigos jantando para conversar sobre a vida.

— Tudo bem. — Tenho certeza de que ele pode ouvir a hesitação em minha voz.

— Sophie, prometo, não é nada. Eu só gostaria que nós saíssemos e nos conhecêssemos mais. Eden adora ir à casa de Mama James e sabemos que ela está segura lá. Vou até pedir a Emmett para colocar uma viatura no quarteirão dela, se você quiser ter outra camada de conforto.

— Você quer mesmo dizer isso? — pergunto.

— A coisa da patrulha? Sim. Além disso, tenho um amigo que faz segurança particular que estará na cidade neste fim de semana, posso ver se ele pode me ajudar.

Mantenho minha voz uniforme para não acabar dizendo a ele que já há um segurança de olho em nós e digo:

— Isso é muito legal. Tem certeza?

— Vou pedir a Emmett e Spencer para falar com Jackson. Se ele não puder, eu cuidarei disso.

Jackson? Jackson é amigo dele? Não pensei que fosse Holden que ele conhecia, mas agora faz sentido. Ele não queria que Holden o visse em sua casa quando trouxe a carta de Theo e, um tempo atrás, Blakely havia mencionado Emmett contratando segurança particular. Eu sou tão estúpida. Eu nem somei dois mais dois.

Alguma coisa na minha vida é realmente o que parece?

Então olho para Holden. Quem foi aberto, e gosto dele. Meu passado é meu passado, e prefiro olhar para frente.

— Então eu adoraria jantar com você.

Vou para o meu quarto, sorrindo como uma idiota total, e tento me forçar a dormir.

Horas depois, ainda estou bem acordada, então pego meu diário e caneta.

Querido Diário,

Faz pouco mais de três meses que cheguei a Rose Canyon.
Três meses me estabelecendo em uma vida que eu não sabia que deveria ter.

Mais uma vez, eu me deparo com esse sentimento que não

consigo entender, mas em partes iguais de felicidade e tristeza. Não porque saí da Inglaterra, porque com isso, estou em paz. Sinto falta de algumas coisas, mas quem me manteve lá foi Theo, e ele se foi.

Quando pintei hoje, pensei nele. Lembrei-me dele entrando em meu estúdio, tirando sarro de tudo o que eu tinha feito, e nós dois rindo de sua tolice. Ele sempre conseguia me fazer rir, mas também me magoou profundamente.

E minha vida, a que eu tinha, se foi. Eu quero mais do que isso. Eu quero... amor e uma vida.

Holden me faz sentir viva de uma forma que Theo nunca poderia. Sou uma mulher quando estou perto dele. Uma mulher que quer muito um homem.

Temos amizade, mas há algo esquentando — mais como fervendo — uma paixão que vai transbordar. Não tenho certeza de quanto tempo mais posso resistir ou se quero.

É mais o medo do que Theo pode ter feito ou se envolvido. Nunca vou esquecer o dia em que ele morreu e a maneira como ele me mandou embora. Como ele me implorou para ir e deixá--lo para nos manter seguras.

Seguras de quê?

Isso é algo que ainda não sei. E se nada disso for real? E se Theo criou esse esquema elaborado para me trazer aqui porque ele sabia que eu nunca teria forças para encontrar Holden sozinha? Não houve ameaças. Ninguém novo apareceu de repente na cidade. Mas não imaginei o que aconteceu no aeroporto, então me preocupo que, se eu baixar a guarda, seja nesse momento que algo pode acontecer. Todas essas perguntas circulam pelo ralo na minha cabeça.

Isso é o que eu não quero trazer para a vida de Holden, o que é irracional, já que só por estar aqui o coloco em risco.

Ainda assim, estou deitada na cama enquanto o relógio continua correndo, pensando em como seria segurá-lo. Como queria tanto envolver meus braços em seu pescoço e beijá-lo. Para ter uma noite juntos corretamente, porque ele é com o que eu sonho.

— Então, você tem um encontro? — Blakely pergunta enquanto tomamos nosso café semanal na lanchonete.

— Não é um encontro. É jantar com o cara com quem janto todas as noites.

Está começando a parecer mais um encontro quanto mais nos aproximamos, especialmente porque as garotas parecem convencidas de que é um.

— O que você disser, Sophie. — Brielle sorri.

— Não comece. Vocês duas me contaram suas histórias de amor e não estou impressionada com nenhum de seus processos de tomada de decisão.

Elas sorriem e tomam seu café. Blake abaixa a xícara primeiro.

— Escute, você pode chamar do que quiser, mas não minta e me diga que você está morando com Holden e não sente nada além de amizade.

Brie a cutuca.

— Ela deve. Ela fez isso com Theo. Talvez *seja* apenas amizade.

Não é. Nunca desejei Theo como desejo Holden.

Ambas me observam, e apenas dou de ombros.

— O que isso significa, Sophie? — Blake pergunta.

— Significa muitas coisas. Gosto mais dele do que de um amigo, sim, mas todos sabemos que minha vida não é fácil. Como isso seria justo com ele?

— Holden é um menino grande, ele pode cuidar de si mesmo — diz Brie. — E ele realmente gosta de você.

— E como você sabe disso?

— Porque conheço Holden James desde os cinco anos de idade e, acredite, isso é um encontro.

Eu gemo.

— Não quero perder o que temos.

— Estive lá, irmã. — A voz de Blakely está cheia de compreensão. — Emmett era meu melhor amigo, eu o amava e me afastei pelo que pensei ser o melhor para ele. Nunca é realmente isso, no entanto. Se você for honesta consigo mesma, o que não era uma característica que eu possuía até recentemente, é porque você está com medo. Não por ele, mas por você.

Não estou mentindo para ninguém sobre porque tenho medo. Eu sei exatamente por que estou com medo de deixar meu coração entrar, e é realmente bilateral.

— Eu não vou deixar meu passado machucá-lo.

Brie estende a mão.

— Deixe-me perguntar uma coisa, e se o seu passado nunca vier? Você vai simplesmente viver com essa nuvem sobre sua cabeça e nunca ser feliz?

— Eu estou feliz. Estou trabalhando, criando Eden com o pai dela e tenho amigos. O que mais eu poderia precisar? — contesto.

Blake suspira.

— Você sabe que não foi isso que ela quis dizer.

— Não, mas esta semana, gostaria de falar sobre qualquer coisa que não fosse este jantar.

Brie se recosta, com as mãos no ar.

— Justo.

Felizmente, acabamos falando sobre a escrita de Spencer e o julgamento de Emmett, que começa em algumas semanas. É uma loucura o quão perto da morte ele, Brielle e Blakley chegaram.

— Eu só quero que isso acabe, sabe? — Blake diz quase distraidamente.

— Irá em breve. Então todos nós poderemos seguir em frente — Brie a tranquiliza.

Ela acena com a cabeça.

— Eu amo meu trabalho, de verdade, mas há momentos em que é incrivelmente difícil ver essas garotas. Algumas estão quebradas, tão altas que não conseguem ver direito ou acabam como indigentes . Só quero ajudá-las da melhor maneira possível.

— E você ajuda. Você e Addison já fizeram um trabalho incrível — Brielle garante a ela.

— Addison, sua cunhada? — Já ouvi falar dela algumas vezes, mas eles meio que dançam em torno do assunto. Nenhum deles fala muito, mas há uma espécie de tristeza coletiva.

— Sim — Brie responde com um sorriso. — Bem, ela era mais do que isso, realmente, mas quando Isaac foi morto, ela não aguentou estar aqui. A família dela se mudou, e ela está na Costa Leste agora. Havia tanta...

incerteza após o assassinato de que era melhor para ela ir embora. Sempre esperei que ela voltasse.

— Eu sinto muito. Imagino que seja difícil ela ter ido embora.

Seus ombros sobem e descem.

— Está bem. Ela está muito feliz na Pensilvânia. Ela cuida do escritório do *Run to Me* na Costa Leste, o que lhe deu um grande senso de propósito, bem como uma desculpa sólida para ela ficar em Sugarloaf. Deixando tudo de lado, a presença dela lá está ajudando na sua cura.

Blakely sorri para mim.

— Mais ou menos como você aqui.

A cada dia que estou aqui, sinto como se estivesse me curando e encontrando meu lugar, aquele onde sempre deveria estar.

— Nunca pensei nisso dessa forma — admito.

— Bem, está claro como o dia desde que você está feliz… e indo a um encontro.

Todas nós rimos, e eu não as corrijo, porque uma parte de mim realmente quer isso.

CAPÍTULO DEZESSEIS

Holden

São duas da manhã e não consigo dormir. Só fico pensando nesse não-encontro que teremos e no quanto quero beijá-la. Quando colocamos Eden na cama esta noite, houve um momento em que pensei que talvez isso fosse acontecer, mas ela se afastou.

Então, aqui estou eu, ferido e irritado. Não adianta me deitar aqui e enlouquecer. Jogando minhas pernas para o lado da cama, me levanto e vou para a cozinha. Talvez um copo de leite e biscoitos resolvam o problema. Talvez, um saco de batatas fritas e alguns ursinhos de goma possam me ajudar durante a noite.

Sei que isso me faz parecer um adolescente, mas sou quem sou.

Ando na ponta dos pés, com cuidado para não acordar Sophie ou Eden, mas quando viro o corredor da cozinha, esbarro em alguém.

O suspiro é alto e, em seguida, um líquido frio escorre pelo meu peito nu. Por instinto, estendo a mão para agarrar Sophie antes que ela caia no chão.

— Peguei você — digo enquanto suas mãos agarram meus ombros.

Uma vez que ela está firme, eu a solto e olho para o meu peito e depois para ela.

Nós dois estamos cobertos de suco.

— Desculpe. — Ela pega o pano de prato e começa a limpar meu peito. — Eden sofreu outro acidente, então eu a limpei, coloquei-a na cama e vim aqui para pegar uma bebida, porque não conseguia dormir... — Sua outra mão repousa sobre meu coração, e seu toque, o calor de seus dedos, faz com que outras partes de mim despertem.

Agarro seu pulso, puxando sua mão para que ela pare de me tocar. Estou perdendo a cabeça com as mãos dela na minha pele.

— Eden está bem?

— Ela está bem. Ela deve ter bebido muito líquido antes de dormir.

— Bom, desculpe pela bagunça. Eu não deveria ter surgido do nada.

— Eu deveria ter acendido uma luz.

Estamos aqui, no escuro, onde não posso vê-la, mas posso senti-la. Tudo dela. Posso ouvir sua respiração suave, sentir seu perfume delicado de rosa e sândalo, e sentir o calor de seu corpo ainda perto do meu, e eu quero beijá-la.

Eu quero puxá-la para perto e provar seus lábios.

Solto seu pulso, com medo de que, se mantiver essa conexão, não conseguirei me conter.

Mas quando o faço, Sophie leva a mão de volta ao meu peito. Os únicos sons vêm de nós dois respirando um pouco mais alto do que antes.

— Talvez seja melhor ficar no escuro — Sophie diz suavemente.

— Por quê?

— Ninguém pode ver o que fazemos.

— Isso não é verdade, linda. Não há nada no escuro que possa evitar a luz para sempre. O que você faz ali não fica escondido só porque você não pode ver.

Sinto sua respiração em meu queixo e imagino aqueles olhos azuis procurando os meus.

— Acontecemos no escuro...

Quando seus dedos deslizam ligeiramente para cima, não consigo parar de tocá-la. Minha mão está em suas costas, puxando-a para mais perto. Sophie vem de bom grado, e tanto quanto eu quero beijá-la – e quero tanto isso – sei que se fizer isso, de alguma forma vou estragar qualquer chance que tenha com ela.

Ela tem que me beijar. Ela tem que estar pronta e capaz de confiar, porque eu não quero que ela sinta vergonha de nós ou do que fizemos.

Então, em vez de fazer a única coisa que quero, coloco minha outra mão nas costas dela e me movo levemente.

— Dance comigo, Sophie.

Sua testa toca meu peito, e nós balançamos um pouco.

CORINNE MICHAELS

— Dançar no escuro é o que nos colocou em apuros.

Eu rio contra seu ouvido.

— Acho que foi o banheiro, amor. Não me lembro de dançar naquela ocasião, mas sempre me lembrarei desta noite. Quando você derramou suco em mim e depois dançou comigo descalça na poça.

Sinto a cabeça dela se mover de um lado para o outro.

— Holden?

— Sim?

Ela faz uma pausa, e meu batimento cardíaco acelera quando seu dedo se move como se ela estivesse traçando algo contra a minha pele.

— Gosto de você.

— Isso é bom — falo com uma risada suave.

— Gosto de você mais do que sinto que deveria.

Eu gosto dela muito mais do que deveria, mas não digo isso. Em vez disso, eu nos viro um pouco e esfrego meu polegar ao longo de sua espinha.

— Não acho que exista tal coisa.

Seu suspiro suave enche o ambiente.

— Não estou pronta para gostar de você desse jeito.

Ela passou por um inferno, e não duvido que ela esteja com medo, mas incendiaria o mundo antes de machucá-la. Os sentimentos que Sophie tem, eu também compartilho.

Eu gosto do jeito que ela sorri.

Adoro a voz dela e a maneira como ela se anima ao me contar uma história sobre sua vida. Quando estou no trabalho, conto os minutos até poder voltar.

Ela me deu mais nos últimos meses do que jamais pensei ser possível. Ela me deu uma filha, mas mesmo que Eden não existisse, eu gravitaria em torno de Sophie.

Seu calor irradia dela, e desejo isso.

— Então vamos dançar até que você esteja pronta.

— Você pode pedir outra bolsa de fluidos intravenosos para o paciente no quarto seis? — peço à minha enfermeira-chefe, Trina.

Desde aquele dia em meu escritório, ela tem sido muito mais legal comigo.

— Claro, Dr. James.

Eu dou uma piscadela para ela, e ela se dirige para a sala das enfermeiras enquanto sigo para a área do café. Não importaria se isso fosse lodo de verdade, eu ainda beberia agora.

Coloco-o em uma caneca, tomo um gole e engulo, porque tenho certeza de que é apenas isso – lodo.

Faltam cerca de vinte minutos para o fim do meu turno e, embora tenha sido um dia bastante lento, parece que sempre começa antes de você estar pronto para sair. Esta noite, preciso que isso não aconteça.

Eu tenho um tipo de encontro.

— Ei, Holden, como vai? — Kate pergunta, pegando a jarra de café, encolhendo-se e colocando-a de volta no aquecedor.

Levantando minha xícara, dou a ela um sorriso.

— Está indo.

— Você está bebendo essa porcaria? Prefiro dormir no chão a tomar café na estação do paciente.

— É cafeína e não tenho tempo de correr para o refeitório.

Ela ri.

— Bem, nós fazemos o que devemos.

— Como está indo aquele caso que a deixou perplexa?

Kate coloca seu tablet no parapeito e suspira.

— Sabe, luto mais com as garotas dessa faixa etária. Elas são sempre um pouco engraçadas em contar toda a história. Ela tinha muitos hematomas, e é por isso que eu esperava que você pedisse uma varredura de corpo inteiro.

— Para verificar o quê?

— Eu acho que ela está sendo abusada. Gostaria de ver se ela tem alguma fratura curada ou mesmo dano atual. Ela mencionou estar com várias outras garotas e, quando pedi que explicasse, ela mencionou uma ambulância. Não sei, isso levantou minhas bandeiras vermelhas e, quando mencionei isso a George, ele me disse para seguir meu instinto, o que me leva a você.

O caso Wilkinson. Tenho certeza de que Emmett contou a George sobre isso.

— Qual deles? — pergunto caso eu esteja errado.

— Aquele com o cara que matou seu melhor amigo e quase matou o outro...

Eu gosto da Kate, mas o círculo nos detalhes é bem pequeno. Até eu falar com Emmett, não estou muito confortável em compartilhar o que sei. Embora, se o namorado dela está contando coisas para ela, ela provavelmente sabe mais do que eu.

— Sinceramente, não sei de nada, mas estou feliz em solicitar a varredura de corpo inteiro. Podemos verificar lesões anteriores. Foi solicitado um exame toxicológico completo e exames de sangue?

Ela folheia o tablet por um segundo antes de dizer:

— Parece que é isso.

Pego e examino os resultados. A contagem de glóbulos brancos está elevada, mas pode ser qualquer coisa. Aí olho o laudo toxicológico dela, ela tem alguns vestígios de opioides, que segundo o histórico dela, foram prescritos.

— Não estou vendo nada de alarmante aqui. O que faz você pensar que ela está ligada a um caso?

Kate solta um longo suspiro pelo nariz.

— Às vezes, acho que é intuição. Ou talvez seja a esperança de que esteja, porque assim eu teria um ponto de partida com ela. Ela não fala, não muito, pelo menos. Apenas diz que está melhor, mas não há nada melhor. Sua mãe está tentando tudo o que pode para fazê-la se abrir, mas ela não fala. Tudo o que sabemos é que ela estava indo para a escola, vendo amigos, e tudo parecia normal. Então, um dia, ela simplesmente... nunca voltou para casa. Todos presumiram que ela fugiu e sumiu por cerca de três meses. Sabemos que ela estava usando durante esse tempo por causa do plano de tratamento para ajudá-la a desintoxicar.

Isso me faz pensar por que o médico prescreveria analgésicos.

— Você não acha que é apenas uma garota drogada que fugiu?

— Não sei. Simplesmente não parece que nenhuma das coisas normais que vejo estavam lá. Claro, os pais dela podem estar alheios, mas acho que é outra coisa. Quero chegar à raiz do problema e ajudá-la a se recuperar do que aconteceu. É simplesmente impossível lidar com o trauma sem a causa. Liguei para Mike Girardo para ver se ele tinha alguma ideia. Claro, ele disse algo sobre eletrodos e sálvia... não sei.

Eu rio.

— Ele rompeu com Brielle.

— Ele rompeu, e agora, eu… bem, ele fez. Ele é incrível e tenho que fazer o mesmo com essa garota.

Tenho certeza de que ela ia dizer algo sobre Brielle, mas se conteve. Há um nível de confidencialidade que tentamos manter, mas estamos autorizados a falar sobre nossos pacientes se estiver relacionado ao tratamento. Ainda assim, Brielle é uma amiga minha, e Kate sabe disso, então agradeço por ela não ter quebrado a confidencialidade e possivelmente me colocado em uma posição embaraçosa.

— Se você quiser, vou dar uma olhada no arquivo dela e compará-lo com outro caso que tem um perfil semelhante. Posso ver se há uma conexão que foi perdida.

— Isso seria incrível. Eu realmente acredito que essa garota não fugiu. Acho que ela foi mantida em algum lugar. Lidei com o meu quinhão de ambos, e ela reage muito mais a um trauma do que a uma escolha.

Meu telefone vibra, avisando que meu turno acabou e que é noite de encontro.

— Vou dar uma olhada. Eu tenho que ir.

— Tem um encontro amoroso? — ela pergunta.

Sorrio.

— Algo parecido…

E espero algo mais.

CAPÍTULO DEZESSETE

Sophie

— Agora você seja uma boa menina para Mama James, ok? — Estou agachada na frente de Eden, tentando me despedir dela pela terceira vez. Há algo sobre ir a este encontro que me deixou abalada. Escrevi em meu diário sobre isso, o que geralmente ajuda.

Exceto, aparentemente, quando estou escrevendo sobre o encontro que está causando minha ansiedade.

Holden, que tem a paciência de um santo, não disse uma palavra cada vez que me virei para voltar.

— Sim, mamãe.

— E se você sentir que precisa ir ao banheiro, vá imediatamente.

— Sim, mamãe.

— E nada de doces. Você não quer uma dor de barriga. Seja legal com Pickles. Se ele não quiser ser segurado, não tente pegá-lo.

Holden zomba.

— Por favor, atormente o gato. Ele merece.

Mama James solta um tsc.

— Talvez se você fosse mais legal com ele, ele não te odiaria tanto, Holden Xavier.

— Sim, ouvi dizer que demônios são repelidos pela bondade.

— Você é ridículo — Mama James repreende e então pega a mão de Eden. — Não se preocupe, Sophie. Vamos nos divertir muito e, se houver algum problema, ligarei imediatamente.

Eu me forço a ficar de pé e dar um passo para trás. É incrivelmente difícil deixá-la aqui desprotegida. Holden se aproxima, sua mão descansando nas minhas costas, lábio na minha orelha.

— Emmett está de plantão e virá a cada hora. Prometo a você, Sophie, que protegerei você e Eden com tudo o que tenho. Você confia em mim?

Meu coração dispara quando suas palavras criam uma onda de segurança ao meu redor. Eu movo minha cabeça, olhando em seus profundos olhos castanhos. É impressionante o quanto confio nele. É claro que ele é um grande homem e um bom pai. Ele não deixou meus medos passarem despercebidos, ele garantiu que minha – *nossa* – filha estivesse segura.

— Eu confio em você.

Seu sorriso faz meu peito apertar.

— Bom. Vamos jantar e ligamos para dar uma conferida sempre que você precisar.

Parece tão bobo, mas o fato de ele ter dito isso significa o mundo para mim. Eu me inclino para beijar a bochecha de Eden e então Mama James me dá um abraço.

— Divirta-se e ligaremos se precisarmos de você.

Holden me ajuda a vestir o casaco e então coloca a mão nas minhas costas. Ele abre minha porta e depois a fecha assim que entro. Sei que ele disse que não era um encontro, mas tudo isso parece muito com um, e não consigo parar de sorrir, o que me faz questionar minha sanidade.

Quando ele se senta no banco do motorista, eu me viro para ele.

— Juro que geralmente não sou tão neurótica.

— Você não é neurótica, Sophie. Você passou por muita coisa e tem todo o direito de ficar nervosa por deixá-la por mais tempo do que o normal.

— Bem, e é para um encontro.

— Pensei que não iríamos a um encontro — ele brinca. Droga. Agora me sinto ridícula, mas Holden segura minha mão. — Apenas relaxe e saiba que Mama James aterrorizaria qualquer um que tentasse chegar perto de Eden. Eu nunca a deixaria de outra forma.

— Como você pode se sentir assim sobre ela já? — pergunto. — Você a ama.

— Ela é minha filha.

— Mas… você acabou de descobrir.

Holden muda para me encarar melhor.

— Quando eles a colocaram em seus braços depois que você deu à luz, demorou dias ou um momento para amar aquela criança?

Respondo instantaneamente:

— Nem um momento.

— Logo que a vi, soube que ela era minha e me senti da mesma forma. Não preciso de semanas ou meses para amar aquela criança. Ela é minha... nossa. Eu sou o pai dela, quer ela saiba disso ou não, e tudo o que quero é protegê-la dos horrores deste mundo. Agora posso passar um tempo aprendendo quem ela é e amando-a ainda mais. Se Theo era como eu, ele sentia o mesmo, e é por isso que você está aqui. Ele mandou você aqui porque sabia que só um pai trocaria a própria vida pela dela.

Uma lágrima cai pelo meu rosto, e a confusão de emoções batalha em meu peito. Há um alívio, porque também me preocupei com tudo isso. Há esperança, porque eu não tinha ideia de que Eden conheceria o amor de um pai depois que Theo morresse. Preocupava-me que ela não tivesse alguém para fazer todas as coisas que os pais fazem. Encontrar Holden, um homem gentil que já a ama do jeito que só um pai pode, acalma minha alma quebrada. Então sinto um pouco de raiva de mim e, novamente, de Theo. Além de todas as outras coisas que ele escondeu de mim, por ele ter escondido isso, por ter roubado de mim algo que eu poderia ter comparti- lhado com Holden, dá vontade de gritar.

Holden enxuga minha lágrima.

— Por que você está chorando?

Olho pela janela, recompondo-me antes de me virar para ele.

— Eu não tinha ideia de que um homem como você existia, Holden James, e estou feliz e triste por estarmos aqui esta noite. Feliz, porque você é um bom homem com quem sou incrivelmente abençoada por com- partilhar uma filha. Triste, porque, se Theo não tivesse morrido, não nos conheceríamos. Triste, porque você deveria ter visto seu primeiro sorriso e passos. Você deveria ter sido capaz de ouvir sua primeira risada ou palavra. Você foi roubado de todos esses momentos e, em vez de ficar com raiva, você é... você.

— Estou chateado por ter perdido tudo, mas já vi merdas horríveis na minha vida. Já vi crianças morrerem de câncer, abuso, negligência e outras coisas que me assombram à noite. Eu poderia estar com raiva, e posso de- sejar ter o que não tive, ou posso ser o homem que Eden e você precisam. Escolho isso.

— Eu?

Ele sorri.

— Bem, você é a mamãe da minha bebê.

Eu rio.

— Eu sou, e você é o papai da minha bebê.

— Brincadeiras à parte, estou aqui para você também.

Homens assim realmente existem? Se assim for, eu realmente tive sorte em Las Vegas.

— Obrigada, Holden.

— Vamos jantar e depois podemos voltar para Eden.

Eu gosto desse plano e estou começando a gostar dele também.

CAPÍTULO DEZOITO

Holden

Isso não é um encontro. Fico me lembrando disso sempre que quero estender a mão sobre a mesa e pegar a dela. Ou quando ela sorri para mim, aqueles olhos azuis brilhando à luz das velas, e isso deixa meu pau duro. Posso não me lembrar muito sobre nosso encontro, mas me lembro do jeito que ela olhou para mim. Era a mesma maneira que ela está olhando para mim agora.

— Conte-me sobre você quando era um garotinho — diz Sophie.

Isso me tira do sério.

— O quê?

— Como você era quando criança?

Coloco meu garfo para baixo.

— Eu era um garoto normal, acho. Tive meu quinhão de arranhões e contusões. E você?

— Eu era muito quieta. Cresci em uma casa onde as crianças não eram vistas ou ouvidas — ela responde. — Isso promoveu um amor muito profundo pela leitura e pelo desenho.

— O que levou ao seu amor pela pintura — eu termino.

Ela acena com a cabeça.

— Eu me sentava na minha janela e desenhava o mundo exterior como o via na minha cabeça. As coisas na minha vida nem sempre foram pitorescas, mas na tela elas eram. Meus pais dividem seu tempo entre Londres e

Surrey. Tínhamos uma casa ridícula no campo e íamos passar férias lá pelo menos uma vez por mês.

— Você gostava?

— A casa? Era impressionante. Tinha uma piscina coberta e uma sala de cinema, algo inédito na época. Era a mansão do meu bisavô e foi passada ao meu pai. Ele amava aquela casa mais do que acho que amava minha mãe ou a mim. — Ela ri sem humor. — Bem, eu sei que isso é verdade. Ele não se importava muito com nenhuma de nós. Mesmo assim, quando íamos para lá, podia viver em um mundo diferente. Onde garotinhas eram jogadas no gramado perfeito em vez de serem mantidas fora dele. Onde podia correr para o meu pai, e ele sorria de braços abertos. Eles não eram pais ruins, apenas não eram afetuosos. Eles fizeram um bom show, no entanto. Todos acreditavam que éramos uma família modelo que tinha tudo.

Eu sei disso muito bem. Meus pais estavam ausentes a maior parte do tempo e negligentes quando estavam lá. Cresci sem saber muito sobre amor parental, a menos que estivesse com Isaac ou a família de Emmett. Acima de tudo, tento muito não pensar em Kira e em como eles a mataram.

— Minha família era assim. O exterior não combinava com a vida que vivíamos atrás das paredes. Tínhamos uma casa legal, não era grande, mas era melhor do que a maioria das casas dos meus amigos. Eles também eram os maiores hipócritas que eu já conheci. Meu pai era pastor de uma igreja algumas cidades adiante e minha mãe era professora. Lá estavam eles, dizendo às pessoas para cuidarem mais, amarem e respeitarem o que temos, mas basicamente ignoravam seus próprios filhos. Mamãe se importava com a aparência dela na comunidade, e meu pai, bem, nem posso entrar nisso. Minha irmã Kira e eu basicamente nos criamos, porque nossos pais estavam sempre trabalhando com alguém que precisava mais deles, sem ver que estávamos desmoronando.

— Parece que tivemos infâncias muito parecidas. Pais que se importavam mais com os outros do que com os filhos.

Ela não sabe nem da metade. Meus pais são o motivo da morte de minha irmã.

— E ainda assim você não é nada disso com Eden — falo, não querendo expor essa parte do meu passado ainda.

O olhar de Sophie cai enquanto ela balança a cabeça.

— Acho que é com isso que mais luto. Como mãe, como um pai não ama seu filho? Como eles afirmam que sim, mas depois o afastam no segundo em que seu filho faz algo com o qual eles discordam?

— Você quer dizer sobre quando chegou em casa grávida?

— Sim. Mas meu pai era realmente quem teria me expulsado sem olhar para trás. Ele nunca teria aceitado sua filha perfeita tendo um filho fora do casamento. Ele se preocupava muito com as aparências, e ele e minha mãe basicamente arranjaram meu casamento antes da morte de meu pai. Eles queriam que eu me casasse com um adversário de negócios, o que teria assegurado a fusão de suas empresas. Eu não passava de uma transação comercial e não queria fazer parte dela.

— Entendo isso.

Ela acena com a cabeça.

— Theo também. Seus pais eram igualmente miseráveis. Eles se ressentiam por ele ter arruinado sua imagem de uma vida idílica. Eles queriam um filho perfeito e, em vez disso, tiveram um filho com um defeito no coração que os faria perder a vida. — Ela coloca o guardanapo na mesa e suspira. — Eu os odiava. Eles eram pessoas horríveis e, quando ele se tornou adulto, lavaram as mãos dele e de seus cuidados médicos. Ocupados demais tentando recuperar a vida que perderam tendo que cuidar dele. Não que eles fizessem muito disso de qualquer maneira. Sempre colocando-o com um cuidador ou deixando-o no hospital.

— Parece que todos os nossos pais poderiam ter vivido juntos em uma comunidade.

— A terra da merda para os pais?

Sorrio com isso.

— O meu seria o presidente.

Sophie se inclina para trás, observando-me.

— Pior que os pais de Theo?

Eu concordo.

Alguns momentos atrás, não queria compartilhar essa parte de mim. Odeio meus pais pelo que eles fizeram. A negligência nem sempre segue as linhas que a sociedade pensa que segue, e nem sempre é visível até que seja tarde demais.

— Como assim? — Sophie pergunta.

— Eles são a razão de eu ser médico.

— Isso não parece que os torna monstros.

— A razão pela qual eu queria me tornar um sim — eu digo. Se eu tivesse sido treinado. Se soubesse alguma coisa sobre a condição de minha irmã, poderia tê-la salvado. Poderia ter feito tanto, mas eu tinha quinze anos e não sabia nada sobre estar doente. Minha irmã contou a eles sobre o que estava acontecendo, e eles reviraram os olhos antes de voltar a salvar o mundo enquanto Kira sofria.

— Você pode me dizer, Holden. — A voz de Sophie é suave. — Garanto a você que não tenho espaço para julgar o outro, e não o faria de qualquer maneira.

Existem apenas seis pessoas no mundo que sabem o que aconteceu. Seis pessoas que estavam lá e me salvaram depois de perdê-la.

— Minha irmã morreu de coma diabético quando eu tinha quinze anos. Ela tinha nove anos. Kira nunca esteve em seus planos. Eles queriam um filho só para manter as aparências, mas aí minha mãe engravidou dela. Desde o dia em que descobriram, foi um desespero total. Eu estava feliz, lembro-me de estar entusiasmado por ter uma irmã. Eu... não sei, parece que tudo se confunde. Nós nos criamos, cozinhávamos para nós mesmos se Mama James não estivesse por perto. Naquela época, ela trabalhava em período integral, mas fazia o possível para nos verificar. No entanto, com dois filhos tentando fazer comida, realmente não eram coisas saudáveis.

— Vocês ficavam sozinhos com tanta frequência? — Sophie pergunta, preocupação enchendo sua voz.

— Houve uma vez em que não vi nem ouvi falar de nossos pais por seis dias. Eu tinha doze anos e estava cuidando de Kira. Minha mãe foi a uma conferência e meu pai provavelmente estava dormindo com uma de suas paroquianas.

Eu nunca vou esquecer aquele tempo. Achei que tinham morrido, mas fiquei com medo de dizer algo, porque uma das crianças da escola havia sido retirada de casa e separada dos irmãos. A ideia de não ter minha irmã era mais assustadora do que fazer o possível para sobreviver.

— Oh, Deus! — ela engasga. — Isso é terrível.

— Quando éramos jovens, escondi muitas coisas. Então, tanto quanto meus pais são os culpados, também sou. Menti sobre os problemas de Kira, pensando que a verdade pioraria as coisas. Eu minimizei tudo.

Ela estende a mão.

— Você era um menino. Você nunca poderia saber que havia algo errado.

— Sei disso agora, mas lutei por muito tempo. Eu me culpei, depois meus pais, e agora faço o que posso para garantir que isso não aconteça com mais ninguém.

— Sinto muito.

Penso em como as coisas eram difíceis naquela época e em como meus pais também encontraram uma maneira de me culpar. Ela morreu quando eu estava no segundo ano e, no último ano, meus pais se transformaram em completos idiotas. Tive sorte que Mama James me tirou daquela casa. É por causa dela que sou metade do homem que sou.

— É o que é. Sinto saudades da minha irmã. Eu gostaria que ela pudesse ter conhecido você e Eden. Acho que ela teria crescido e se tornado uma mulher notável se tivesse a chance.

— Com você como irmão dela, tenho certeza disso.

Sophie afasta a mão e sinto falta de seu toque. Não sei como já estou sentindo coisas por ela. Isso não faz sentido. Ela está escondendo coisas, e aqui estou eu, perguntando-me se não há problema em fazer uma jogada, já que ela não tinha nenhum tipo de sentimento romântico pelo marido.

Estou indo direto para o inferno.

Mas me abrir para ela parece... bom. Faz tanto tempo que não falo sobre Kira que esqueci como é dizer o nome dela.

Minha ex-mulher a amava. Ela e eu costumávamos falar sobre ela o tempo todo. Jenna era minha namorada do colégio e passava dias em minha casa quando meus pais desapareciam. Kira achava que Jenna era a garota mais bonita do mundo. Eu concordava na hora. Olhando para trás, isso me faz pensar que perder Kira fez com que eu me apegasse ainda mais a qualquer coisa que amava, e foi por isso que eu pedi Jenna em casamento no nosso segundo ano de faculdade, e nos casamos três meses depois.

Eu simplesmente não podia perdê-la.

Eu não podia perder mais nada.

Então percebi que segurar coisas que deveriam ser gratuitas era pior do que perdê-las. Era a prisão.

Quando ela me entregou os papéis do divórcio antes da faculdade de medicina, entendi. Eu a prendi e tentei fazê-la morar na minha caixa, e ela não conseguiu. Ela foi mais forte do que eu para ir embora e, no final, foi a decisão certa para nós dois.

Pelo menos essa foi a besteira com a qual eu me alimentei.

Sophie se recosta na cadeira, sorrindo para mim.

— O jantar foi incrível. Obrigada por me trazer aqui e pela noite inteira.

— Estou feliz que você gostou.

— Eu também gostei da companhia — diz ela, com as bochechas ficando rosadas.

— Eu também.

Eu gosto dela, e não deveria. Temos um monte de bagagem com a qual precisamos lidar antes de tentar mais.

Mas então esses malditos olhos estão olhando para mim, tornando difícil pensar com a cabeça correta.

Ela suspira pesadamente.

— Tudo isso poderia ter sido tão diferente, sabe? Eu poderia ter chegado e descoberto que você era casado com sua própria família. Não consigo imaginar como teria lidado com isso.

— Você não acha que seu marido sabia que não seria o caso?

— Oh. — Sophie pisca. — Sim, suponho que sim. — Ela fica em silêncio, olhando para a vela por um momento antes de erguer o olhar para mim. — Ele disse algo alguns meses antes de falecer. Não pensei muito nisso, porque Theo e eu sempre brincávamos sobre nossas horríveis vidas amorosas. Ele disse algo sobre como, uma vez que ele morresse, eu finalmente seria enviada ao homem certo, porque não poderia encontrá-lo se ele estivesse a meio metro de mim. Nós rimos muito, mas depois disso ele fazia pequenos comentários sobre Eden e eu sermos enviadas para alguém que era melhor do que ele. — Sophie desvia o olhar novamente. — Eu acho que ele...

Espero por ela e, em seguida, corro meu polegar ao longo do topo de sua mão.

— Queria dizer eu?

Sua cabeça se levanta e ela acena com a cabeça.

— Se ele pensou isso, você deve tê-lo conhecido.

Esse pensamento nunca passou pela minha cabeça. Agora, eu me pergunto se Theo veio me encontrar. Ele me entrevistou para o trabalho de pegar sua esposa e minha filha?

— Nunca estive em Londres.

— Ele viajava muito. Não tanto no ano passado, mas antes disso, ele sempre tinha uma viagem. Ele fazia finanças para muitas grandes empresas sediadas nos Estados Unidos. Lembro-me de quando Eden era um bebê, eu reclamava que tinha me casado com ele para ser uma mãe solteira de qualquer maneira.

— Ele já veio para a Califórnia? — Acabei de receber seu arquivo médico e me lembrei de algo familiar sobre um paciente que conheci. Não consigo me lembrar dos detalhes, mas estou começando a me perguntar se foi ele.

— Sabe, não tenho certeza. Ele esteve muito em Atlanta, eu sei disso. Parece bobo que eu não soubesse de todos os lugares que ele frequentava, mas ele viajava tanto que parei de prestar atenção.

Eu sei disso muito bem. Fiz o mesmo quando meus pais se foram. Era mais uma surpresa quando eles estavam em casa.

— Você tem uma foto no seu telefone?

Sophie olha para as próprias mãos.

— Na verdade, meu telefone foi tirado de mim. Foi parte das muitas coisas que perdi enquanto fugia de quem estava me perseguindo, e meu novo não tem nenhuma foto dele.

— Ok...

Ela se anima.

— Oh! Posso achar uma foto. — Sua mão se move contra a tela enquanto ela procura e então ela sorri. — Aqui, esta é a conta de mídia social dele.

Pego o telefone e olho a foto. Os dois estão lado a lado, e ele está segurando Eden em seus braços. Eles parecem a família perfeita, todos sorrisos e amor. Ele era apenas um pouco mais alto do que Sophie, o que significa que ele deveria ser mais baixo do que eu, e tinha cabelo castanho claro. Eu definitivamente não reconheço o rosto dele.

— Você mencionou que seu telefone foi roubado, quem deu esse a você?

Seus lábios se abrem e ela tenta sorrir.

— Comprei. Estava em Las Vegas e eu... tenho um telefone para poder entrar em contato com a polícia se precisar.

Sua incapacidade de me olhar nos olhos me diz que isso não é verdade. Meu instinto diz para indagá-la sobre isso, insistir nas informações que ela está guardando, mas meu coração diz para deixá-la me dizer quando estiver pronta.

Decido dar a ela um pouco de ambos.

— Quanto menos eu sei, mais difícil é proteger você. Você deve ter tido ajuda ao longo do caminho, e não vou pressioná-la a me dar mais informações do que deseja, mas prefiro que me diga que não pode ou não quer dizer isso do que mentir para mim.

O olhar em seu rosto me faz querer chutar minha própria bunda.

— Minha ajuda veio de alguém em cada parada que me deu uma nota de Theo, falando sobre o próximo passo. Sinto muito se não posso lhe dizer mais do que isso.

— Não sinta... só quero que possamos conversar. Se você não pode me dizer, eu entendo, mas apenas me diga isso. Quanto menos falsidades tivermos com que nos preocupar, mais fácil será para nós.

Ela acena com a cabeça.

— Não sei dizer quem me ajudou ao longo do caminho. Ficou muito claro que as identidades deles devem ser mantidas longe de você e de todos os outros.

Pelo menos ela está me dizendo algo.

— Ok. E essas pessoas são confiáveis?

— Theo confiava nelas, e elas fizeram tudo o que podiam para manter a mim e a Eden seguras.

As perguntas que tenho são intransponíveis, mas, novamente, preciso seguir uma linha apertada.

— Então, *quando* você puder me contar mais, espero que você o faça.

— Eu vou. Sei que Theo não parece ser um cara legal, mas ele era. Ele esteve lá para mim quando eu não tinha ninguém, e qualquer confusão em que ele se meteu, fez o que pôde para nos manter longe dela e garantiu que estaríamos seguras quando ele não estivesse mais aqui para nos proteger. É a única razão pela qual entrei naquele avião e segui todas as instruções. E acho que isso me levou aonde deveria ter ido… para você.

CAPÍTULO DEZENOVE

Sophie

Holden começa a dizer algo, mas o garçom vem até a mesa, interrompendo nossa conversa.

— Desculpe-me, Dr. James?

— Sim?

— Há uma chamada para você no bar. Disseram que é urgente.

Ele se levanta rapidamente, pegando seu telefone celular.

— Dê-me um segundo. — Concordo com a cabeça, mas ele já está se movendo em direção ao bar. Não tenho certeza do que fazer, então o observo enquanto ele atende à ligação. Depois de um segundo, ele desliga e corre de volta para mim. — Temos de ir.

— Está tudo bem?

— Nós precisamos ir.

Eu me levanto, pego minha bolsa e ele me ajuda com meu casaco.

— Holden, você está me assustando.

— Era Emmett. Algumas garotas acabaram de aparecer no *Run to Me* e precisam de mim o mais rápido possível para ajudar.

— Eu vou com você — falo rapidamente. — Eu posso ajudar se você precisar.

— Sophie. — Ele suspira. — Eu não quero levar você lá. Confie em mim, você não quer ver nada disso. Especialmente porque você não é uma profissional da área médica.

Posso não ser, mas fiz muitas coisas que deixariam muitos enojados.

— Não, mas cuidei de Theo por anos. Fiz muitas coisas que a maioria das enfermeiras fazia. Posso aplicar injeções e ajudar no tratamento de feridas.

Ele abre a porta para mim e então sai correndo.

— Posso deixar você na casa de Mama James.

Coloco minha mão em seu antebraço.

— Deixe-me ajudar. Posso pelo menos levar suprimentos limpos ou... apenas estar lá.

Seus lábios formam uma linha apertada.

— Ok, mas saiba que não tenho ideia no que estou me metendo. Só que Emmett disse para chegar lá imediatamente.

— Eu entendo.

Entramos no carro e voltamos para Rose Canyon. Estávamos a apenas uma cidade, mas a viagem parece levar séculos. Holden está focado na estrada, e descanso minha mão em seu braço.

— Holden, devemos ligar para Mama James, você se importa se eu ligar para que você possa dirigir? — pergunto.

— Claro. Sim, por favor.

Pego o telefone dele e disco o número. Ela atende no segundo toque.

— Olá, Holden. Eden está indo muito bem. Ela comeu um lanche e acabei de colocá-la no pijama.

Sorrio.

— É Sophie, e isso é maravilhoso. Fico feliz que ela esteja bem.

Sua voz se eleva quando ela diz meu nome.

— Sophie! Querida, ela é um anjo. Ela e Pickles brincaram um pouco, e agora ela está apenas montando um quebra-cabeça comigo. Eu queria dizer a você que ela teve um acidente, mas não foi grande coisa, nós limpamos e pronto.

Isso está acontecendo muito.

— Ela bebeu muita água?

— Ela tomou um copo grande de leite e depois ficou preocupada. Provavelmente foi minha culpa por não dizer a ela onde ficava o banheiro. Peço desculpas.

— Não, não, não é sua culpa. Ela teve alguns acidentes esta semana. Eu deveria ter mencionado isso.

— Não se preocupe. Está tudo bem ou você só ligou para saber como está?

Holden faz uma curva e diminui a velocidade quando nos aproximamos do escritório na Main Street.

— Holden tem uma emergência médica, então vamos chegar bem mais tarde do que pensávamos.

— Eu fico com Eden. Façam o que for preciso e, por favor, não se apressem por minha causa. Ok?

— Tudo bem — falo antes de desligar, sentindo alívio por sua gentileza.

Ele para nos fundos do prédio, onde há dois veículos da polícia e três outros carros estacionados, um que acredito ser o de Blakely. Quando paramos, Holden e eu saímos, e ele se dirige ao porta-malas, puxando duas malas.

— Você pode levar isso? — ele pergunta. Foi-se o homem com quem saí para jantar. Este homem é calmo, determinado e focado.

— Sim, claro.

— Sinto muito, Sophie — diz ele, a máscara caindo.

— Por?

— Eu queria que esta noite terminasse melhor do que comigo sendo chamado para uma emergência que só Deus sabe o quê. O *Run to Me* é um porto seguro, e se todos estão aqui agora, é algo sério. Eu não queria trazer você para isso. Quero proteger você.

Ele é tão doce.

— Você está me protegendo, mas também quero ajudar as pessoas. Posso não ser uma médica ou algo assim, mas posso estar aqui para você e outras pessoas que precisam de ajuda.

Holden se aproxima de mim, levanta a mão e roça o polegar na minha bochecha, fazendo meu coração disparar.

— Isso não era para ser um encontro, mas eu realmente queria que fosse.

Oh, Senhor. Desejei isso mais vezes do que poderia contar. Eu realmente gostaria que ele me beijasse, mas não é a hora certa. Devia tê-lo beijado naquela noite na cozinha, mas estava com tanto medo.

— Então talvez tenhamos que planejar um — eu digo, encontrando uma coragem que não sabia que tinha.

Ele sorri.

— Talvez nós tenhamos.

— Holden? — uma mulher diz da porta dos fundos, e nos separamos.

— Estou aqui.

— Oh! Graças a Deus. Uma garota está em péssimo estado. Ela tem hematomas no rosto e... — a mulher do hospital para de falar quando me vê. Seu longo cabelo castanho está puxado para trás, mas mechas de cabelo estão caindo em volta de seu lindo rosto. — Sophie. Desculpe, não sabia que você estava aqui. — Ela volta sua atenção para Holden. — Eu estava na casa de George quando ele recebeu a ligação, então vim com ele.

— Sophie e eu estávamos jantando, e nós dois corremos para cá também. Ela sorri.

— Temos quatro meninas e precisamos de toda a ajuda possível. — Kate volta para dentro, mas não a seguimos imediatamente.

Holden levanta a segunda mala e pega minha mão.

— Preciso explicar uma coisa. *Run to Me* ajuda meninas que fugiram ou são vítimas de tráfico humano ou violência doméstica. Blakely trabalha com uma equipe, que sou eu para triagem médica, Kate para saúde mental e Emmett e George para aplicação da lei quando solicitados. Quando eu entrar por aquela porta, não serei o mesmo. Sei que parece loucura, mas estarei muito concentrado e só pensando no remédio. Eu não vou conseguir me dividir. Desculpe se eu disser ou fizer algo rude. De acordo com Emmett, quando estou nessa zona, sou um idiota de classe mundial para todos, menos para meu paciente.

Aperto sua mão.

— Você sempre será um herói para mim, Holden. Vamos.

Quando entramos pela porta dos fundos, meu coração cai no estômago. Há três garotas que não devem ter muito mais do que quatorze anos. A primeira garota é loira, mas seu cabelo quase parece castanho de toda a sujeira e lama nele. Ela tem hematomas nos braços, roupas esfarrapadas e marcas de lágrimas no rosto.

A segunda parece um pouco melhor, mas há um corte na bochecha.

A terceira garota é a pior e, imediatamente, vejo sobre o que Holden me alertou. Sua mão solta a minha, e ele rapidamente se move para ela, pedindo sua permissão antes de examinar o corte em seu braço. Ele e Blakely estão conversando enquanto ele se agacha na frente da garota. Então eles desaparecem na parte de trás.

Brielle se aproxima de mim.

— Oi.

— Oi, o que posso fazer para ajudar? — pergunto.

— Blakely perguntou se alguém poderia apenas se sentar ao lado da garota no final. Nenhuma delas nos disse seus nomes ou o que aconteceu, mas Kate já a avaliou e vai falar com a que está no sofá enquanto Holden ajuda a garota lá atrás. — Ela aponta para a outra garota. — Estou fazendo anotações até que Emmett nos diga os próximos passos.

— Há outra na parte de trás?

Brielle assente.

— Ela está em péssimo estado, então a levamos para privacidade enquanto Holden trabalha.

— O que aconteceu com elas?

A tristeza enche seus olhos.

— Ainda não sabemos, mas a que estava nos fundos foi esfaqueada e provavelmente teve todos os ossos do braço direito quebrados. Há uma triagem lá atrás, onde Holden pode lidar com ferimentos sem risco de vida e, depois de atendermos às necessidades delas, as transportamos se precisarem de ajuda adicional.

Uau. Eu estava lá atrás quando cheguei aqui e não percebi.

— Bem, farei o que puder. Alguma sugestão?

— Apenas esteja lá. Ela pode querer falar e nos dar alguma pista sobre o que aconteceu ou não. Kate acha que está em choque agora, então não a force a falar se ela não quiser.

— Ok.

— Aqui está o dispositivo que mantemos e usamos para registrar qualquer coisa dita aqui. Não pode ser usado no tribunal, mas nos ajuda a juntar as coisas mais tarde, se necessário.

Aceito o que parece ser uma caneta comum.

— O que você precisar. Eu tento falar com ela?

Brielle dá de ombros.

— Às vezes, é melhor não fazer isso. Normalmente me apresento e ofereço o que posso. É realmente uma porcaria se elas responderem. Também não temos certeza se elas estão tomando alguma coisa.

Ouve-se um gemido longo e doloroso da garota na sala dos fundos, e nós duas nos viramos para olhar. Brielle se mexe e eu aceno.

— Vá, farei o que puder por ela.

Ela sai apressada e ando em direção à garota no final. Sento-me, com as costas contra a parede, sem falar enquanto a jovem, que está coberta de terra, balança ligeiramente. Depois de alguns momentos, ela olha e eu sorrio suavemente. Não sei como fazer isso, mas essas meninas chegaram aqui com medo e perdidas, então o mínimo que posso fazer é me sentar com ela.

Ela olha para mim, de joelhos, e de novo algumas vezes. Uma vez que seus olhos encontram os meus por mais de uma batida de coração, eu falo:

— Meu nome é Sophie. Você poderia me dizer seu nome? — Ela balança a cabeça, balançando um pouco mais rápido. — Está tudo bem. Não precisamos conversar. Tudo bem se eu me sentar com você um pouco? — Ela não diz que sim, mas também não balança a cabeça, então considero isso uma permissão. — Se precisar de alguma coisa, é só me dizer.

Por um longo tempo, ficamos sentadas assim – ela se balançando lentamente e eu uma silenciosa oferta de apoio. Não é até outro grito vir lá de trás que seus olhos cheios de medo encontram os meus, as lágrimas começando a se acumular.

— Ela é minha amiga.

— Qual é o nome dela? — pergunto um pouco acima de um sussurro.

— Não temos nomes.

Sei que não é verdade, mas decido não me intrometer.

— Como vocês se chamam então?

Ela torce os dedos juntos.

— Duzentos e dezoito.

— E sua amiga lá atrás? Ela tem um número?

— Cento e setenta e três.

— E suas outras amigas?

Ela balança a cabeça.

— Ainda não dei a ela um número. A outra é Duzentos e quarenta e nove.

Empurro a bile na minha garganta para baixo com o fato de que essas garotas foram tão claramente despojadas de suas identidades. A parte numérica me faz pensar se são aleatórios ou estão em ordem.

A menina fecha os olhos e apoia a testa nos joelhos. Depois de um momento, ela inclina o rosto apenas o suficiente para me ver.

— De onde é o seu sotaque?

— Eu sou de Londres.

— Como é?

Conto a ela um pouco sobre minha casa. A história, os pontos turísticos e meus lugares favoritos. Descrevo como era passear por Piccadilly à noite e tudo sobre as lojinhas de Covent Garden. Se eu me esforçar muito, posso fingir que estou lá. Posso ver a rua de paralelepípedos e sentir o cheiro da minha padaria favorita, onde levava Eden para comer um biscoito.

Os sons das pessoas conversando enquanto caminham enchem meus ouvidos. Minha mão apertada, lembrando de Theo me puxando em direção ao metrô enquanto me arrastava para a próxima coisa que ele queria explorar.

CORINNE MICHAELS

Ele sempre foi aventureiro dessa maneira. Eu gostava de ter um plano, e ele queria deixar o vento levá-lo a algum lugar novo.

— Parece mágico — diz ela. — Fecho muito os olhos e imagino estar em qualquer outro lugar.

— E para onde você se vê indo?

Ela suspira, a cabeça encostada na parede.

— Geralmente estou com minha irmã em nosso milharal. Eu odiava antes, mas agora está quente e brilhante. Posso sentir o sol e ouvir o som de sua risada enquanto ela me persegue pelas fileiras. Vou lá e fico o máximo que posso. Sinto falta disso e não quero mais estar aqui.

Meu peito dói por ela. Não sei nada sobre a geografia dos Estados Unidos ou de onde ela é, mas entendo a sensação de lar.

Espero que o que ela disse ajude Emmett, então faço outra pergunta.

— De onde você estava fugindo? — pergunto hesitante.

Seus olhos brilham quando ela olha para mim, mas então suas pálpebras se fecham e uma lágrima cai.

— Inferno. Nós estivemos no inferno.

CAPÍTULO VINTE

Holden

Sophie e eu estamos sentados no carro nos fundos do *Run to Me*. Nenhum de nós pode falar. Nenhum de nós se mexe muito também.

Foram duas horas cansativas. Consegui costurar aquela pobre menina o suficiente para que pudéssemos transportá-la para o hospital. Kate se ofereceu para ir com ela, já que George estava acompanhando nosso veículo particular com as outras três garotas. Ninguém sequer pensou em chamar os paramédicos e, felizmente, Sophie não questionou. Ela é a única que não sabe como Ryan Wilkinson usou sua ambulância para sequestrar meninas. Blakely chegou a comprar um veículo, transformá-lo em um quarto de hospital móvel e contratar paramédicos particulares totalmente qualificados apenas para evitar ter que usar o serviço de emergência novamente.

Sento-me aqui, minhas mãos tremendo levemente enquanto a adrenalina diminui.

Então sinto sua mão contra a minha enquanto ela entrelaça nossos dedos. Olho para encontrá-la me observando, preocupação apertada em sua testa.

Eu preciso dizer algo. Para pedir desculpas ou agradecê-la ou algo assim.

Mas não posso.

Não posso dizer uma maldita palavra.

Eu me mexo, e Sophie também ao mesmo tempo. Solto a mão dela, e ela traz as duas para o meu rosto. Nós dois inspiramos um ao outro enquanto o ar fica mais espesso dentro do carro. Uso cada grama de autocontrole que tenho para não a tomar aqui.

— Sophie — falo suavemente.

Suas pálpebras tremulam por um momento e então ela olha para mim.

— Holden... eu...

Nossas bocas colidem, e é o céu e o inferno e tudo mais. Pressiono meus lábios nos dela desesperadamente, precisando senti-la, beijá-la. Sua cabeça se inclina para o lado e ela se abre para mim. Este beijo não é absolutamente o que eu queria que fosse. Está faminto e cheio da porra do pesadelo que experimentamos esta noite.

Nossas línguas se derretem uma contra a outra, suas mãos se movendo para a parte de trás da minha cabeça e me segurando ali. O gemido suave que sai de seus lábios deixa meu pau duro em um instante.

Não há ternura nisso. Sem suavidade. É tudo paixão e raiva e... porra. Ela merece ser beijada melhor do que isso.

Droga. Ela merece mais.

Nenhum outro ataque meu.

Antes que eu possa me afastar, ela se afasta, a mão cobrindo a boca.

— Oh, Deus. Eu... sinto muito.

— Você sente muito? — pergunto. — Você não fez nada de errado. Sou eu quem está arrependido.

Porra. Já a usei duas vezes, e a primeira vez nem me lembro.

— Não podemos fazer isso, Holden. Agora não. Não quando nós apenas... passamos por tudo isso.

Nossos olhos se encontram ao luar.

— Eu sou um idiota.

— Não! Deus, não! — ela me tranquiliza, virando a cabeça para olhar para a porta dos fundos do *Run to Me*. — Eu me preocupo com você. Quero beijar você, quero mesmo, só estou com medo de nos arrependermos de fazer isso agora... desse jeito.

A última coisa no mundo que quero é que ela se arrependa de um segundo comigo.

— Eu não quero fazer isso.

— Eu sei, mas há tanto que temos que discutir. Coisas sobre as quais não conseguimos conversar.

— Como o quê?

Sophie balança a cabeça.

— Talvez eu tenha que sumir de repente, e depois? O que será de nós então?

— E o que será de mim se você partir e levar Eden? — eu contesto. — Você não é a única que corre o risco de ser ferida. Amo aquela garotinha e quero ser o pai de que ela precisa. Quero ser o pai que poderia ter sido desde o início.

— Eu sei. Penso nisso o tempo todo. Preocupa-me ter de fazer as malas e fugir. Vai ser difícil o suficiente se…

Meu coração está batendo forte enquanto eu me forço a manter a calma.

— Se o quê?

— E se me apaixono por você. Se tiver que partir e perder você como mais do que apenas o que somos agora. Se tiver que machucar você levando Eden, isso já será ruim o suficiente, mas se amar você, e daí?

Talvez ela esteja certa. Era idílico pensar que talvez Sophie pudesse ser mais. Não importa o quanto eu a queira ou quantas noites fique acordado na cama, desejando poder abraçá-la, pedir mais a ela é injusto com ela e com Eden. Ela pode dar meia-volta amanhã e desaparecer, e se o pior cenário que ela descreveu se concretizar… eu perderia a cabeça.

— Então continuamos apenas amigos e, o quê?

Seu olhar cai para o colo, onde ela torce os dedos.

— Sofrer, eu acho. Não tenho certeza de como manteria meu coração fora disso, mas sei que não é algo que devo arriscar enquanto ainda houver uma chance de fugir novamente. Acredite em mim, não é isso que eu quero.

— Então o que você quer?

— Você.

Essa palavra é como um tiro no carro.

— Estou bem aqui. Eu não tenho medo.

— Eu tenho! Você não se preocupa com o fato de que, a qualquer momento, as coisas podem mudar?

— Então você prefere deixar o medo tirar sua chance de ser feliz? — retruco. Ela balança a cabeça, desviando o olhar. — Esta é sua escolha, Sophie — eu a lembro. — Não me arrependi de ter beijado você. Eu ia parar por um motivo completamente diferente. Não quero cometer os mesmos erros com você.

Eu poderia muito bem colocar tudo sobre a mesa.

— Que erros?

— Onde estou fora de mim e trato você como se você não significasse nada.

— Você nunca me tratou assim.

— É bom saber, linda, mas tivemos um momento lindo na outra noite, então fomos jantar hoje à noite, e foi perfeito até eu receber aquela ligação. — Pareço um idiota. Enquanto as palavras estão saindo, quero me dar um soco na cara, mas Sophie precisa de honestidade mais do que tudo. — O que estou dizendo é que *quero* beijar você. Eu quero beijar *pra* caralho. Penso em beijar você o tempo todo, mas da última vez que fiz, acabei desmaiando no banheiro.

Sophie exala.

— Parece que nos mudamos para um novo local.

— Eu não quero isso. Planejei acompanhá-la até sua porta, colocar Eden na cama e beijá-la adequadamente.

— Eu teria gostado disso, mas nós dois sabemos que não é uma boa ideia. Não quando temos tanto a perder.

Ela não está pronta e não vou pressioná-la.

— Essa é a questão. Já estamos perdendo sem nunca conseguir aproveitar as partes boas.

E com isso, coloco o carro em marcha à ré e tento deixar a ideia de mais com Sophie para trás.

— Meu Deus, Holden. Você esteve em uma guerra? — Mama James pergunta quando ela me vê.

Seu cabelo está em rolos com os quais ela dorme com uma longa camisola, como ela chamava, que fecha na frente. Os chinelos que comprei para ela com as melhores solas pelo menos são novos, mas esse era o cenário dos meus anos de juventude.

Mama James em toda a sua glória.

A casa dela é o meu lugar favorito no mundo. Cheira a biscoitos que estão sempre no forno, e sabia que quando estava aqui, o mundo exterior não podia me tocar. Lembro-me de quando me mudei, ela colocou minhas coisas no meu quarto e apontou para as caixas, informando-me que elas não iriam desempacotar sozinhas. Passei horas fazendo isso e, quando terminei, ela tinha um prato de biscoitos e um copo de leite na mesa.

Ficamos sentados por horas conversando sobre tudo o que aconteceu e o que aquilo significou para mim. Foi a primeira vez que senti que tinha uma escolha sobre o que queria na vida. Poderia ter ido morar com Isaac, sua família teria me acolhido sem hesitar, mas a casa dela era onde eu precisava estar.

— É assim que a guerra se parece? — pergunto a ela.

— Provavelmente sim. Você está uma bagunça.

Beijo sua bochecha.

— Você sempre sabe como me fazer sentir melhor comigo mesmo.

Ela zomba.

— Nossa emergência não foi exatamente o que eu esperava.

— Espero que não. — Ela se vira para Sophie. — Você ainda está linda, querida.

Sophie sorri.

— Obrigada por cuidar de Eden.

— Oh, querida! — Ela acena com a mão, descartando a apreciação. — Sinto falta de ter crianças correndo por aqui. Isso me mantém jovem. Ela foi maravilhosa e adormeceu assistindo ao filme *A Noviça Rebelde* comigo. Presumo que seja pela pressa de vê-lo de cabeça para baixo, o que Holden fazia quando menino. Achei que a música iria acalmá-la, talvez tenha. Eu amo esse filme, é tão lindo e as músicas não são como as que estão nos filmes hoje em dia.

— Odeio esse filme.

— Você não tem bom gosto, Holden. E ninguém perguntou a você. O que ensinei sobre injetar sua opinião quando ninguém pediu?

Instantaneamente, tenho dez anos de novo.

— Fique de boca fechada se não puder ser gentil — repito com a mesma voz que fazia naquela idade.

— Isso mesmo.

— Você sabe que eu sou um adulto, certo?

Ela balança a cabeça.

— Sim, bem, você é meu sobrinho e amo você, mas ainda precisa de um bom lembrete das regras desta casa.

— Me perdoa? — pergunto, sabendo que ela já o fez.

— Claro, doce menino. Eu nunca poderia ficar com raiva de você.

Eu me viro para Sophie.

— Tenho um rosto que as mulheres adoram.

Sophie ri.

— Acho que o ditado é um rosto que só uma mãe poderia amar.

— Isso também. — Pisco, tentando injetar o humor de volta em nossa noite. — Agora, devemos levar Eden para casa e para a cama. Onde ela está?

— Na sala de estar.

Nós a encontramos encolhida no sofá, o polegar apoiado nos lábios como se ela não tivesse certeza se queria chupá-lo. Estou enraizado no chão por apenas um segundo, olhando para ela. Às vezes, não consigo processar que tenho uma filha. Uma garotinha que eu não sabia que existia e com quem perdi tantos momentos. Tantas coisas na minha vida mudaram em tão pouco tempo que nada disso realmente parece real.

Eu tenho uma filha.

Digo isso para mim mesmo diariamente, porque não é como se eu tivesse nove meses para me preparar para a paternidade.

— Holden? — Sophie diz por cima do meu ombro. — Você está bem?

Concordo.

— Eu só não queria acordá-la.

Eu me abaixo, pegando Eden em meus braços. Ela é tão pequena e imediatamente se aninha em meu peito. Eu a movo um pouco e sinto a umidade sob suas pernas.

— Ela teve outro acidente — digo a Sophie.

— Isso está acontecendo muito.

Conto calmamente quantas vezes Sophie mencionou que Eden teve um acidente e, quanto mais alto o número, mais preocupado fico. Isso não parece normal. Quando a levanto para sentir sua testa, ela solta um suspiro profundo e o cheiro me atinge. Medo como nunca senti antes inunda minhas veias.

— Temos que levá-la para o hospital.

Os olhos de Sophie se arregalam.

— O quê? Por quê?

— Sophie, Eden tem bebido mais água do que o normal? Por volta de quando a enurese começou?

— Sim, e é por isso que ela está tendo acidentes.

Micção frequente, aumento da sede e cheiro. O cheiro de xarope e frutas.

Eu me lembro. Lembro-me de minha irmã me dando um beijo antes de dormir naquela noite. Ela nunca mais acordou.

— Nós precisamos ir. Mama James, voltaremos para pegar as coisas dela.

— Holden, o que é? — minha tia pergunta, com lágrimas enchendo seus olhos.

— Eu acho que isso é diabetes, e se eu estiver certo... — Não posso pensar nisso. Não consigo terminar a frase. — Temos de ir.

Sua mão voa para a boca e uma lágrima cai.

— Holden, o que você quer dizer com acha que é diabetes? — Sophie se aproxima, com as mãos apoiadas no peito de Eden.

— Todos os sintomas estão aí. O aumento da sede, a micção frequente a ponto de ela sofrer acidentes e um hálito quase frutado. Isso é uma indicação de cetoacidose. Vamos levá-la ao hospital para examiná-la e, se não for o que penso, pelo menos saberemos. Se for, então podemos estabilizar o açúcar no sangue dela para que ela fique fora da zona de perigo. Apenas... confie em mim que temos que ir agora, ok?

Sophie acena com a cabeça rapidamente, e já estou saindo pela porta. Eu poderia chamar a ambulância, mas levaria mais dez ou quinze minutos, e não vou esperar nem mais um segundo para conseguir ajuda.

— Ela vai ficar bem? — Sophie pergunta quando Eden está afivelada e nós estamos na estrada.

Eu preciso que ela fique, e não notei nada fora do normal até agora. Esperançosamente, isso significa que não ficou sem atenção por muito tempo.

— Saberei mais assim que puder verificar seus níveis, mas ela ficará bem. Farei tudo o que puder para garantir isso.

Sophie joga o cabelo de Eden para trás e eu me concentro em chegar lá, pronto para fazer qualquer coisa para salvar minha filha.

CAPÍTULO VINTE E UM

Sophie

Logo que chegamos ao hospital, sinto como se tivesse enlouquecido. Holden ligou antes para informar que estávamos chegando, quais eram suas suspeitas e o que ele queria preparado quando chegássemos aqui. Eden tem dormido e acordado desde que a colocamos no carro. Ela pode durar apenas alguns minutos antes de cochilar novamente.

Mais uma vez, o homem que estava com Blakely há apenas uma hora está de volta. Ele comanda tudo ao nosso redor, inclusive certificando-se de que alguém está me controlando.

Fico de pé, observando-os trabalhar ao redor dela, espetando seu dedo e gritando números. Ele manda uma enfermeira tirar sangue, pedir fluidos e algum tipo de exame. Tudo isso parece que está acontecendo em outro mundo.

Não é até Eden olhar para mim com lágrimas nos olhos que eu saio de lá.

— Mamãe!

Corro, esfregando sua bochecha.

— Está tudo bem, querida. Está bem. Holden e seus amigos estão apenas verificando você.

— Eu estou assustada.

Eu também, mas não posso admitir isso.

— Você não tem nada a temer, minha corajosa garota. Apenas deixe os médicos e enfermeiras ajudarem.

Holden pega a mão dela e sorri para ela.

— Nós vamos dar um remédio para você se sentir melhor, ok, querida?

Seus olhinhos estão cheios de medo.

— Eu quero ir para casa.

— Eu sei, mas aqui no hospital, fazemos as pessoas se sentirem melhor para que elas possam ir. Precisamos colocar um pequeno tubo minúsculo em sua mão. Não vai doer, e sua mãe e eu estaremos aqui o tempo todo. Você pode apertar nossas mãos com a força que precisar, ok?

— Não quero que doa.

— Vai ser um beliscão rápido e então você vai se sentir muito melhor. Ele vai dar o remédio que você precisa.

— Dr. James? — A enfermeira bate na porta.

— Entre. Estamos prontos. Esta é minha amiga, Rhian. Ela é a melhor enfermeira de todo o hospital.

Rhian sorri com o elogio e depois para mim.

— Oi, Eden.

Eden não responde enquanto seu maxilar treme e ela tenta subir em meus braços. Eu a seguro na cama, beijando o topo de sua cabeça.

— Eden, escute a mamãe. Sei que você está com medo, mas não precisa ter. Você se lembra do medo que sentiu quando pegamos o avião para vir para cá?

Seu olhar aquoso encontra o meu.

— Sim.

— É hora de ser corajosa assim novamente. Rhian não vai machucar você, mas precisa ficar quieta para que ela possa lhe dar este remédio.

Eden olha para Holden.

— Consegue fazê-lo?

Holden balança a cabeça.

— Eu estarei bem aqui com você.

Rhian se aproxima e explica partes do que vai fazer. Com o passar do tempo, Eden relaxa um pouco e a enfermeira a distrai tocando em sua mão, braço e dedos enquanto ela explica o que cada parte de seu corpo faz.

— Agora, preciso que você faça um trabalho muito importante para mim — Rhian diz a ela. — Preciso que você mantenha este braço bem parado. Você não pode se mover ou pode fazer uma grande bagunça. Você pode fazer isso por mim?

Eden assente, mas está claro que ela está com medo.

Rhian faz o que ela explicou e agradeço aos céus pelas enfermeiras, porque ela consegue com uma cutucada e apenas algumas lágrimas de Eden.

Holden empurra seu cabelo loiro para trás.

— Bom trabalho, querida.

Eles iniciam a intravenosa e Holden verifica tudo novamente. Ele pede a alguém que lhe traga um tablet.

Eden não diz nada enquanto seus olhos se fecham novamente e, desta vez, minha ansiedade não aumenta tanto quanto no carro.

— Preciso que você me diga o que está acontecendo — digo a Holden enquanto ele caminha em direção ao final da cama.

Ele aponta para a porta e, depois de olhar para Eden novamente, eu o sigo com relutância.

— É bom que ela esteja descansando aqui. Eles estão injetando fluidos, mas os níveis de açúcar dela estavam definitivamente altos. Estamos dando a ela fluidos para a desidratação e insulina para estabilizar o açúcar no sangue. Ela será monitorada de perto e, assim que soubermos mais, poderemos conversar sobre o que acontecerá a seguir.

— Então, ela tem diabetes? — pergunto, sentindo-me quebrada.

— Precisamos fazer mais alguns testes de açúcar para confirmar, mas na minha opinião médica, acredito que sim.

— Oh, Deus — eu digo, minha mão contra a minha garganta. Esta noite poderia ser mais torta? Tivemos um jantar adorável que foi interrompido por uma emergência. Aí nossa filha poderia ter morrido, porque ela tem diabetes, e eu nem sabia.

— Achei que a enurese era apenas por causa da mudança. Como não percebi? Achei que não havia nada de errado. Ela estava com tanta sede o tempo todo, e apenas dei água a ela sem questionar — eu explico. — Eu não sabia dizer nada. Eu deveria saber!

— Você não fez nada de errado. Expliquei isso também. Não é sua culpa.

Balanço a cabeça, recuando.

— Eu sou a mãe dela. Eu deveria saber.

— Sophie, pare. Sou médico e também não vi antes desta noite. Mas nós a pegamos e estamos aqui. Vou fazer tudo o que puder para ajudá-la. Ok? Eu cuidarei dela. Vai ficar tudo bem.

Concordo com a cabeça, porque eu precisava tanto ouvir essas palavras. Nada parece que ficará bem. Tudo tem sido um golpe após o outro, e estou exausta – tão cansada de tudo isso.

Antes que eu possa dizer qualquer coisa, um médico se aproxima.

Ele estende a mão para Holden.

— Dr. James. — Eles apertam as mãos antes que ele faça o mesmo comigo. — Senhorita...

— Peterson — eu termino, lembrando o nome correto desta vez, e aperto sua mão também.

— Peterson, sou o Dr. Baxter e cuidarei de sua filha daqui em diante. Eu sei que o Dr. James já começou sua investigação, mas ele sabe que não pode fazer isso...

Holden bufa e avança.

— Jeff, aprecio você se oferecendo para intervir, mas não será necessário.

— Holden, você cuidou do atendimento emergencial, o que é bom, mas agora você o entrega. Isso é o protocolo.

Suas mãos apertam e relaxam.

— Não dou a mínima para o protocolo.

— Bem, eu dou, e como sou o supervisor interino, é assim que funciona. Devido a circunstâncias atenuantes, permitirei que você acesse o prontuário de Eden e você poderá consultar a equipe, mas nenhuma ordem vinda de você será executada.

Holden se afasta, passando as mãos pelos cabelos.

— Você só pode estar brincando comigo.

— Holden? — pergunto. — Não entendo.

Um longo suspiro deixa seu peito, fazendo-o parecer um pouco murcho.

— Eu... não posso tratar Eden.

— O quê? Por que não? Quero que você seja o médico dela.

— Não posso, Sophie. Não temos permissão para tratar a família imediata.

Eu pisco.

— Oh.

Dr. Baxter interrompe.

— É um protocolo porque, quando se trata de família, às vezes até os médicos podem tomar decisões precipitadas que não são do interesse do paciente. Então, é para proteger o paciente, assim como o médico. Como eu disse, ele pode consultar, e prometo que tratarei sua filha como se fosse minha.

Eu quero chorar. Pelo menos quando Holden estava no comando, estava confiante de que seu médico não permitiria que nada acontecesse com ela. Eu não conheço o Dr. Baxter, e a ideia de um completo estranho segurando a saúde de Eden em suas mãos é aterrorizante. Devo ter feito algum barulho, porque Holden está se movendo em minha direção, puxando-me para seus braços.

— Tudo bem. O Dr. Baxter é excelente e estarei aqui o tempo todo.

Aceno com a cabeça, lágrimas caindo.

— É esmagador, eu sei, mas prometo, Sophie, posso não ser o médico dela, mas sou o pai dela e *nunca* deixarei que nada aconteça com ela.

Eu o agarro com mais força, segurando-me, porque posso desmoronar se ele me soltar.

CAPÍTULO VINTE E DOIS

Sophie

Eu faço o meu melhor para dormir, mas entre os bipes da máquina de Eden e o tráfego constante de passos, é quase impossível. Sento-me, abrindo os olhos e descobrindo que a cadeira de Holden está vazia. Ele tem estado de vigília ao lado dela, conversando com todos que entram e oferecendo sugestões. Verifico meu telefone e vejo que são apenas três da manhã.

Eden está dormindo tranquilamente, então vou até a porta para ver se ele está no corredor.

Por tudo isso, ele tem sido uma rocha. Depois que ele e o Dr. Baxter falaram sobre os números de Eden, ele me fez pegar a poltrona reclinável, colocou cobertores sobre mim e me disse para descansar.

Não o encontro, mas vejo uma enfermeira parada no posto de enfermagem.

— Você sabe onde está o Dr. James? — pergunto.

Ela me dá um sorriso suave.

— Ele foi ao escritório dele para revisar alguns resultados de teste. Ele disse que, se você precisasse dele, ligasse. Você gostaria que eu fizesse isso?

— Não, não. Posso ir vê-lo. Eu não quero deixá-la, mas...

— Porque você não vai, e vou me sentar com Eden. Eu estava prestes a sair para comer e ler, então não me importo de me sentar ao lado dela.

— Ah, tem certeza? Eu não quero te incomodar.

— Você não vai. Prometo, ninguém nunca vai me procurar lá. A propósito, meu nome é Harlow.

— Prazer em conhecê-la e obrigada por ficar de olho nela, aprecio isso.

Estou prestes a tentar descobrir onde fica o escritório de Holden, quando ela acrescenta:

— Srta. Peterson, sei que vocês dois chegaram rápido, mas... você ficaria mais confortável com outra coisa?

Ainda estou usando o vestido de ontem à noite. Trocar essas roupas seria bom.

— Você e eu parecemos ter o mesmo tamanho. Mantenho um conjunto sobressalente de uniforme. — Ela enfia a mão embaixo do balcão, pega uma sacola e tira uma trouxa de roupas azul-claro. — Seu escritório tem um vestiário se você precisar se refrescar.

Pego a roupa oferecida e sorrio.

— Obrigada.

— É claro.

— Você pode me indicar onde fica o escritório dele?

Ela explica o caminho, que parece bastante fácil de seguir, embora eu esteja tão cansada e excessivamente emotiva. Este foi um evento tão traumatizante. Ainda mais do que o que me trouxe a Rose Canyon. Eden é tudo para mim, e agora me preocupo muito com o futuro.

Chego no escritório com o nome dele na porta e bato de leve.

— Entre! — eu o ouço gritar.

Quando entro, sua cabeça está apoiada em seu punho, e ele está segurando um pedaço de papel no ar, mas ele não olha para mim.

— Você me trouxe seus últimos exames de sangue? — ele pergunta.

— Não.

A cabeça de Holden se levanta, e ele olha para mim com olhos vermelhos. Seu cabelo está uma bagunça desgrenhada, e ele ainda está vestindo as mesmas roupas que usava na noite passada.

Ele parece exausto.

— Sophie, você está acordada. Eden está bem?

Eu o tranquilizo rapidamente, entrando e fechando a porta atrás de mim.

— Ela ainda está dormindo. Uma das enfermeiras disse que ficaria com ela um pouco para que eu pudesse me refrescar.

— Isso foi legal da parte dela.

— Sim, aprecio isso. Você dormiu?

— Não. Estive revisando os exames de sangue e queria ver os resultados do mais recente antes que Jeff os fizesse. Ele é um bom médico, mas eu o conheço bem o suficiente para saber que ele vai esconder as coisas para o meu próprio bem.

— Eles parecem melhores?

O suspiro profundo me diz que não.

— Isto é de seis horas atrás, e eles são o que eu esperava, mas não o ideal. Ela está estável, o que é o mais importante. Ela receberá fluidos e daremos a ela mais potássio, então isso ajudará. Faremos vários testes de açúcar no sangue hoje. Alguns antes das refeições, outros depois.

— E a vida dela? Ela viverá normal com isso? Isso é algo que eu fiz? Talvez na minha gravidez?

— Você não fez nada. Na verdade, poderia ser eu. Minha irmã tinha diabetes tipo 1, e muitas vezes é genético. Jesus, nem pensei. Eu acabei de... porra.

Observo enquanto a agonia rola em seu rosto em ondas.

— Não é culpa de nenhum de nós, Holden.

Não tenho certeza se ele acredita em mim, mas pelo menos seu olhar encontra o meu novamente.

— Talvez não, mas prometo, Sophie, ela terá uma vida normal, apenas algumas coisas que precisamos cuidar com a alimentação dela. Vai parecer assustador no começo, mas depois se tornará parte do nosso dia a dia.

Nosso.

Mesmo depois do que aconteceu, ele ainda nos coloca como uma unidade. Isso me faz querer rastejar em seu colo e deixá-lo me envolver em seus braços. Estou me esforçando muito para manter minha desculpa esfarrapada, porque não tenho certeza do futuro.

Ninguém sabe, mas é muito difícil pensar em perder Holden.

Limpo minha garganta, levantando a trouxa de roupas.

— A enfermeira disse que você tem algum lugar onde possa me trocar?

Isso faz com que ele olhe para si mesmo.

— Merda. Eu deveria fazer o mesmo. Pareço o inferno.

— Muita coisa aconteceu com você nas últimas vinte e quatro horas.

O tremor e o leve sorriso em seus lábios fazem meu coração palpitar.

— Você pode dizer isso.

Eu me pergunto se ele está pensando sobre o beijo também.

Não, não vou pensar no beijo, nem nele, nem em nós.

Holden aponta para a porta.

— Tem um banheiro ali. Farei o mesmo e depois irei ver Eden.

Empurrando meus pensamentos para baixo, devolvo seu sorriso.

— Obrigada.

— Sem problema.

Entro no banheiro e uso a pequena fechadura da maçaneta. Há um chuveiro no canto, um vaso sanitário e uma pia. Por baixo, Holden tem um conjunto de gavetas de plástico transparente. Tem alguns itens de higiene como escova de dente, desodorante, pente. Eu adoraria escovar os dentes pelo menos e, felizmente, há uma sobressalente.

Eu me limpo antes de colocar o uniforme que a enfermeira me emprestou. Quando saio do banheiro, Holden está sentado no sofá de seu escritório, com a cabeça entre as mãos e… sem camisa. Ele não ergue os olhos quando me aproximo dele, e então ouço um leve ronco.

O pobre homem está tão exausto que está dormindo sentado. Coloco minha mão em seu ombro, com cuidado para não o assustar, e ele levanta a cabeça.

— O quê? Você está bem?

— Sim, estou bem. Você adormeceu. — Limpo minha garganta e olho para seu peito nu. — E no meio da troca de roupa.

— Eu só… — Ele faz uma pausa. — Achei que deveria esperar você terminar e depois tentar um banho frio para acordar.

— Por que você não tira uma soneca?

— Não posso. Porra, não posso, Sophie. Não consigo fechar os olhos sem ver Eden mole em meus braços. Ela se parece tanto com minha irmã, e então vê-la desse jeito… tenho que consertar isso. Eu tenho que ter certeza de que ela está bem. Perdi minha irmã por causa disso e não posso deixar que a mesma coisa aconteça com Eden. Eu sou um médico. É meu trabalho perceber quando algo está errado, e não vi isso em minha própria filha. Sinto muito.

Minha mandíbula treme, e há uma nova dor em meu peito por vê-lo chateado assim.

— Eu estava tão assustada. Eu deveria saber que algo estava errado.

Suas mãos se movem para meus ombros.

— Você não fez nada errado.

— Você disse que deixou passar, mas eu também. Você acha que devo assumir a culpa?

Seus olhos nunca deixam os meus.

— Claro que não.

— Bem, então como eu poderia culpá-lo? Sei que você ama Eden. Você nunca deixaria nada machucá-la, ou a mim. Você foi nosso campeão e não consigo pensar no que teria acontecido se não fosse por você. Por que sente que é sua culpa? Há quanto tempo Eden está em sua vida? Meses. É isso. Estou com ela há três anos e não percebi que seus sintomas eram mais do que apenas problemas de adaptação à turbulência em nossas vidas.

As lágrimas caem quando minha culpa esmaga meu peito. Sei que ele é médico e treinado para ver problemas médicos, mas sou a mãe dela. Aquela que deu sua vida e a conhece melhor. Todo esse tempo, tenho justificado os problemas, e isso poderia tê-la matado. Eu nunca saberia que deveria trazê-la para o hospital.

Levo minhas mãos ao rosto dele.

— Você sabia o que era e salvou nossa filha, Holden. Eu a teria levado para casa e a colocado na cama, e então o que teria acontecido?

Suas pálpebras se fecham e sinto sua mandíbula apertar sob meu toque.

— Ela poderia ter morrido.

— Mas, em vez disso, ela está descansando e recebendo o tratamento de que precisa desesperadamente.

Sua testa cai na minha, e deixo esse momento se estabelecer sobre mim. Bem aqui, nós dois estamos afastados dos horrores do mundo. O último dia foi uma série de altos e baixos, e meus sentimentos estão um pouco próximos demais da superfície enquanto deixo minhas lágrimas caírem.

O polegar de Holden roça minha bochecha.

— Não chore, Sophie.

— Eu estava com tanto medo. Sabia que você faria o que pudesse, mas estava com tanto medo.

— Eu sempre farei o que puder por vocês duas, prometo.

A sala está ficando mais quente conforme as emoções ameaçam me dominar, mas então a promessa de Holden cai sobre mim, acalmando um pouco a tempestade.

Ele move seu rosto um pouco mais perto, esfregando seu nariz contra o meu. Eu quero que ele me beije de novo. Preciso que ele absorva tudo ao meu redor e tire o medo e a dor.

Então, faço o que sei que vai proporcionar exatamente isso, eu o beijo.

Holden responde em um instante, suas mãos segurando meu rosto enquanto sua boca se move sobre a minha. Esse beijo é exatamente igual ao que demos no carro, só que dessa vez não vou impedi-lo. Eu preciso disso. Tenho que desligar meu cérebro um pouco.

— Sophie — ele suspira meu nome enquanto beija minha bochecha. — Diga-me para parar.

— Não.

Seus beijos quentes se movem para o outro lado enquanto ele sobe pelo meu pescoço. O calor de sua respiração em meu ouvido me faz tremer.

— Eu quero arrancar essas roupas de você e beijar cada centímetro do seu corpo. Eu não estou no controle. Quero você, preciso tanto de você. Não posso dizer não, mas...

— Mas o quê? — Minha voz está trêmula conforme a necessidade aumenta.

— Não poderei ser o homem de que você precisa.

Empurro seu rosto para trás, olhando em seus olhos.

— Eu só preciso de você, seja como for. Por favor, Holden.

— Esta é sua última chance, Sophie. — Ele desliza o nariz pela minha bochecha, sua voz causando arrepios na minha espinha. — Não vou conseguir me segurar.

Minha respiração está irregular, e não me importo. Eu o quero demais para me importar.

— Por favor.

CAPÍTULO VINTE E TRÊS

Holden

Seu apelo leva todos os motivos que eu tinha para parar com isso. Eu a quero tanto que é uma dor dentro de mim.

Hoje me levou a um lugar escuro, e Sophie é a luz. Antes de ela entrar, eu estava perdido em raiva e auto aversão por onde estávamos. Perdi todos os sinais com Eden. Eu poderia tê-la perdido assim como perdi Kira, e teria sido minha culpa. Continuo voltando para o momento em que entrei no quarto dela e a encontrei imóvel. Não importava o quanto eu a sacudisse, ela não acordava. Medo como eu nunca tinha conhecido tomou conta de mim, e eu estava sozinho. Esses pensamentos, os cheiros, os sons das sirenes, os rostos dos meus três melhores amigos que correram para minha casa quando viram as luzes… tudo isso estava lá. Tudo isso me assombrando.

Então ela está aqui, oferecendo consolo apenas por estar perto, e vou egoisticamente aceitar tudo o que ela der.

Movo meus lábios de volta para os dela, e ela geme em minha boca. Suas mãos estão contra meu peito, deslizando até meu cinto. Eu a sinto puxar a fivela, abrindo-a.

Usando o espaço entre nós, minhas mãos vão para seus seios, deixando o peso perfeito descansar em minhas mãos. Nossas bocas se separam apenas o tempo suficiente para eu puxar sua blusa e jogá-la de lado. Então abro seu sutiã, e a visão dela é quase demais.

Estou tão duro que mergulho para tomar seu mamilo entre meus lábios, e um suspiro agudo de prazer escapa dela.

Querendo ouvir aquele som novamente, chupo o broto sensível com força e o rolo suavemente entre meus dentes até que ela esteja se arqueando para mais perto, silenciosamente me implorando por mais.

Não me lembro de ter me sentido assim antes. Não apenas o desejo por alguém, mas também uma necessidade física.

Somente ela.

Só ela vai fazer isso acabar.

— Faz tanto tempo, Holden. Por favor, não me faça esperar.

— E se for isso que eu quero? E se quiser que você implore pelo meu pau? E se quiser ouvir cada pensamento sujo que você tem e todas as maneiras que você quer que eu faça você gritar?

— É isso que você quer?

Beijo seu pescoço enquanto belisco seu mamilo.

— Primeiro responda minha pergunta.

— Holden — ela geme e dá um passo para trás, apenas para acabar pressionada contra a parede.

— Você está presa agora, querida.

Corro minha língua ao redor de seu mamilo, e suas mãos voam para o meu cabelo.

— Ah, não pare.

A mendicância novamente. Não posso resistir.

Há um sorriso em meus lábios quando me afasto.

— Gosto quando você implora.

— Se eu continuar fazendo isso, você vai me dar o que quero?

— Só se você for muito boa. Você pode ser boazinha, Sophie?

Um rubor pinta suas bochechas enquanto desço minha mão por seu corpo, propositadamente não tocando os lugares que a fariam se sentir bem.

— Holden, por favor. — Ela não tem ideia de como estou perto de perder o controle e fodê-la contra esta parede.

— Por favor, o quê?

— Beije-me. — Ela se levanta, pressionando sua boca na minha. Eu a beijo profundamente, deslizando minha língua contra a dela, e meus quadris se movem contra seu calor.

Deus, quero estar dentro dela.

Desta vez, não haverá esquecimento.

— Sophie. — Respiro o nome dela enquanto a levanto, e ela envolve as pernas em volta da minha cintura. Minha boca nunca deixa a dela enquanto eu nos movo para o sofá, onde posso fazer todas as coisas imundas que pensei nas últimas semanas. — Diga o que você quer. — Minha mão se move contra sua pele sedosa, sobre seu seio perfeito e desce por seu estômago até onde há uma pequena protuberância de onde ela carregava nosso bebê. Isso só me faz querê-la mais.

O corpo dela é um templo, e vou fazer uma oração quando entrar.

— Eu quero que você me toque — diz ela em um sussurro quebrado. — Por favor.

— Estou tocando em você. — Desço para beijar sua clavícula, escondendo meu sorriso enquanto movo minha mão um pouco mais para baixo.

— Sim. Continue.

Seus quadris levantam apenas o suficiente para me estimular, e desisto.

Faço meu caminho dentro de sua calça, sentindo sua umidade através de sua calcinha antes de deslizá-la para o lado e afundar meus dedos em seu calor. Graças a Deus ela quer isso tanto quanto eu. Circulo seu clitóris, movendo-me para frente e para trás enquanto ela balança contra a minha mão.

— É isso, linda. Pegue o que quiser, mostre-me o quanto você gostaria que fosse meu pau.

— Oh, Deus — ela geme. — Quero tanto você.

Eu quero ouvi-la implorar novamente.

— Quer?

Seus olhos se fecham enquanto movo meus dedos um pouco mais rápido.

— Sim.

Aproximo meus lábios de sua orelha, passando minha língua ao longo da concha. Sophie geme baixinho e traça das minhas costas até a minha cintura com suas mãos, pegando a parte de cima da minha calça e passando-as por cima da minha bunda.

Quando ela envolve seus dedos em volta do meu pau e acaricia todo o meu comprimento, quase estouro.

— Deus, Sophie, você é gostosa *pra* caralho.

— Você também. Leve embora, Holden. Por favor, vamos esquecer tudo, menos nós.

O desejo dela é uma ordem para mim.

Depois de tirar a parte de baixo de seu uniforme e calcinha, eu me reorganizo no sofá. Uma parte de mim considera o que estou fazendo, mas estou longe demais para parar. Esfrego meu pau sobre seu clitóris, morrendo de vontade de entrar nela. Preciso demais dela para fazer a pausa que provavelmente deveríamos.

Ela segura meu rosto em suas mãos.

— Não pare.

Esse é todo o encorajamento de que preciso.

Puxo meus dedos de seu calor e espero até que seus olhos encontrem os meus enquanto lambo cada dedo.

— Você tem um gosto tão bom, mal posso esperar até que você goze contra minha língua. Onde posso memorizar o seu gosto. Você quer isso?

Seus olhos reviram em sua cabeça.

— Sim, mas não agora.

— Não?

— Não, agora quero outra coisa.

Eu quero ouvi-la dizer as palavras.

— O que você quer?

— Você sabe. — Ela puxa o lábio inferior entre os dentes.

Meu dedo se move de volta para seu clitóris, dando-lhe pressão suficiente para deixá-la louca, mas não o suficiente para fazê-la gozar.

— Diga as palavras, baby. Diga-me o que você gostaria que estivesse dentro de você, exceto meus dedos ou minha língua.

— Seu pau.

— Isso foi o que pensei. — Sorrio. Nossos olhos estão fixos, e enquanto quero transar com ela sem sentido agora, quero antes fazer a ela uma promessa do que teremos na próxima vez. — Quando fizermos isso de novo, vamos fazer direito. Vou tomar meu tempo, lamber, chupar e beijar cada centímetro de você, e você vai deixar.

Então deslizo para dentro, deixando seu calor me envolver.

O choro suave de Sophie rasga meu peito, e aperto minha mandíbula, tentando encontrar um último resquício de controle. Eu tinha esquecido que já se passaram anos para ela, e estou totalmente dentro.

— Você está bem?

— Sim, Deus, sim.

Sorrio e, em seguida, puxo quase tudo para fora dela antes de afundar lentamente de volta, tentando não me perder em como ela é perfeita ao meu redor. Vou devagar, permitindo que ela se ajuste ao meu tamanho, mas preciso de cada gota de contenção que tenho para fazer isso.

— Você é tão apertada. Isso é tão bom.

— Holden, mova-se.

Faço isso, empurrando de forma constante, bebendo cada sussurro de prazer que sai de seus lábios. Estou perdido nela. Perdido no momento, e minha mente não está mais cheia de tristeza, é tudo Sophie. Os sons de carne contra carne enchem a sala, e as pontas de seus dedos percorrem minhas costas enquanto ela se arqueia contra mim. Quando ela grita, inclino meus lábios sobre os dela para engolir os sons.

Ela está perto. Posso senti-la apertando ainda mais.

— É isso aí, Sophie, deixe ir. Deixe-me pegá-la, querida. — Deslizo minha mão entre nós, movendo meus quadris para que o ângulo seja diferente e eu possa brincar com seu clitóris. — Vou pegar você quando cair — prometo.

Eu não sei se já vi algo tão bonito quanto ela agora. Sophie nua, olhos fechados, lábio inferior entre os dentes e seios saltando enquanto eu a fodo é uma imagem que gostaria de poder capturar e olhar a qualquer momento que eu quisesse.

Tomando seus quadris em minhas mãos, ajusto o ângulo novamente, indo mais fundo. Ela engasga quando seus dedos envolvem meus pulsos.

— Oh, Deus. Oh... Holden — ela sussurra e então desmorona.

Seus olhos encontram os meus enquanto o prazer a atravessa. Estou tão perto de segui-la, mas quero arrancar cada pedacinho de seu orgasmo.

Quando ela desmaia, sei que não vou conseguir mais me conter.

— Sophie — falo enquanto retiro segundos antes de terminar, derramando sobre seu estômago.

Meu coração está batendo forte enquanto trabalho para recuperar o fôlego. Eu a seguro, porque não sei se, depois que isso passar, terei a chance de estar tão perto dela novamente.

Por enquanto, a distância que ela queria entre nós acabou, e vou saboreá-la.

Sophie beija meu pescoço, seus dedos fazendo pequenos desenhos em meu couro cabeludo.

Depois de apreciá-la por um segundo, encontro seu olhar.

— Você está bem?

Ela acena com a cabeça.

— Estou bem. Você tem algo com que eu possa me limpar?

Porra.

— Eu não... nem pensei em pegar uma camisinha quando começamos.

— Eu sei — diz ela. — Eu também não, até que você estava prestes a terminar. Pelo menos você se lembrou e saiu. Isso é algo.

— Parece ser um padrão que seguimos, sexo primeiro, pensar depois.

Vou para o banheiro e pego uma toalha para ela se limpar enquanto faço o mesmo. Vestimo-nos em silêncio, embora haja muito a dizer, a descobrir. Agora não é realmente o momento, já que nenhum de nós está em seu juízo perfeito e estamos exaustos, mas também não acho que deixar para lá seja melhor.

Saio do banheiro para encontrá-la encostada no braço do sofá. Seus olhos levantam quando paro na frente dela.

— So…

Ela sorri apenas um pouco.

— Botões.

— O quê?

— É algo que minha avó costumava dizer. Se você dissesse So, ela completava a frase com botões. Costure os botões.

— Esperta.

— Ela era. Eu a adorava muito.

— E você me adora agora? — pergunto.

— Sim.

— Isso é algo também, então.

Sophie balança a cabeça.

— Então é o que acabou de acontecer entre nós. Apenas algumas horas atrás, eu tinha um milhão de razões pelas quais não podíamos nos beijar, mas elas evaporaram quando encontrei você aqui. Eu só conseguia pensar nisso, nós, e só quero ser honesta sobre meus medos.

— Vamos processar tudo, mas quero que saiba que seus motivos não mudam o que sinto por você ou como eu acho, no fundo, que você sente por mim. Gosto muito de você, Sophie. Quero fazer parte da sua vida, não apenas como o pai de Eden. Você pode definir o ritmo de quão rápido ou lento vamos fazer isso, mas estou aqui e vou esperar se é isso que você quer.

Tudo o que posso fazer é colocar minhas cartas na mesa e esperar que sejam suficientes.

CAPÍTULO VINTE E QUATRO

Sophie

Eu verifico Eden, ela ainda está dormindo profundamente, e Harlow está sentada em uma cadeira de visitante ao lado de sua cama.

— Ela acordou?

Harlow põe seu e-reader de lado.

— Nem um pouco. Você se sente melhor agora que tirou a roupa?

Minhas bochechas se enchem de calor, mas então percebo que ela está falando sobre usar o uniforme.

— Sim, sim, obrigada. Foi muito gentil da sua parte me oferecer isso.

— Não é nada. Se você precisar que eu fique mais tempo, posso... não me importo. — O olhar de Harlow se move para seu dispositivo com saudade.

— Você está bem no seu livro? — pergunto.

— Estou naquele ponto em que não tenho certeza se quero abraçar ou dar um tapa no autor — admite Harlow.

— O que você está lendo?

— Romance. É o melhor gênero.

— Concordo, sinto falta de ler. Assim que tive Eden, meu tempo tornou-se escasso demais e eu adormecia com o livro nas mãos depois de uma página.

Sempre adorei fugir para outro mundo cheio de possibilidades e esperança. A ideia de que o amor era forte o suficiente para consertar os pedaços quebrados de uma pessoa. A existência de uma alma perfeita que poderia me ajudar a me tornar a melhor versão de mim mesma era uma fantasia de que eu precisava desesperadamente.

— Desisti de ler há alguns anos, mas quando meu noivo me traiu, encontrei uma história com uma premissa tão semelhante que pensei... talvez eu pudesse me relacionar com ela e descobrir um caminho. Eu precisava conhecer outra pessoa, mesmo que fosse fictícia, entender como era. Então li todos os livros dessa autora, o que me levou a um autor amigo dela, e... aqui estou agora, com mais de quinhentos livros no meu dispositivo e sem fim à vista.

Eu rio baixinho.

— O coração de um leitor ávido não deve ser negado, então acho que vou aceitar sua oferta e talvez tomar um pouco de ar fresco.

Ela sorri.

— Eu ficarei aqui... pelo bem de Eden.

— Agradeço.

Quando saio do quarto de Eden, Holden está parado no posto de enfermagem, agora vestindo um uniforme. Seus ombros largos são empurrados para trás enquanto ele fala com o Dr. Baxter. Eu me afasto, movendo-me silenciosamente pelo corredor, esperando que nenhum deles me note, já que pareço um membro da equipe.

Pode ser covardia, mas não estou pronta para enfrentá-lo.

Eu implorei a ele. Literalmente, implorei a ele.

Posso nunca encontrar seus olhos novamente. Estou mortificada com meu comportamento.

As portas automáticas se abrem e o ar frio atinge meu rosto. Inspiro pelo nariz, permitindo que meus pulmões se expandam e, quando expiro, faço o possível para deixar o estresse ir junto.

Claro que não funciona, mas pelo menos valeu a pena tentar.

Há um banco à esquerda onde um jardim provavelmente fica lindo na primavera, e uma ambulância fica sob o dossel, mas não há mais ninguém por perto.

Há tanta coisa rolando em minha mente, perguntas sobre o que fazer agora. Mais uma vez, nossas vidas mudaram irrevogavelmente. Eden precisará ser monitorada, nossa dieta deve mudar para compensar o diabetes dela, e ainda há o fato de que fiz sexo desprotegido com o pai dela – de novo.

— O que há de errado comigo? — falo em voz alta. — De todas as confusões do mundo... — eu gemo. — Como se eu não soubesse o que poderia acontecer e já não tivesse colhido as consequências dessa mesma ação. Estúpida, Sophie. Sou ridícula. Absolutamente louca.

— Você está bem? — diz uma voz masculina profunda à minha esquerda.

Eu me assusto, minha mão se movendo para o meu peito como se pudesse pegar meu coração enquanto ele se move.

— Desculpe, assustei você. Acabei de ouvir você falando e queria ter certeza de que estava bem. — Ele se aproxima com as mãos levantadas.

O jovem se move um pouco mais na luz e vejo seu uniforme.

— Sim, desculpe. Eu estava apenas me repreendendo.

Ele está vestindo uma camisa de paramédico e calça azul. Seu cabelo escuro está puxado para o lado, e há uma barba ao longo de sua mandíbula. O homem é muito atraente, não tão bonito quanto Holden, mas ainda assim não é nada feio.

— Faço isso com frequência. Eu sou Stephen.

Pego sua mão estendida.

— Sou Sophie.

— Você se importa se eu me sentar?

— De jeito nenhum. — Aperto mais o casaco em volta de mim, sentindo o vento cortante do inverno.

Ele abre um sorriso.

— Você é nova aqui? Conheço a maioria das enfermeiras e não posso dizer que já a vi antes.

A confusão me atinge até que me lembro do que estou vestindo.

— Ah, não sou. Minha filha é uma paciente. Eu... só sai para uma pausa. E para me esconder de Holden.

— Lamento saber sobre sua filha, quantos anos ela tem?

— Três.

— Ela está bem?

Dou de ombros.

— Ela está agora, mas será um longo caminho. Ela tem diabetes, ao que parece. Nós a trouxemos aqui ontem à noite.

— O bom é que você a trouxe aqui e pode tratá-la.

— Sim, é uma coisa boa.

— Há quanto tempo você está na cidade? — Stephen pergunta.

Não tenho certeza de quem é essa pessoa, então vou com meias-verdades sempre que posso.

— Algumas semanas. Estamos visitando um amigo em Rose Canyon.

Stephen ri.

— Eu vivo lá. Meu pai é, na verdade, o prefeito.

E este é o homem sobre quem Blakely estava extremamente preocupada.

— Eu o conheci não faz muito tempo. Ele é adorável.

— Ele é alguma coisa. Você provavelmente não deveria estar sentada aqui no frio sozinha no meio da noite.

Eu pisco.

— Oh? Por que não?

— Não é seguro. Houve alguns crimes ultimamente.

Certo. Sei tudo sobre isso. Ontem à noite levei um tapa na cara com isso.

— Você está certo. Eu não estava pensando quando vaguei. Eu só precisava respirar um pouco.

Stephen ri.

— Estou brincando. Você está perfeitamente segura aqui. Há sempre alguém por perto e, realmente, esta área é onde muitas pessoas se sentam a qualquer hora do dia. É tranquilo e nos dá tempo para refletir.

Deixo escapar um suspiro pesado.

— Não tinha certeza se você estava falando sério ou não. Foi um dia muito longo e não sou eu mesma.

— Tenho certeza de que é difícil quando se tem uma criança. Ouça, a equipe aqui é incrível, e sou um paramédico, então se você precisar de ajuda com sua filha, ficarei feliz em passar por aqui. O diabetes é gerenciável se você tiver as ferramentas certas e ajuda, se necessário.

Isso é muito gentil da parte dele, e estou prestes a dizer isso a ele quando uma mão pousa no meu ombro.

— Aí está você, Sophie, estava procurando por você.

Pisco, porque Zach Barrett está parado atrás de mim. Seu corpo alto bloqueia a lua atrás dele e lança uma sombra ao meu redor.

— Você estava? — eu jogo junto.

Ele dá a volta, ficando entre mim e Stephen.

— Eu sou Zach, e você é?

— Stephen, eu sou um paramédico e estava apenas verificando Sophie aqui.

Zach assente.

— Obrigado. Eu não tinha certeza para onde ela tinha ido.

Há um tom em sua voz profunda que é protetor e firme, e meu coração começa a disparar. Não vejo Zach desde que ele me deixou na estrada do *Run to Me*, e Jackson mencionou que tinha ido para casa, então não sei por que ele está de volta à cidade. Tirando isso, ele não teria se mostrado se não acreditasse que eu estava em perigo.

— Você conhece este homem? — Stephen pergunta, movendo-se para pegar meu olhar.

— Sim — eu digo, levantando-me e envolvendo meu braço no de Zach. Não tenho certeza de qual papel devemos desempenhar, mas de qualquer forma, isso é amigável. — Este é meu bom amigo.

O corpo de Zach parece crescer. Ele definitivamente não está dando a mínima para Stephen.

— Como eu disse, aprecio você mantê-la segura.

Realmente, o que diabos está acontecendo? Stephen é uma ameaça? Certamente não. Ele foi perfeitamente gentil e é um paramédico pelo amor de Deus.

— É claro. Tenha cuidado, Sophie.

Observo em silêncio enquanto Stephen volta para a ambulância. Ele levanta a mão depois de se sentar e retribuo o gesto. Assim que o veículo está fora de vista, solto minha mão e dou um passo para trás.

— O que está acontecendo? Por que você está aqui e não Miles? Quando é que você voltou?

— Acabei de chegar há dois dias, tivemos que retirar meu substituto e, de qualquer maneira, queria verificar você e Eden.

— Ela está doente — digo a ele.

— Eu sei, mas ela tem você e Holden para cuidar dela.

Nem Holden nem eu somos capazes de tomar decisões maduras agora.

— Por que você interrompeu aquela conversa? — pergunto a ele, não querendo discutir Holden.

Zach passa a mão pela barba.

— O que ele disse?

— Nada demais… por quê?

— Só estou curioso. Há algumas coisas sobre o passado dele que eu não gosto.

— Zach, o que está acontecendo? Stephen é perigoso? É por isso que você se mostrou? — pergunto, sentindo um pânico crescendo.

Ele pega minha mão e pede que eu me sente no banco com ele.

— Sente-se e explico.

Ele me conta sobre a suspeita de Blakely e como certas coisas não estavam alinhadas com Stephen e sua história. Ela tinha certeza de que ele estava envolvido de alguma forma com a morte das meninas desaparecidas. Zach examinou mais profundamente o álibi de Stephen e encontrou duas datas que não batiam.

— Bem, ele não disse nada estranho.

— Ele se ofereceu para ir até sua casa e ajudar com Eden. Assim que soube disso, eu me mexi. Não temos ideia se esse cara estava envolvido, mas a pessoa que foi presa é o melhor amigo de Stephen, então não estou disposto a correr riscos.

Não quero defender Stephen, pois não o conheço, mas o mesmo pode ser dito de mim.

— E eu era casada com um homem que estava claramente envolvido em coisas que não deveria. Não sabia nada sobre os investimentos de Theo ou seu trabalho, então pode ser um pouco injusto presumir que Stephen estava envolvido com o que quer que seu amigo estivesse fazendo simplesmente porque eram amigos.

— Eu sei, e é uma droga, mas meu trabalho é mantê-la segura.

— E aprecio isso, mas não posso falar com ninguém? Em quem eu confio? Está claro que Holden e seus amigos estão bem, mas há outros com os quais deveria ter cuidado? — pergunto, precisando de alguma orientação.

— Apenas tome cuidado com Stephen, só isso.

— Tenha cuidado — falo exasperada. — Eu sou cuidadosa com tudo, e veja onde estou agora. Na América, sem dinheiro, sem família, uma filha que está doente, um homem que me beija e depois durmo com ele no sofá do escritório como uma idiota. Vivi toda a minha vida tomando cuidado para não perturbar minha mãe ou meu pai ou deixar Theo nervoso e deixá-lo ter um ataque cardíaco. Não posso… puta que pariu, acabei de dizer. Acabei de dizer que dormi com Holden no sofá.

Querido Senhor, Sophie, você não consegue guardar nada para si mesma?

Zach sorri.

— Então é por isso que você ficou na outra ala por um tempo…

— Não se atreva a me julgar — eu advirto.

Zach e eu passamos quase um dia inteiro juntos no carro enquanto viajávamos de Idaho para Rose Canyon. Eu não estava em meu juízo perfeito e além de exausta. Tagarelei como uma gralha por horas até me cansar e adormecer, o que provavelmente foi a melhor parte de sua viagem – meu silêncio.

— Sem julgamento aqui. Eu não tenho espaço para falar. Tenho um casamento fracassado em meu currículo, um filho que eu não conhecia até que ele se tornasse adulto e uma namorada que também é a ex-namorada do meu filho.

Pisco com essa última.

— Você o quê?

— Eu sou um homem complicado. Não é à toa que Holden e eu temos alguns desses em comum. Não é de admirar que eu goste do cara.

Reviro os olhos.

— O que estou fazendo, Zach?

— Você está lidando com a mão que recebeu. Não é como se você tivesse pedido que essa fosse a sua vida, mas é assim que funciona. Holden se preocupa com você e Eden. Garanto que nada disso é fácil para ele também, mas é assim mesmo, né? Acredite, nada na minha vida foi fácil, mas estou feliz. Estou muito feliz com Millie. Achei que nunca diria isso, mas ser feliz é uma escolha. Sei que parece uma merda, mas é verdade. Você pode continuar sentindo pena de si mesma, ou pode viver, e acho que Theo mandou você aqui, e todas as medidas que ele tomou para garantir sua segurança, significa que ele queria que você fizesse a escolha certa.

Suas palavras me atingem no peito, forçando o ar a parar antes que eu possa respirar novamente. Toda a minha vida eu quis ser feliz. Acreditava que era possível, mas não sabia como fazer isso acontecer. E se ele estiver certo? E se eu estiver escolhendo ser infeliz?

Viro-me para agradecer a Zach por seu conselho, mas ele desapareceu como se nunca tivesse estado aqui.

Levanto-me e volto para dentro, não escolhendo mais fugir da possibilidade de felicidade.

Claro, meu plano não vai do jeito que pensei que seria. Holden não está no quarto de Eden, porque está ajudando outro paciente, então estou sentada aqui sozinha, pensando demais.

Antes que afunde muito em meus pensamentos, uma enfermeira entra com um carrinho.

— Bom dia. Preciso tirar um pouco de sangue e testar o açúcar no sangue de Eden novamente. Faremos isso mais duas vezes hoje.

— É claro.

Ela se aproxima, pica o dedo e Eden não se mexe.

— É normal ela ainda estar dormindo assim? Ela mal acordou.

— Ela teve um dia difícil e seu corpo está trabalhando duro para se recuperar do estresse. O Dr. Baxter e o Dr. James estão de olho na sua garotinha. Se ela está dormindo, digo para deixá-la descansar.

— Obrigada.

— Os níveis dela parecem bons. Vou colocar isso no prontuário dela e deixar os médicos saberem de suas preocupações. Dr. Baxter deve estar aqui em breve para lhe dar uma atualização.

Ela sai e volto a olhar para fora. O sol está espreitando sobre a cordilheira no leste. É uma paisagem tão linda aqui, mas com as praias a oeste, é como dois mundos que não pertencem, coabitando em harmonia.

Se alguém tivesse me dito que era aqui que eu estaria, teria rido.

No entanto, é aqui que estou e, por mais horrível que pensasse que deixar a Inglaterra seria, não foi.

Fiz amigos, encontrei um homem verdadeiramente maravilhoso que por acaso é o pai da minha filha, e todos os caminhos para a felicidade estão bem na minha frente.

Deixo escapar um longo suspiro e ouço uma voz suave atrás de mim.

— Um centavo por seus pensamentos?

Holden.

Balanço minha cabeça.

— Não sei se valem um centavo.

— É por que eu não gostaria de comprá-los?

— Não. Acho que você provavelmente iria querer pelo menos o último.

— Isso é um começo então.

Sorrio, embora ele não possa ver.

— Estava pensando na vida e nas escolhas. Como fazemos escolhas e então, boas ou más, há consequências que devemos enfrentar.

Ele se move para que seu peito esteja contra minhas costas.

— Não temos que enfrentar o que aconteceu esta madrugada agora.

Talvez não, mas também não posso continuar fingindo que não aconteceu.

Eu me viro, meu olhar encontrando o dele em um piscar de olhos.

— Nem todas as consequências são ruins, são? Não podemos ter algo de bom vindo das coisas que fazemos?

Ele olha para Eden.

— Basta ver nossa filha para saber que o bem pode vir do que consideramos um erro.

— E por causa das trapaças de Theo, encontramos você, e ela pode ficar com o pai.

Holden vira a cabeça para mim.

— E posso ter mais, Sophie? Posso ter você?

Eu quero dizer sim. Toda aquela conversa sobre viver minha vida e ter felicidade de repente não parece tão possível. No entanto, o medo não é como quero viver minha vida. Eu não quero ter medo. Se estiver em perigo, se alguém quiser me matar, é assim que quero que seja o fim?

Sozinha.

Com medo do que de bom eu poderia ter.

Não, não. Eu quero viver e ser amada. Verdadeiramente amada. Quero que um homem que volte para casa, que me beije e diga que sou seu mundo. Nunca tive isso, e mereço isso.

— Temos que ir devagar — digo a ele. — Não porque eu não quero mais com você, mas porque não sei o que mais pode ser. Temos que pensar em Eden também.

Sua mão segura minha bochecha.

— Posso ir devagar.

Então seus lábios tocam os meus e esqueço todos os meus medos.

CAPÍTULO VINTE E CINCO

Sophie

— Esta bolsinha fica no seu quadril e diz à máquina em seu braço quando você precisa de remédio — explica Holden enquanto Eden olha para o envoltório transparente em torno de sua bomba de insulina em seu braço.

— Eu ainda tenho que usar as agulhas?

Ele sorri.

— Não tanto.

Foram longos cinco dias cheios de testes, explicações e possibilidades, e estou lutando para manter tudo em ordem. Temos tido muitos visitantes. Mama James vinha quase todos os dias para passar um tempo conosco e dar a cada um de nós algum tempo para nos refrescar. Brielle e Spencer vieram ontem, trazendo para Eden um buquê de balões e muitos brinquedos. Emmett e Blake também visitam diariamente, embora passem a maior parte do tempo informando Holden sobre o que está acontecendo com as garotas que ajudaram. Não tive energia para me concentrar nisso, mas eles parecem ter algumas ideias sobre a origem das meninas e as têm ajudado.

E ontem recebemos a visita do prefeito, que foi gentil.

Holden foi paciente e repassou as coisas comigo várias vezes. O diabetes de Eden é controlado de modo mais eficiente com uma bomba de insulina autorregulada. A cada três dias, devemos verificar os níveis de medicação e trocá-la se necessário. Podemos verificar o açúcar no sangue dela em nossos telefones durante o dia. Se os níveis dela caírem, precisamos dar-lhe açúcar, mas se estiverem altos, a bomba administrará insulina.

— Eu não gosto das agulhas — ela diz, seu lábio inferior tremendo.

— E é por isso que estamos fazendo assim, mas você tem que ser uma boa menina e nos ajudar também, ok? Você deve nos avisar quando não se sentir bem e comer o que a mamãe disser — explico. Muito de sua dieta deve mudar, mas Holden me garantiu que tomaremos as medidas apropriadas para toda a casa. Embora essa seja provavelmente a mudança mais assustadora, está longe de ser a única. Eu nunca tinha percebido que havia tantas coisas envolvidas na regulação do açúcar no sangue de uma pessoa.

— Tudo bem, mamãe.

— Essa é minha menina.

A enfermeira entra no quarto com a papelada.

— Eu só preciso que você assine isso, e você estará pronta para ir.

Rabisco minha assinatura e ela sorri.

— Você está pronta. Se você tiver alguma dúvida, não hesite em ligar para o Dr. Baxter.

Holden tosse.

— Ou para mim.

A enfermeira sorri.

— Sim, ou você. Há uma consulta de acompanhamento marcada em alguns dias para verificar a bomba, mas fora isso, tenham uma tarde maravilhosa. Tchau, Eden.

Eden acena.

— Tchau!

Assim que ela sai, Holden se levanta e pega as mãos de Eden.

— Você está pronta para ir para casa?

— Sim! Quero minhas bonecas e meus livros de colorir, e quero aconchegar Pickles!

Eu rio quando a expressão de Holden azeda um pouco.

— Mama James disse que podemos ir amanhã.

— Eu quero ir agora — diz ela com os olhos arregalados.

Os ombros de Holden caem.

— Tudo bem. Podemos passar por lá hoje.

Eu olho para ele, um sorriso malicioso em meus lábios.

— Você cedeu muito rápido.

— Você viu aqueles olhos?

— Sim, e você vai ter que resistir a eles — digo a ele.

A última coisa de que precisamos é Eden conseguindo o que quer o tempo todo.

CORINNE MICHAELS

— Tenho dificuldade em resistir a qualquer uma de vocês.

Meu estômago revira com isso. Desde a noite em seu escritório, Holden não fez nenhum avanço quando se trata de nós. Nós compartilhamos alguns beijos doces, mas é isso. Não tenho certeza se estou feliz ou chateada com isso. Ele está fazendo o que eu pedi e indo devagar, mas não me importaria que fosse um pouco mais rápido.

— Eu acho que você resistiu muito bem — provoco, esperando que ele morda a isca.

— Você queria que eu tivesse *menos* força de vontade?

Eu dou de ombros.

— Talvez um pouquinho.

— Mamãe, o que é força de vontade? — Eden pergunta, e nós dois rimos.

— Nada, querida.

Holden a pega e saímos pela porta. Estamos a meio caminho do elevador quando ouço meu nome sendo chamado.

— Sophie! — Eu me viro para ver Stephen vindo em nossa direção.

— Como você conhece Stephen? — Holden pergunta com cautela.

— Eu o conheci na primeira noite em que estivemos aqui. Estava sentada do lado de fora tomando ar.

Antes que eu possa elaborar, ele está na nossa frente.

— Stephen — Holden diz enquanto muda Eden para o outro lado.

— Holden, bom ver você.

Holden não responde. Eu posso sentir a tensão crescendo.

— É bom ver você, Stephen. Você está aqui por causa de um paciente? Ele concorda.

— Sim, Alta Day, na verdade. Ela teve um acidente de tricô, que eu nem sabia que era uma coisa.

— Ela está bem? — Holden pergunta e então se vira para mim. — Ela é uma amiga íntima de Mama James.

— Oh, não!

— Ela está bem — Stephen oferece. — Na viagem até aqui, ela me castigou por meu cabelo passar das orelhas. Em seguida, passou para o carro que dirijo e como ele fazia barulho na estrada e como devia encontrar uma maneira de torná-lo mais apelativo para o ouvido, o que quer que isso signifique. Ela cortou bastante a mão, mas acho que não vai precisar de pontos.

Holden ri.

— Vou me certificar de ver como ela está mais tarde.

— Como está a sua filha? — Stephen pergunta, olhando para Eden.

— Melhor, obrigada — eu digo. — Estamos indo para casa agora.

Stephen olha para Holden.

— Ah, você está...?

— Sim. Eu estou. — O tom de Holden não é um argumento.

— Bom. Fico feliz que ela tenha atendimento vinte e quatro horas por dia.

Holden solta um bufo curto.

— Sim, ela tem. Eu cuido daqueles de quem gosto.

— Assim como eu.

Oh, isso está indo muito mal, muito rapidamente.

— Stephen, espero que você entenda, mas realmente precisamos levar Eden para casa.

— Claro, estou feliz em ver vocês indo bem. Tenho certeza de que a verei por aí, Sophie.

Ele acena e depois volta para dentro do hospital. Penso no que Zach disse, como Stephen era um dos principais suspeitos. Ele parece perfeitamente legal, mas realmente não posso confiar nas aparências.

Eu me viro para Holden, que muda Eden novamente.

— Aquele era nosso amigo, mamãe?

Sorrio, sem saber o que dizer.

— Nem todo mundo é nosso amigo, amor. Mas sempre somos gentis com as pessoas, certo?

Ela acena com a cabeça.

— Holden é nosso amigo.

— Sim, ele é.

— E Emmett?

Concordo.

— Sim, e Spencer também.

— Eu gosto de Emmett — ela diz inocentemente.

Holden sorri para ela.

— Por quê?

— Ele me deu sorvete.

— Motivo sólido, mas lembre-se que sorvete é algo que só tomamos em momentos especiais.

— Agora *é* um momento especial? — Eden pergunta.

— Não.

Eu rio.

— Olhe para você, dizendo não.

Ele pisca.

— Agora é um momento especial, Holden. — Eden empurra sua bochecha para que ele olhe para ela.

— Por quê?

— Porque não comi sorvete no hospital.

Espero ouvir sua resposta a essa lógica.

— Tudo isso soa bem, mas temos que ser muito rigorosos nas próximas duas semanas para garantir que o remédio esteja funcionando como precisamos.

Eden suspira dramaticamente.

— Posso comer dois bolos?

Holden ri e então a gira. Eden ri sem se conter enquanto os dois giram.

Balanço a cabeça com um sorriso largo enquanto nos dirigimos para o carro.

— Mamãe, você vai ficar com uma bomba no braço? — Eden pergunta enquanto eu a coloco em sua cama.

— Não, você é a única especial.

Eden sorri e começa a puxar as cobertas.

— Onde está o Duck?

Movo seus travesseiros e verifico debaixo dos cobertores, mas não vejo.

— Nós levamos para Mama James? — pergunto.

Ela balança a cabeça.

— Duck fica na cama. Ele gosta dos cobertores.

Este pato está em sua cama desde que ela nasceu.

— Eu lembro.

Eu me levanto e procuro debaixo da cama, mas também não está lá, então ando pelo quarto, verificando se talvez tenha sido jogado ou... quem sabe. A rotina de Eden sempre foi colocar Duck no travesseiro com o cobertor puxado para cima.

— Você o encontrou?

— Ainda não.

Ele não está no chão ou no cesto de roupa suja, então vasculho as gavetas dela e, quando abro a última, ele está logo em cima.

— Eden, você colocou Duck na gaveta? — pergunto com um sorriso.

— Não.

— Bem, ele entrou aqui de alguma forma.

Suas mãos estão estendidas para seu amado animal.

— Você fugiu, seu pato bobo.

— Você o perdeu e precisa ter certeza de não o colocar em uma gaveta da próxima vez.

Os grandes olhos de Eden encontram os meus.

— Eu não coloquei. Ele estava na cama. Eu o beijei antes de sair.

Solto um suspiro e dou um sorriso para ela.

— Tudo bem, vamos colocar você para dormir.

Ela se aninha nas cobertas um pouco mais.

— Sinto falta do papai, mas gosto de Holden.

Meu coração gagueja por uma batida, porque sei que esta é uma oportunidade para dizer algo, mas não tenho certeza do quê. Ela é muito jovem para compreender o pai biológico e o que tudo isso significa. Holden e eu discutimos não fazer disso uma coisa e permitir que tudo se encaixe naturalmente.

— Eu gosto de Holden também — admito.

— E Holden gosta de vocês duas — diz ele da porta.

— Você pode me contar uma história? — Eden pede.

Ele entra no quarto e se acomoda do outro lado dela.

— Eu poderia, mas não tenho certeza se você vai gostar, é sobre um gato maluco.

Ela ri.

— Eu gosto de gatos!

— Sim, vamos trabalhar nisso. Emmett vai trazer seu cachorro e ver se podemos curar você.

— Se bem me lembro — interrompo — Blakely disse que Sunday é um cachorro louco.

— Sim, as pessoas desta cidade precisam de ajuda com seus animais domésticos, mas isso fica para outra hora. Você quer ouvir a história do gato maluco? — Holden pergunta.

Eden acena com entusiasmo.

— Havia uma gata chamada Mopey. Ela era a gata mais bonita do mundo. Mas Mopey nunca disse o nome dela a ninguém. — Seus olhos se arregalam. — Ela era uma gata misteriosa com olhos misteriosos. Se alguém perguntasse quem ela era, ela não falava.

— Por que não?

Holden olha para mim.

— Por que você acha que ela fazia isso, Sophie?

Reviro os olhos.

— Talvez Mopey estivesse com medo de que as pessoas fizessem muitas perguntas se ela dissesse uma coisa.

Ele dá de ombros e continua a história.

— Parece justo. Um dia, Mopey conheceu outro gato, ele era muito bonito, com pelo macio e olhos deslumbrantes. Ele era um bom partido, e Mopey pensou que...

— Colon — interrompo.

— Colon? — O tom de Holden é bastante infeliz.

— Sim, é onde o cocô se acumula, ouvi dizer que é bem cheio, na verdade.

— Cheio de quê? — Eden pergunta.

— Cocô — eu respondo.

Seu sorriso faz meu coração disparar.

— Tudo bem, Mopey e Colon, a melhor história de amor já contada. De qualquer forma, Colon bebeu demais... leite. Ele realmente não estava se sentindo bem naquela noite. Ele estava saindo com todos os outros gatos legais quando encontrou Mopey. Ela instantaneamente quis ser a melhor amiga de Colon.

Eden inclina a cabeça.

— Por quê?

— Porque ele era muito legal.

— Ou porque Mopey também não estava se sentindo bem com o leite que bebia. Ela era bastante diferente de si mesma — eu afirmo.

— Esta é a minha história, Sophie. Chega de se intrometer.

Levanto minhas mãos em sinal de rendição.

— Sinto muito. Eu não queria me intrometer. No entanto, gostaria de observar que há imprecisões históricas e problemas de cronograma.

— É ficção. — Ele se volta para Eden. — Agora, Mopey e Colon realmente gostavam um do outro. Ela também era muito bonita, e outro gato estava sendo mal com ela, então Colon a salvou.

Eden suga uma respiração.

— Como um príncipe!

— Ele era um príncipe, na verdade.

— O Príncipe de Cocoville — eu digo baixinho.

— Ei, Cocoville é uma cidade muito legal cheia de pessoas maravilhosas. Eles estão felizes em ter Colon como seu líder — ele repreende provocativamente.

Essa história é demais e, no entanto, eu a amo. Nós três nos enrolamos, contando histórias bobas para dormir depois de cinco dias angustiantes. Parece tão certo, tão perfeito, mesmo que a história seja sobre dois idiotas bêbados que não têm ideia do que estavam fazendo na época – ou agora.

— Isso é bobagem, Holden.

Ele bate no nariz dela.

— É, mas não cheguei na melhor parte. Depois que Colon salvou Mopey de um gato malvado horrível, eles ficaram felizes. Ela se mudou para Cocoville e se tornou a princesa do cocô.

— Oh, isso é o suficiente — eu digo através do riso. — Você precisa dormir um pouco.

Eden abre os braços e eu me inclino, deixando-a envolver seus braços em volta de mim. Então ela faz o mesmo com Holden.

— Boa noite, querida — ele diz, beijando sua bochecha.

— Boa noite.

Eu a beijo do outro lado.

— Boa noite, minha querida menina.

— Boa noite, mamãe.

Ao sair, apagamos as luzes e fechamos a porta suavemente. De pé no corredor, sozinhos, a energia muda. O ar parece pesado com antecipação. Não ficamos sozinhos desde o dia em que fizemos sexo em seu escritório.

Não tenho certeza se ele vai me beijar agora, se quero isso, ou se vou conseguir me impedir de ir até ele.

Holden solta um suspiro pesado e estende a mão.

— Venha comigo.

Coloco minha palma contra a dele, e seus dedos se fecham em torno dos meus. Ele me leva até o sofá e eu rio.

— O quê?

— O sofá?

Ele pisca e depois ri.

— Juro que não era isso que eu tinha em mente. Só queria abraçar você por um tempo.

Eu gostaria que ele me abraçasse para sempre.

— Por quê? — pergunto.

— Alguém já fez isso, Sophie? Alguém acabou de deixar você se sentir segura por um tempo sem querer nada em troca?

Theo e eu costumávamos nos abraçar, mas nos últimos dois anos isso se tornou mais raro. Ele estava trabalhando muito, e seu coração não era o de antes. Ele precisava de mais cuidados do que podia oferecer, e aceitei isso. Era o que ele precisava.

No entanto, acho que ninguém jamais ofereceu o que Holden está sugerindo.

— Não — eu digo suavemente.

Ele se senta e depois abre os braços.

— Venha aqui.

Eu me sento ao lado dele, e ele me arruma para que fique apertada contra o seu lado. Então ele nos move para que fiquemos deitados, um de frente para o outro. Os braços de Holden estão em volta de mim e minha cabeça descansa em seu peito.

Sinto o peso do mundo começar a diminuir um pouco de cada vez enquanto estamos deitados aqui. Fecho os olhos e penso… uma garota poderia se acostumar com isso.

CAPÍTULO VINTE E SEIS

Sophie

Acordo sentindo-me leve, mas em movimento.

Abro meus olhos para encontrar Holden me carregando em direção ao meu quarto.

— Desculpe — murmuro.

— Por quê?

— Adormeci quando você pretendia me abraçar.

— Eu queria que você se sentisse segura. — Ele gentilmente chuta a porta do meu quarto e então caminha até a cama.

— Eu posso andar.

Holden sorri.

— Ainda não estou pronto para deixar você ir.

Eu gosto disso. Gosto do formigamento quente que ele desperta em meu coração. É como se a vida que nunca pensei ser possível estivesse ao meu alcance e só precisasse de força para agarrá-la.

Cuidadosamente, ele me coloca na cama, e agora sou eu que não estou pronta para me soltar. Quando ele se afasta, agarro seu pulso.

— Você vai se deitar comigo aqui?

Holden olha para a cama e depois para mim.

— Você está testando minha contenção.

Eu não quero testá-lo. Eu só quero estar com ele.

Então, sem que precise perguntar de novo, ele se move para o outro lado da cama. Antes de se deitar, ele me entrega meu diário.

Confusão varre através de mim. Eu coloco isso na minha gaveta lateral — sempre.

— Quando você voltou para pegar roupas, você tirou isso?

Holden balança a cabeça.

— Não, só entrei no armário e peguei o que você pediu. Por quê?

— Guardei isso na gaveta. Eu... acho que o tirei e esqueci.

Talvez as noites no hospital tenham me deixado desequilibrada.

— Tivemos alguns dias difíceis. Mama James entrou, talvez... não que eu ache que ela mexeria nas suas coisas.

— Não, claro que não. Devo ter me esquecido.

Há algo que não se encaixa bem comigo sobre isso, mas estou muito cansada para pensar sobre isso.

— Venha aqui. — Holden se acomoda ao meu lado e estende os braços. Não espero, eu me enrolo nele, amando como me encaixo bem na curva de seu ombro. Coloco meu braço sobre seu lado e aperto um pouco. — Gosto disso.

Eu inclino minha cabeça para dar uma boa olhada nele.

— Disso o que?

— De me deitar na cama com você.

— É uma novidade para nós — digo, brincando.

— Uma primeira. Nós escolhemos lugares estranhos para fazer sexo.

Eu me mexo novamente, desta vez colocando minha mão em seu peito e descansando meu queixo em cima dele.

— Parece que nos faltam os lugares mais convencionais.

— E onde você escolheria? Se fôssemos tentar aderir à normalidade?

Ele quer me deixar assumir a liderança e, agora, quero levar nós dois à tentação. Erguendo-me, movo-me para cima, então estou quase em cima dele.

— Poderíamos tentar uma cama.

— Nós poderíamos, mas... qual cama?

— Estamos em uma cama perfeitamente adorável agora.

Ele empurra meu cabelo para trás, mantendo um aperto suave perto da parte de trás da minha cabeça.

— Você é perfeitamente adorável.

Eu me inclino, pressionando meus lábios nos dele. Os dedos de Holden apertam um pouco conforme o beijo se aprofunda. Sua boca tem gosto de menta, e quando ele desliza sua língua contra a minha, eu gemo. Beijar Holden é diferente de tudo que já conheci. É doce e pecaminoso, e ele me faz acreditar na felicidade.

Ele me vira para que eu fique de costas, sua mão correndo pelo meu lado até minha coxa antes de enganchá-la sobre sua perna.

— Você me faz perder o controle — ele diz, beijando meu pescoço. — Prometi a mim mesmo que não faríamos isso. Que eu não iria pressioná-la.

— Você não está.

— Sophie, você me deixa louco.

Como se eu não sentisse o mesmo.

— Beije-me.

Os lábios de Holden retornam aos meus e, mais uma vez, desmorono. É como se meu cérebro parasse completamente de funcionar quando nossos lábios se tocam. É bastante ridículo e, no entanto, não me importo. Não me importo que eu queria lento. Não me importo que tenhamos um milhão de razões para não ficarmos juntos. Nada disso importa, porque, neste mar de incertezas, ele se tornou minha âncora. Ele é forte e firme, enraizado onde eu mais preciso dele.

Há um beliscão brincalhão no meu lábio, e então ele descansa sua testa na minha.

— Eu quero tanto você, mas nós apressamos tudo. Você pediu devagar, e mesmo que isso me mate, quero dar isso a você.

Eu poderia me apaixonar profundamente por esse homem.

Meus dedos se movem para seu cabelo grosso, empurrando-o para trás. Espero até que seus olhos encontrem os meus.

— Por tanto tempo, estive sozinha. Esqueci como era ser tocada, querida de uma forma além da amizade. Tudo isso é bastante assustador, mas também é adorável. Você não está me pressionando, você me permitiu liderar, e estou pedindo que, lentamente, você nos dê a noite que nunca tivemos.

Holden sai de cima de mim, o que me deixa embaraçada. Sou uma idiota sangrenta. Ele não quer a mesma coisa, e apenas me fez de ridícula. Ele se levanta, tirando a carteira e o celular da calça jeans, e então dá a volta na cama, estendendo a mão.

— O que você está fazendo?

— Ficando de pé.

Prefiro rastejar para debaixo das cobertas e esquecer que já disse alguma coisa.

— Sophie, dê-me sua mão — ele ordena.

Não querendo me sentir mais boba, dou. Ele me puxa para cima e em seus braços.

— Se esta fosse nossa primeira noite juntos, nossa primeira vez, eu gostaria de ver você.

— Ver-me?

— Sim, amor, quero ver cada centímetro de você. Quero tocar cada parte do seu corpo. Quero provar você e sentir você gozar na minha língua. — Ele me vira para que seus lábios estejam contra o meu pescoço. — Você quer devagar? Vou tão devagar que você estará me implorando para me apressar. Vou fazer você gozar com tanta força que vai ver estrelas. — Eu tremo quando sua boca desliza para baixo na curva do meu pescoço. — Sua pele é como seda. — Sua grande mão se move sob minha camisa, movendo-se contra minha barriga. Eu quero me encolher, mas Holden não aceita isso. — Aqui é onde você segurou nossa filha. Aqui é onde quero beijar mais do que em qualquer lugar.

— Mais do que em qualquer lugar? — desafio.

— Bem — ele ri — talvez não, mas quero adorar você, linda garota. Vou tão devagar quanto você quiser.

Ele move a mão sobre o meu peito, puxando meu sutiã para baixo para que se derramem. Quando seu polegar roça meu mamilo, meus joelhos dobram. Eu não caio, não quando seu outro braço me segura.

— E o que eu quero fazer com você? Já que esta é a nossa primeira vez? — pergunto, minha cabeça caindo para trás em seu ombro.

— O que seria?

— Eu quero ver você também. Quero tocar em você, sentir você em cima de mim e embaixo de mim. Quero beijar você e ter você dentro de mim.

— Vire-se — Holden instrui enquanto sua mão cai.

Uma vez que estou de frente para ele, seus dedos se movem para a bainha da minha camisa e, lentamente, Holden a levanta sobre a minha cabeça. Meu cabelo loiro cai em cascata, apenas roçando o topo dos meus seios. Sem dizer uma palavra, ele tira minhas alças antes de abrir a parte de trás do sutiã.

Meu primeiro instinto é me cobrir, mas não o faço. Ele quer me ver e eu quero ter o mesmo privilégio com ele.

— Você é estonteante. Deus, você é perfeita.

Estou longe disso. Tenho uma barriga arredondada que se recusa a ir embora, não importa o quanto eu tente. Há estrias nas laterais da minha gravidez, e meus seios não são tão empinados quanto eram há quatro anos.

Minha cabeça começa a mexer, mas ele segura meu rosto com ternura em suas mãos.

— Não me diga que você não é. Não me diga que você não concorda, porque não importa quais defeitos você vê, querida. Eu vejo beleza. Eu vejo força. Vejo resiliência e vejo alguém com quem quero muito fazer amor. Você é perfeita, Sophie Armstrong.

Meu coração está disparado, e meus pensamentos são um tumulto. Não consigo entender o que estou sentindo, porque é tudo ao mesmo tempo. Ele diz essas coisas, e é como se tivesse algum tipo de mágica que o permitisse alcançar meu coração e dizer exatamente o que eu preciso ouvir.

— Não existe algo perfeito — consigo dizer. — Existe apenas a verdade neste momento.

— E qual é a verdade? — ele pergunta.

Encaro aqueles olhos castanhos comoventes, meu pulso batendo em meus ouvidos.

— Que aqui e agora, somos perfeitos um para o outro. Que você me faz sentir bonita e desejada.

Seu sorriso arrogante se forma antes de dizer:

— Eu quero você, amor, não se engane sobre isso.

Não duvido dele, mas quero fazer isso direito e sentir sua pele contra a minha. Então, vou até a camisa dele, puxando-a e jogando-a no chão. Então abro o botão de sua calça jeans e deslizo o zíper para baixo. Ele fica como uma estátua, permitindo que eu faça isso no meu próprio ritmo.

Meu pulso está acelerando enquanto a excitação e os nervos se revezam em mim. Quando fizemos sexo há alguns dias, foi rápido e apressado. Houve muito pouco tempo para pensar nas consequências, mas não desta vez.

Desta vez, nós dois temos certeza e estamos na mesma página.

Empurro sua cueca e calça para baixo, e meus joelhos tremem. Como esse homem é real? O corpo de Holden é glorioso. Ele é duro e forte, e seu pau se projeta, longo e grosso. Já o vi e toquei antes, mas parece muito maior do que me lembro.

— Toque-me, Sophie — diz ele como uma ordem, mas também como um apelo. — Preciso sentir suas mãos.

Corro meus dedos por seus ombros largos e pelos músculos fortes ao longo de seus braços. Minha mão envolve seu pulso, levando sua mão ao meu quadril, então continuo minha exploração. Eu me movo ao longo dos cumes de seu abdômen, que é duro como aço, e até seu peito antes de descansar minha palma sobre seu coração acelerado.

— Um órgão que controla tanto — eu reflito. — Um órgão que pode dar e receber.

CORINNE MICHAELS

Sua outra mão se move para o meu queixo, cutucando-o para encontrar seu olhar.

— Meu coração é forte, Sophie.

Eu concordo.

— Passei grande parte da minha vida ouvindo e esperando para ouvir isso.

— Ouça agora. Meu coração sabe o que quer.

A respiração em meus pulmões sai lentamente e meu coração começa a acelerar.

— E o que ele quer?

— Você.

Sua boca está na minha, e envolvo meus braços em volta do seu pescoço. Jogamos pelo poder, cada um provocando o outro, enquanto Holden me leva de costas para a cama. Quando a parte de trás dos meus joelhos bate, ele quebra o beijo e então levanta o queixo.

— Deite-se.

Eu realmente gostaria de não o achar mandão tão gostoso, mas acho.

Estou deitada sobre os cotovelos quando ele puxa meu short, deixando-me completamente nua. O calor no quarto aumenta quando ele olha para mim. Não há como confundir a luxúria em seus olhos enquanto ele lambe os lábios.

Pensando que ele pode se juntar a mim na cama, eu me levanto quando ele cai de joelhos e então me desliza para a beirada da cama.

— Eu pensei... — começo a dizer algo sobre ele estar deitado comigo, mas ele abre minhas pernas e dá um beijo na parte interna da minha coxa.

— Você pensou o quê?

Minha respiração está mais rápida e me sinto incrivelmente constrangida. Faz tanto tempo desde que fiz isso comigo. Meu ex odiava isso, e nas outras duas vezes que Holden e eu estivemos juntos, as preliminares não estavam exatamente nas cartas.

— Nada. Não tenho pensamentos — digo, desejando que fosse verdade.

Ele ri contra a minha pele e, em seguida, sopra uma corrente de ar contra o meu núcleo. Oh, doce Senhor.

Isso não é nada comparado ao que vem a seguir. Sua língua desliza ao longo da minha costura, e quase pulo da cama. As mãos de Holden estão travadas em minhas pernas, mantendo-me onde ele me quer. Caio para trás, incapaz de me segurar enquanto ele lambe e circula meu clitóris. Sua língua se move em movimentos suaves e fáceis e então acelera. Ofego e gemo, o suor escorrendo pelo meu pescoço enquanto luto para me conter.

Não porque não queira muito gozar, mas porque quero que isso nunca acabe.

Meus músculos se contraem enquanto o prazer aumenta em um ritmo constante. Cada toque é como a batida de um tambor, e Holden sabe o tempo todo para atacar. A batida em meus ouvidos fica mais alta, e mordo meu lábio com força, tentando não gritar.

O dedo de Holden desliza para dentro de mim, o que é quase minha ruína, e meus olhos reviram. Querido Deus. Eu vou perder a cabeça.

Eu não aguento mais. É muito. Perfeito demais.

Minhas mãos se fecham no cobertor enquanto perco a cabeça no orgasmo mais perfeito da minha vida.

Seu nome sai de meus lábios enquanto ele continua a torcer qualquer prazer que pode, e quando começo a voltar para mim, ele beija seu caminho até meu pescoço.

— Você fica ainda mais perfeita quando goza.

Eu rio baixinho com isso.

— Acho que você é perfeito quando eu gozo.

Ele sorri para mim.

— Bom. Planejo ser muito perfeito.

— Um pouco presunçoso, não é? — provoco.

— Esperançoso.

Eu também estou.

Ele nos move para que eu fique por cima.

— Você está no controle, querida. O que você quer?

— Você — falo simplesmente.

Eu o quero e nós e a possibilidade de um futuro e uma família. Parece tão surreal, mas aí está. Holden é exatamente o homem que sempre desejei.

— Então eu sou seu.

Holden pega sua carteira e tira uma camisinha. Ele sorri para mim antes de abri-la.

— Novamente, não presunçoso, apenas esperançoso que isso acontecesse.

— Eu chamo de preparado. — Sorrio e o beijo enquanto ele a desenrola.

Ele guia meus quadris, movendo-me exatamente onde cabemos. Quero me lembrar de tudo sobre esta noite. Nossos olhos se encontram, e eu me recuso a piscar enquanto me afundo sobre ele. Ele me preenche lentamente enquanto me ajusto à invasão, e apenas quando meu corpo está encostado no dele ele libera seu aperto em meus quadris e se move para embalar meu rosto entre as palmas das mãos. Então o mundo inteiro parece parar enquanto olhamos um para o outro – duas metades se tornando uma.

Nós fazemos amor. Essa é a única palavra que posso usar para descrevê-lo. Não é uma foda, nós fizemos isso. Não é sexo, nós também já fizemos isso. Isso é mais – é tudo. São emoções e confiança que se transformam no que as palavras não podem dizer, então usamos nossos corpos. Quero que ele fique tão impressionado quanto eu, porque é assustador e glorioso.

Ser verdadeira e apropriadamente adorada assim é mais do que eu sabia que era possível.

Nenhum de nós diz uma palavra, quase como se estivéssemos com medo de quebrar o feitiço sob o qual estamos. Não há mais ninguém neste mundo além de nós agora. É como se o espaço ao nosso redor fosse borrado e tudo o que nos conecta à realidade fosse o outro.

Holden move seus quadris mais rápido, montando-me por baixo. Minhas mãos estão em seu peito e, mais uma vez, estou perseguindo um orgasmo.

Minha respiração é difícil, cabeça girando enquanto posso sentir uma crista de onda, pronta para tirar meus pés debaixo de mim.

— Holden — respiro seu nome, incapaz de me segurar.

— Estou perto, Sophie. Estou tão perto, preciso de você.

Fecho os olhos, deixando de lado tudo que está na minha cabeça, sem fazer nada além de sentir o imenso prazer de fazer amor.

Então o orgasmo vem através de mim. Meus braços cedem, e caio contra seu peito. As mãos de Holden me seguram no lugar, e ele empurra fundo mais duas vezes antes de me seguir.

Ficamos deitados aqui, ambos ofegantes e pegajosos de suor enquanto ele passa os dedos para cima e para baixo na minha coluna. Depois de um segundo, rolo para o lado, olhando para o teto.

— Isso foi...

Eu viro minha cabeça para ver seu lindo rosto e digo:

— Tudo.

Ele beija meu nariz.

— Tudo. Vou me limpar e pegar um lanche para nós. Fique bem aqui.

Quando ele sai, vestindo nada além de jeans, faço a coisa mais feminina que já fiz e grito para mim mesma, chutando meus pés. Isso foi incrível, e estou tão pronta para fazê-lo novamente.

CAPÍTULO VINTE E SETE

Holden

Eu vou para a cozinha, precisando de sustento depois dessa luta. Da próxima vez, vou ter uma noite de orgasmo triplo.

Pego os biscoitos, bem como o saco de M&M's que guardo no armário. Eles têm amendoim neles, então é proteína. Então, como a vida é uma questão de equilíbrio, pego uma banana para Sophie.

Enquanto estou andando pela sala, paro no meio do caminho. O prontuário de Theo, que absolutamente estava no meu quarto, está sobre a mesa – aberto.

Se Sophie tivesse visto, ela teria dito alguma coisa. Não há como ela ter feito isso ou saber disso. Olho em volta para ver se há mais alguma coisa fora do lugar, mas não parece. Ainda assim, o cabelo da minha nuca está eriçado.

Largo meu contrabando, fecho a pasta e a coloco no arquivo. Eu vou lidar em contar a ela sobre isso mais tarde. A última coisa que quero é guardar segredos dela, mas pelo menos gostaria de ter uma ideia do que dizer.

Enquanto isso, ando pela casa, sem perceber mais nada fora do lugar. As portas estão todas trancadas e as janelas fechadas, então se alguém esteve na casa, não sei como entrou. As únicas pessoas com uma chave são Mama James, Emmett e Spencer. Não consigo imaginar nenhum deles mexendo nas minhas coisas sem perguntar, então penso em como o arquivo acabou na mesa enquanto pego a comida e vou até Sophie.

Ela está na cama com os lençóis em volta dela, e ela está escrevendo em um livro.

— Você está contando ao seu diário sobre o sexo alucinante que tivemos?

Ela olha para cima com um sorriso malicioso.

— Pode ser.

Ando até o que seria o meu lado da cama e despejo o resultado da minha incursão de lanches.

— Pensei que estávamos comendo algo saudável? — ela pergunta, olhando para o que trouxe.

— Com Eden, nós estaremos. Além disso, trouxe uma banana. — Eu a levanto e ela revira os olhos.

— Isso é para você então.

— Oh, não. Não vou comer isso enquanto você pega as coisas boas.

Sophie arqueia uma sobrancelha.

— Você trouxe a banana, você come.

— E que lanches você teria escolhido?

— A banana.

— Então por que diabos eu vou comê-la?

Sophie dá de ombros.

— Porque você trouxe para mim, e agora, quero isso. — Ela pega o saco de M&M's e enfia alguns na boca.

Ela é tão linda, e não sei o que fiz para merecer uma chance de ter esta vida, mas vou aceitar.

— O quê? — Sophie pergunta com os olhos arregalados. — Você está olhando.

— Porque não consigo tirar os olhos de você.

Ela sorri suavemente.

— Você é muito doce.

Pego o saco de M&M's da mão dela.

— E estes também.

Sophie está deitada contra meu peito enquanto comemos doces e partimos a banana. Eu a seguro em meus braços, grato por estarmos aqui. Antes de adormecer, olho para o aplicativo, certificando-me de que os níveis de açúcar de Eden estão bons. Parece que ela ficou um pouco chapada, mas a máquina deu insulina, que é exatamente o que ela precisava.

— Tudo certo? — Sophie pergunta.

— Sim, os níveis dela parecem bons.

— Bom. — Ela dá um suspiro de alívio e depois boceja. — Você vai passar a noite comigo?

— Você quer?

Ela sorri para mim.

— Gostaria muito.

Depois de mover toda a comida para sua mesa de cabeceira, eu me mexo para poder segurá-la mais confortavelmente. Sophie descansa na dobra do meu braço e, em seguida, coloca a perna sobre a minha.

— Confortável? — pergunto.

— Muito.

— Bom.

Sophie solta um suspiro satisfeito e sorri.

— Eu gosto disso.

Ela inclina a cabeça para mim e seu cabelo loiro cai sobre os ombros.

— O quê?

— Isso, nós. Gosto de abraçá-la, fazer amor com você, beijá-la, voltar para casa com você. Eu gosto de tudo.

Os olhos de Sophie brilham na luz.

— Eu também. Eu não sabia que me sentiria assim novamente.

— Assim como?

— Feliz.

Meu maldito coração dói com essa única palavra.

— Eu também não.

— Por causa do seu divórcio?

Não é algo que eu fale com frequência, mas Jenna me deixar foi um grande golpe.

— Eu amava minha esposa. Eu queria construir essa vida com ela, porque parecia que era o que deveríamos fazer. Ela foi a única razão pela qual sobrevivi à morte de Kira. Quando digo a você que estava um desastre, não estou minimizando. Kira era o meu mundo. Quando ela estava doente, eu sabia que algo estava errado. Eu a ouvia falar sobre estar doente e cansada. Ela bebia água de uma torneira sem fim e ainda ficava com sede. Quando ela foi para minha mãe… — Faço uma pausa, realmente não querendo discutir essa parte.

Sophie passa o dedo pela minha bochecha.

— Tudo bem.

Balanço minha cabeça.

— Eu gostaria que fosse, mas não. Minha mãe disse a ela para superar isso.

— Sinto muito.

Beijo seu nariz.

— Você não fez nada, mas aprecio que você se importa.

— Claro, eu me importo, Holden. Foi errado, e uma mãe deve amar seus filhos. Não há nada que eu não faria por Eden.

— Eu sei. É por isso que você está aqui.

Ela sorri.

— Eu não diria que Eden tem algo a ver com o motivo de eu estar na cama com você.

Eu rio.

— Não, isso sou eu.

— Um pouco sobre você.

— Só um pouco?

— Bem, talvez mais do que um pouco — Sophie brinca.

Adoro o fato de estarmos deitados aqui depois de uma noite inesquecível juntos e podermos conversar e sermos abertos. É algo que não tenho há muito tempo e não tinha percebido o quanto sentia falta disso. Claro, eu tinha uma namorada aqui ou ali, mas nada sério. Ninguém com quem falaria sobre minha irmã. Eram encontros casuais que nunca passavam de um mês. Nada parecia certo, não até agora.

Ela passa o dedo nos meus lábios.

— Conte-me sobre a sua ex. Por que você se divorciou?

Suspiro, odiando essa parte da história também.

— Jenna e eu nos casamos porque era o que pensávamos que deveríamos fazer. Éramos jovens e, honestamente, acho que nos casamos porque tínhamos medo de nos perder. Se estivéssemos amarrados juntos, poderíamos nos forçar a trabalhar. Não deu, obviamente. Em vez de sermos felizes e este casal unido, ressentimo-nos. Acho que éramos muito jovens e imaturos. Ela me procurou cerca de dois anos depois de nosso casamento, pouco antes da faculdade de medicina, e disse que queria ir embora, mas não tinha certeza do que eu pensava. Eu disse a ela que provavelmente deveríamos terminar as coisas.

— Você não via um futuro?

Balanço minha cabeça.

— Não. Eu via… nada. Ela disse que sentia o mesmo e, um mês depois, pediu o divórcio. Assinei sem alarde. Depois que descobri que ela voltou para Rose Canyon, fui para a faculdade de medicina na Califórnia e depois me estabeleci lá. Não foi um divórcio feio, mas comecei a me perguntar se não era para ficar sozinho. Eu não amava mais ninguém. Nunca desejei uma esposa ou filhos. Era mais fácil ter menos complicações e ficar sozinho.

Ela fica quieta, quase como se tivesse que digerir a última parte. É que agora é tudo diferente. Esses sentimentos não são mais os mesmos, eu quero isso. Eu a quero. Eu quero Eden e está vida.

— Eu vejo.

Não, ela não pode. Inclino seu queixo para mim.

— Como eu me sentia então não é como me sinto agora. Vejo uma vida com você. Vejo um futuro que antes não era possível. Você mudou tudo para mim de uma forma que nunca ousei esperar. Você e Eden morando aqui me deram essa... chance de mais. Coisas para as quais pensei que não estava preparado. Estou feliz com você, Sophie.

— Eu também. Não posso acreditar, já que parece tão rápido, mas está certo. Acho que, de certa forma, estava esperando por isso, o que soa bobo. Depois daquela noite em Las Vegas, imaginei você e eu, especialmente à medida que minha gravidez avançava. Esta criança estava crescendo dentro de mim, metade você e metade eu, mas não conhecia a outra parte. Então, minha mente imaginava você.

— E eu vivo de acordo com o hype? — pergunto.

— Você superou isso.

Empurro seu cabelo para trás e esfrego a pele macia sob seu olho.

— Você não tem ideia do quanto eu quero você.

— Se for como eu quero você, então acho que sim.

— Fique comigo, Sophie. Fique e veja o que podemos nos tornar. Não vamos brincar com o tempo, porque nós dois sabemos que não é infinito. Sei que dissemos que iríamos devagar, mas quero que sejamos mais.

— O que é mais?

— Juntos. Eu quero que você seja minha tanto quanto eu sou seu. Não sei o que tudo isso significa ou como lidamos com isso, mas quero beijar você todas as manhãs quando acordar ao meu lado.

Eu sei que há muitas complicações no que estou perguntando. Temos que pensar em Eden e no que ela vai entender. Ela é jovem, mas a honestidade é o melhor caminho. Um dia, vamos incentivá-la a me reconhecer como seu pai. Não sei o quanto ela vai se lembrar de Theo, mas em algum momento isso vai acontecer.

— E o que dizemos às pessoas? — ela pergunta.

— Quais pessoas?

CORINNE MICHAELS

— Seus amigos, Mama James, Eden.

— Nós lhes dizemos a verdade. Que estamos juntos, e se eles tiverem algum problema com isso, podem se foder. Meus amigos sabiam que isso ia acontecer. Eles estão me dando merda desde o dia em que você entrou na minha vida. Quanto a Mama James, ela ama você e nunca diria nada de ruim sobre isso. Se posso imaginar, ela ficará em êxtase. Quanto a Eden, não sei, o que você acha?

— Acho que devemos dizer a ela que estamos juntos, e talvez isso a leve a perguntar se você poderia ser o pai dela. — Sophie boceja e seus olhos começam a se fechar.

Eu me inclino, pressionando meus lábios em sua testa.

— Boa noite, linda.

Ela se contorce, abraçando-me mais perto.

— Boa noite, amor.

Eu me movo para a esquerda e desligo a luz... segurando Sophie e jurando nunca a deixar ir.

Acordamos antes de Eden.

— Bom dia, bonitão — diz ela suavemente.

— Definitivamente é.

— Que horas é o seu turno? — Ela beija meu peito.

Eu bufo.

— Em cerca de três horas. Eu queria sair para correr e depois tomar café da manhã.

Ela se senta, puxando o lençol com ela.

— Posso fazer ovos para nós.

— E bacon — eu a lembro. Realmente deve ser seu próprio grupo de alimentos.

— É claro. Eden não aceitaria de outra maneira. Vou fazer uma torrada com manteiga de amendoim também.

— Bacon! — A porta se abre e entra Eden. — Mamãe! Eu quero bacon!

Rapidamente, nós dois pegamos o cobertor e nos cobrimos enquanto ela salta para o lado de Sophie na cama. Sophie a agarra, puxando-a para que fiquem peito a peito, e eu rapidamente pego minha calça, vestindo-a com uma velocidade que não sabia que poderia me mover.

— Mamãe, Holden está na sua cama.

Sophie faz alguns barulhos.

— Uhh, bem, ele, umm, Holden e eu estamos… nós estamos.

Agora vestido, dou a volta ao lado da cama onde Eden está e salvo Sophie de se debater mais.

— Eu gosto da sua mãe.

— Ela é muito bonita.

— Concordo. Gosto muito dela, do jeito que adultos como Emmett e Blakely ou Spencer e Brielle gostam um do outro.

— Eles se beijam. — Ela franze o nariz.

— Sim.

— Você beija a mamãe?

Olho para Sophie, que diz:

— Nós nos beijamos, porque nos importamos muito um com o outro. Do jeito que mamãe e papai fazem.

Espero para ver se Eden faz a pergunta de um milhão de dólares.

— Será que Holden vai ser meu novo pai?

E vem como uma bola rápida no meio da nossa cara.

— Sim, Holden *é* seu pai, não porque mamãe está namorando com ele, mas porque ele sempre será seu pai.

Eden parece refletir sobre isso com a cabeça inclinada para cima.

— Sempre? E quanto ao meu velho pai?

— Ele também será seu pai. Você é a garota de sorte que tem dois pais e uma mãe que amam você mais do que qualquer outra coisa no mundo.

Ela desce do colo de Sophie, puxando o lençol com ela e me deixando ver um seio. Eden está diante de mim, observando-me com curiosidade.

— Como chamo você?

— Você pode me chamar de Holden ou o que você quiser.

— Ok. — Ela encolhe os ombros e, em seguida, corre em direção à porta. — Podemos comer bacon *agora*?

Nós dois rimos baixinho.

— Claro, querida. Podemos comer bacon, mas primeiro deixe-me verificar seu açúcar.

Ela pula para trás, os cachos loiros balançando, e pego o monitor do criado-mudo.

— Preparada? — pergunto.

— Você pode cantar a música?

— É claro. Clique — eu digo uma vez.

— Clique — diz Eden.

— Clique — Sophie segue.

— Clique — eu digo novamente.

— Boom! — Eden me dá o sinal de que está tudo limpo e pressiono o botão para testar o sangue dela.

— Bom trabalho, querida.

Sua leitura parece boa, mas sua máquina deve ter dosado insulina pela segunda vez ontem à noite, porque ela ficava chapada no hospital quase todas as manhãs.

Quando a porta se fecha, Sophie solta um longo suspiro.

— Bem, essa foi uma maneira de lidar com isso.

— Acho que lidamos bem com isso. — Ando até ela, puxando-a para fora da cama com o lençol enrolado em volta dela. — Vista-se, querida, ou posso ter que remover este lençol e fazer algo muito estúpido.

Ela sorri.

— Você não tem tempo para isso, querido. Tem que preparar o bacon, aquela garotinha não vai deixar você mais do que dois minutos antes de voltar aqui.

— Eu poderia fazer isso em dois — falo com uma risada, e ela revira os olhos. — Tudo bem. Vista-se e me encontre lá fora. — Afasto o lençol e descaradamente aprecio a vista com a qual poderia me acostumar a acordar. Sophie guincha e depois balança a cabeça enquanto pega um roupão.

— Vá antes que nossa filha volte.

Pisco, pego minha camisa e vou para o meu quarto. Depois de vestir um traje de corrida, ando em direção à cozinha, mas paro quando encontro Sophie de pé à mesa, examinando um arquivo. Um arquivo que coloquei em uma gaveta ontem à noite.

Meu sangue gela por vários motivos. Um, alguém esteve nesta casa, e dois, Sophie acabou de descobrir que tenho o registro médico de Theo.

Seus olhos se arregalam.

— Por que você tem isso?

— Sou médico e às vezes reviso registros médicos.

— Estou ciente disso, mas por que você tem o registro médico de *Theo*?

— Você se lembra de como os cartões postais que Theo enviou continham o número da minha licença médica? — Sophie assente. — Ok, então, isso me fez pensar que ele estava tentando chamar a atenção para algo que estava em seu registro. Eu queria ter certeza de que ele não deixou nenhuma pista aí dentro sobre o que diabos está acontecendo, sabendo que eu pegaria o arquivo e o encontraria.

Sophie o aperta contra o peito e depois passa a língua pelos lábios.

— E há alguma pista?

— Não.

— Claro, não, porque meu marido era um bastardo egoísta! Ele sabia muito bem no que estava envolvido e mentiu para mim sabe-se lá quanto tempo. Por que você não me contou sobre isso? Por que você escondeu um segredo de mim quando sabia que tudo nos últimos três meses foram segredos e mentiras?

Odeio que ela se sinta traída por mim. Tantas vezes, pensei em contar a ela, mas parecia errado contar a ela até ter certeza de que havia ou não algo para encontrar.

— Eu não queria dar falsas esperanças a você. Foi um tiro no escuro que eu encontraria alguma coisa, e até agora não encontrei. Se eu tivesse, teria dito a você.

Ela coloca o arquivo na mesa, seu dedo traçando a borda.

— Por que você deixaria isso para qualquer um ver?

Ter que responder a essa pergunta é muito mais assustador do que ter que explicar o arquivo em primeiro lugar.

— Eu não deixei.

— Holden, estava aberto na mesa quando saí para preparar a comida. Eden voltou para o quarto para se vestir, então duvido que tenha sido ela.

— Estava aberto quando chegamos em casa ontem à noite também, e não deixei assim. O *único* lugar em que o abri foi no meu quarto e, ontem à noite, coloquei esse arquivo na gaveta de lá. — Aponto para o armário. — Não estava aqui quando fui para a cama, Sophie.

— O quê?

— Eu preciso ligar para Emmett.

— Você acha que alguém esteve na casa? — ela pergunta, olhando em volta.

— Eu acho.

Na verdade, alguém deve ter vindo, a menos que eu tenha um fantasma, o que sei que não é o caso.

— Oh, meu Deus! — Sophie corre para o quarto de Eden e abre a porta.

Eu a sigo e, quando paro na porta, Sophie se vira para mim.

— Nós temos que ir.

— Não. Sophie, você não vai a lugar nenhum.

— Não estamos mais seguras aqui. Tenho que fazer uma mala.

Ela solta Eden e vai buscar a bolsa no armário.

— Eden, pegue seus brinquedos.

— Pare. Sophie! Pare. — Isto está saindo do controle.

— Mamãe? Aonde estamos indo?

Pego Eden, que está com lágrimas nos olhos, segurando-a.

— Está tudo bem. — Os ombros de Sophie caem quando um soluço sai de seu peito. Ela fica de costas para nós, e meu coração se despedaça.

Prometi protegê-la e ela se sente insegura.

Beijo a têmpora de Eden e a coloco no chão.

— Você pode ir até a cozinha e comer uma maçã?

Ela faz beicinho.

— Sem maçã!

De todos os dias.

— Eu sei que você não quer uma, mas preciso falar com sua mãe.

Seu suspiro dramático seria adorável em qualquer outro momento, e fico grato quando ela vai para a cozinha sem mais protestos, deixando-me sozinho com Sophie.

— Sophie.

— Meu diário… — ela funga. — Eu sempre o coloco na mesa de cabeceira, mas estava na cama ontem à noite, e alguém esteve nesta casa enquanto dormíamos. Coloquei você em perigo e tenho que ir embora.

Eu a viro de frente para mim e a puxo em meus braços.

— Você é minha para proteger, Sophie. Não vou deixar nada acontecer com você, está me ouvindo? Se você fugir, então o quê? Para onde você vai? Você acha que eles não vão te seguir? Como vou viver sabendo que você pode se machucar e não estou lá para impedir?

— Como vou viver sabendo que você pode se machucar por minha causa? — Ela se afasta dos meus braços.

— Eu vou consertar isso. Vamos encontrar uma maneira de descobrir tudo, mas só podemos fazer isso se você não for embora. Prometa-me, Sophie. Não fuja de mim. Deixe-me ficar ao seu lado e lutar.

Ela enxuga as lágrimas e então encontra meus olhos.

— Prometo.

Alívio me inunda.

— Obrigado. Deixe-me ligar para Emmett, e vamos chegar ao fundo disso.

— Ok.

Volto para o meu quarto, faço a ligação e, em quinze minutos, ele está batendo na porta.

— O que aconteceu? — Emmett pergunta enquanto entra.

Conto a história o melhor que posso, dizendo a ele onde tudo estava e onde encontramos, e então ele pergunta a Sophie a mesma coisa.

— Mais alguma coisa fora do lugar? — ele pergunta.

— Não que eu possa dizer — eu digo. — Nada foi tirado do que posso ver, apenas movido ou... não sei.

Ele olha para Sophie.

— Quando chegamos em casa, o pato de Eden não estava em sua cama onde ela normalmente o deixa.

— Onde estava? — pergunto.

Se estava apenas em algum lugar no chão, isso não é alarmante, mas se foi movido para um lugar que não faz sentido, isso é outra coisa.

— Na gaveta dela, o que achei estranho, porque não é algo que ela tenha feito antes.

Emmett anota tudo isso e então olha para mim.

— E você checou todas as portas e janelas?

— Elas estavam todas trancadas ontem à noite quando fomos para a cama.

— Ok, bem, vou dar outra olhada só para garantir, mas está claro que alguém esteve na casa.

— Você acha que com quem Theo estava preocupado nos encontrou? — Sophie pergunta.

— Calma — eu digo, pegando suas mãos. — Ainda não sabemos quem foi, só que estavam procurando alguma coisa. Se eles quisessem machucar você ou Eden, eles poderiam ter feito isso, mas não o fizeram. Parece que eles só queriam nos assustar.

Ela inala profundamente.

— Eles conseguiram isso! Eles estavam aqui quando estávamos dormindo.

— E eles não saquearam o local nem levaram nada. É como se eles estivessem procurando por algo e quisessem que soubéssemos.

— O arquivo eu entendo, mas meu diário contém apenas meus pensamentos pessoais. Não escrevi muito desde a morte de Theo, mas ainda assim... não tenho nada além da minha clara confusão sobre o que está acontecendo na minha vida.

Pego a mão dela na minha.

— Vamos instalar câmeras em todos os lugares e um alarme. Farei deste lugar uma fortaleza se for isso que preciso fazer.

Emmett está olhando em volta, tirando fotos e limpando as maçanetas para ver se consegue encontrar alguma impressão digital que não seja nossa. Por enquanto, é tudo o que podemos fazer.

— Ok.

— Vou perguntar a George se ele recebeu alguma ligação sobre pessoas suspeitas ontem à noite. Talvez tenhamos sorte e toda a vigilância extra por causa do julgamento de Wilkinson funcione a nosso favor. Honestamente, Sophie, agora isso não pode ter nada a ver com você. Holden tem que testemunhar em alguns dias, então isso pode muito bem ser uma mensagem para ele.

Eu me inclino e beijo sua bochecha.

— De qualquer forma, não vou deixar ninguém machucar você ou Eden. — Eles terão que me matar primeiro.

CAPÍTULO VINTE E OITO

Sophie

Emmett e George vasculharam a propriedade sem encontrar nada, mas o que mais me surpreende é que Jackson não tentou entrar em contato comigo para descobrir o que está acontecendo.

Holden tirou o dia de ontem de folga e, embora tenha tentado cobrir o turno de hoje também, não teve sorte. Meu trabalho tem sido maravilhoso. Eles me deram o resto da semana de folga para que eu possa adaptar Eden. Amanhã à noite, vamos ver Mama James para repassar todos os cuidados de Eden para que ela possa estar lá sem nos preocuparmos. Embora, eu não sei se alguma coisa me permitirá não me preocupar com minha filha.

Mesmo que Emmett e George tenham passado horas vasculhando a propriedade e conversando com os vizinhos, Eden e eu vamos ficar sozinhas hoje, e isso me deixa inquieta. Não só porque estou pulando na minha própria sombra nas últimas 24 horas, mas também porque estou com medo de que algo dê errado com a bomba de Eden, e não vou saber o que fazer.

— Talvez eu possa ir com você para o trabalho — sugiro.

— Você tem isso, Sophie. Estarei verificando o açúcar no sangue dela no aplicativo e avisarei se eu vir alguma coisa. Acabamos de testá-la e estava de acordo com o que o aplicativo lia, então está bom. Lembre-se que vai flutuar durante todo o dia. Quando ela come, brinca, o clima, tudo isso pode afetá-la — diz Holden, apertando minha mão.

— Sei que você me mostrou tudo isso, mas ainda me preocupa. E se eu errar nos carboidratos dela?

Não sou médica e, embora Holden tenha passado um tempo revisando tudo, fazendo-me perguntas e respondendo a todas as minhas, eu me preocupo. Tantas coisas podem dar errado, e Eden é tudo para mim. Se ela ficar doente, não quero reagir mal.

— Você é mais do que capaz de lidar com isso. Eden está indo muito bem. Podemos monitorar seus níveis de açúcar em nossos telefones e, se baixar, dê-lhe um pouco de suco, dois dos comprimidos de glicose que mostrei a você ou coloque mel debaixo da língua. Se estiver alto, o monitor dará a ela a insulina de que ela precisa. Apenas siga a dieta que o hospital criou e respire, amor.

— Tudo bem — eu digo, não me sentindo tão confiante, mas não tenho muita escolha. A nutricionista nos deu vários planos de refeições diárias que vão ajudar a mantê-la regulada, então, desde que eu os siga, ela deve ficar bem.

— Você sempre pode chamar uma ambulância se precisar.

Espero que isso não aconteça.

— Eu não sei se estou mais preocupada com Eden ou alguém entrando na casa novamente. Você realmente se sente confortável comigo aqui sozinha? — pergunto, precisando expressar minhas preocupações.

— Sim, porque Spencer está vindo em alguns minutos para ficar com você.

— O que Spencer vai fazer? Ele não é policial, é?

Holden sorri.

— Não, ele é melhor que isso. Spencer treinou com os Navy SEALs por um tempo, e ele é tão mortal, senão mais, do que os policiais. Confio nele, e ele irá protegê-la até que eu consiga fazer algo mais.

— Ok — falo antes de soltar uma respiração lenta para tentar me acalmar. — Não consigo deixar de sentir que o mundo abaixo de nós está mudando.

— Sempre está, mas tenho que ir trabalhar e depois me encontrar com os advogados para revisar meu depoimento. Acho que Emmett estava certo quando disse que isso provavelmente não tem nada a ver com você. — Ele segura minhas bochechas e traz seus lábios aos meus. Apenas esse breve beijo ajuda a acalmar meus nervos. — De qualquer forma, há câmeras, o sistema de alarme e Spencer. Nada vai machucar vocês.

Ele não pode prometer isso, mas aprecio o esforço que ele fez até agora.

— Também estou preocupada com você.

Quando ele sair daqui, se for sobre ele, e daí? Ele poderia ser jogado para fora da estrada ou atacado no hospital. Não quero ser paranoica, mas há tanta incerteza em nossas vidas. Se tivéssemos algumas respostas, talvez eu não ficasse tão preocupada. Teríamos um ponto de partida, mas agora não temos nada.

Ele me puxa para seus braços, e derreto.

— Posso cuidar de mim mesmo. É com você que eu me preocupo. Não quero voltar para uma vida antes de você, Sophie.

— Eu também não.

— Bom. Ligo quando chegar no hospital, ok?

Eu realmente não posso pedir mais do que isso.

— Tudo bem.

Ele me dá outro beijo, e então Eden entra correndo.

— Você vai sair?

— Eu vou. Seja boazinha e certifique-se de comer tudo o que a mamãe disser.

Ela torce o torso e sorri para ele.

— Então posso tomar sorvete?

Ele ri e bate no nariz dela.

— Veremos.

Eden envolve os braços em volta dele e aperta.

— Vou sentir sua falta, Holden-Papai.

Holden e eu apenas olhamos para ela por um momento congelado, e então ele limpa a garganta.

— Vou sentir mais sua falta, querida.

Depois de colocar a mochila no ombro, ele pisca para mim e manda um beijo para Eden.

— Vejo vocês meninas mais tarde esta noite. Fiquem bem!

Observo pela janela até que ele sai da garagem e então Eden puxa minha mão.

— Posso assistir a um programa, mamãe?

— Sim, querida. Preciso fazer uma ligação, então fique na sala.

— Ok.

Pensei em fazer essa ligação ontem à noite, mas não fiquei sozinha por tempo suficiente para fazê-la. Volto para o meu quarto e disco o número apenas para emergências.

— Sophie, você está bem? — Jackson pergunta assim que a ligação é completada.

— Não sei. Alguém esteve na casa.

Ele suspira.

— Estou sabendo. Foi minha culpa que isso aconteceu. Zach teve que voltar para Michigan, e meu outro cara não conseguiu chegar aí até hoje. Está quieto desde que você chegou aí, então não achei que seria um problema. O Miles ainda está aí, ele me mandou imagens da pessoa que entrou no imóvel, e nossa equipe técnica está fazendo o reconhecimento, mas o cara foi esperto e realmente se escondeu bem.

— Miles o viu? — pergunto.

— Ele o pegou saindo da casa e o perseguiu até um carro, mas não conseguiu alcançá-lo. Estamos executando todas as informações, mas ainda não extraímos nada. Enviei uma terceira pessoa para Rose Canyon, e se Holden fizer o que penso que fará, estarei aí em breve também.

Isso me confunde.

— O que Holden fará?

Jackson ri.

— Pedirá para eu ir até aí. Se ele ou Emmett o fizerem, será muito mais fácil proteger você e Eden. Eu também poderia ter um contingente maior de caras designados para você.

— Isso não vai chamar mais atenção para nós?

— Sim, mas neste momento, acho que é mais arriscado não ter a presença de uma equipe de segurança. Mesmo que não tenha havido nada até agora que indique qualquer problema para você, sempre podemos permitir que todos acreditem que estamos aí para a segurança de Holden. Agora, diga-me o que você sabe sobre a noite passada.

Eu digo a Jackson a mesma coisa que Holden e eu dissemos a Emmett, o tempo todo desejando ter mais informações. Quando conto a ele como Emmett sugeriu que quem invadiu estava aqui para Holden e não para mim e Eden, ele não concorda ou discorda. Não tenho certeza se concordo com Holden. Faz muito mais sentido que as pessoas de quem Theo estava me protegendo queiram o que está em meu diário ou naquele arquivo. Se Theo colocou algo em seu registro, preciso saber.

— Eu não quero que você se preocupe, Sophie. Temos isso em mãos e realmente acho que nos veremos em alguns dias. Posso levar Mark ou outro membro da equipe de alto escalão da Cole Security também. Apenas saiba que estamos levando isso a sério.

Afundo na cama, sentindo-me pesada e triste.

— Tudo bem. Simplesmente não consigo lidar com muito mais.

— Você não vai precisar. Estamos todos fazendo o que precisamos para manter você e Eden seguras.

Ele desliga e começo a andar pelo quarto. Se Holden estiver certo e houver algo no arquivo, talvez ele não esteja encontrando porque não era para ele encontrar. Talvez Theo tenha colocado algo ali que só eu saberia. Posso não ter conhecido Theo tão bem quanto pensei, mas ainda o conhecia melhor do que Holden. Posso verificar o registro e ver se há algo fora do lugar. Todas as suas internações hospitalares, visitas médicas e cirurgias para as quais eu estava lá. Seu histórico médico foi uma grande parte da minha vida.

Por mais arrasada que estivesse por Holden não ter me contado, estou mais zangada do que qualquer coisa. Eu posso ajudar.

A campainha toca e meu telefone mostra uma foto de Spencer na porta. Abro, deixando-o entrar em casa antes de trancá-la atrás dele.

— Obrigada por fazer isso.

— Não há muito que eu não faça por Holden ou você, Sophie. Vocês precisam de mim e estou aqui.

— Bem, aprecio isso. Tenho certeza de que você tem coisas muito melhores para fazer com seu tempo do que cuidar de mim e de Eden.

Spencer dá de ombros.

— Na verdade, não. Estou apenas trabalhando em um manuscrito, e não é como se eu não pudesse fazer isso aqui.

— Ah, o que você está escrevendo?

— A história de uma garota que é uma bagunça gostosa.

— Então, minha história de vida? — pergunto com uma risada.

— Perto, ela mora em Rose Canyon.

Sorrio.

— Eu vejo. Então você está escrevendo uma história de amor.

Spencer ri uma vez.

— É mais o lado do suspense, mas acho que, no final, é uma história de amor.

— Sabe, acho que toda história em torno de uma pessoa envolve amor.

— Mesmo? Mesmo em suspenses?

Eu costumava discutir com Theo o tempo todo sobre como, no centro de qualquer filme que ele estivesse assistindo, era realmente uma história de amor.

— Todos eles. Pegue um filme de super-herói, por exemplo. Superficialmente, parece ser sobre o herói e sua busca para salvar o mundo, mas o que todas as boas histórias têm? Amor. E normalmente vem na forma de um interesse amoroso, não apenas romântico. Pode ser o amor dos pais ou o amor da amizade. Lois Lane, Jane, Pepper Potts, Peggy Carter... posso continuar por muito tempo. Até a super-heroína tem um homem que amamos e pelo qual torcemos. Acredito que seja porque, no âmago da natureza humana, existe esse desejo de pertencer e amar.

Spencer franze os lábios e então sorri.

— Você é muito brilhante.

— Também pode ser porque eles sabem que as mulheres têm que suportar esses filmes, e todas nós temos um pouco de coração mole de certa forma. — Dou de ombros.

— Poderia ser, mas gosto muito mais da sua resposta eloquente. Brielle, no entanto, não tem um coração mole assim, mas... acho que é provavelmente uma mistura de ambos.

Eu rio baixinho com isso.

— Bem, de qualquer forma, você é bem-vindo para trabalhar enquanto tem que ficar aqui.

— Quais são seus planos? — ele pergunta.

Vou dar uma olhada naquele maldito arquivo.

— Nada, talvez eu pinte um pouco.

— Você sabe que posso ler um mentiroso.

— O quê?

— Eu sei que algo está acontecendo. Posso ver isso em seus olhos. Fui treinado para ler as pessoas e saber quando estão mentindo. O fato de você ter olhado para a esquerda é um sinal revelador, além de ter deslocado o peso para trás.

Ótimo, estou com Sherlock Holmes.

— Não é nada.

— É alguma coisa, Sophie. Se você está preocupada se vou contar a Holden, não vou. Não a menos que seja um risco para você.

Isso me deixa um pouco perplexa.

— Por que você esconderia as coisas dele?

— Porque o que você faz hoje não é o que ele me pediu para assistir. Ele quer manter você e Eden seguras, não policiar suas atividades e fofocas.

— Isso é... bem, inesperado, suponho.

Spencer dá de ombros.

— Eu poderia usar uma distração. A escrita é lenta e Brie está testemunhando hoje, então realmente preciso manter minha mente ocupada.

Sei que o julgamento começou, mas não sabia que Brielle estava envolvida.

— Por que você não está lá?

— Eu também sou uma testemunha, então não posso ouvir o depoimento dela. Nós realmente queremos que esse idiota vá para a cadeia, então estou aqui e você é minha diversão.

Pondero se devo realmente confiar em Spencer com isso. Mas, novamente, ninguém conhece a vida de Theo como eu, e se eu puder ajudar, isso não é alguma coisa?

— Holden conseguiu uma cópia do registro médico do meu marido. Ele pensou que poderia haver uma pista nisso, e estava planejando dar uma olhada para ver se conseguia encontrar alguma coisa.

O sorriso de Spencer é largo.

— E estou assumindo que você e Holden não discutiram isso?

— Você está correto.

— Bom. Eu gosto de travessuras e mistérios. Vamos ver o que podemos encontrar.

Entro na sala de jantar onde está o arquivo e o abro. Spencer me segue, e Eden está assistindo ao seu programa e brincando com bonecas. Verifico meu telefone para ver se há alguma alteração em seu açúcar, ela estava um pouco alta alguns minutos atrás, mas está de volta ao normal. Então, eu me sento na frente do arquivo. Spencer se senta ao meu lado, seus olhos alternando entre mim e a pilha de papelada.

— Vamos começar do início — eu digo, abrindo a capa do arquivo.

Spencer ri.

— É o melhor lugar para começar.

Repassamos as coisas por horas. Spencer e eu só percorremos cerca de um quarto do arquivo, porque tudo era um jargão médico que me deu dor de cabeça e tivemos que fazer muitas pausas. Spencer fez muitas perguntas, investigando o que eu me lembro de cada incidente. Foi difícil reviver isso. Nenhuma das vezes que ele esteve doente são memórias particularmente boas. Muitos de nós tentamos tirar o melhor proveito de uma situação horrível. Já passou do jantar e Eden há muito perdeu o interesse por seus brinquedos e programas.

— Mamãe, preciso de mais agulhas? — ela pergunta. Seu cabelo ainda está úmido do banho e ela está aconchegada em seu pijama favorito, pronta para se acalmar e descansar o que precisa, então dou um sorriso tranquilizador enquanto pego o testador portátil.

— Nós precisamos. Lembre-se de que Holden disse que temos que fazer isso três vezes ao dia para verificar sua máquina em sua pequena bolsa aqui. — Aponto para o pacote que está em torno de sua cintura.

— Eu amo Holden.

A declaração me atordoa.

— Você ama?

Ela acena com a cabeça.

— Você ama Holden?

Eu… não sei como responder a isso. Eu sei que nunca me senti assim por outro homem. Eu sei que quero estar com ele, estar sempre perto dele. A maneira como ele cuidou de mim e de Eden sem hesitar me fez respeitá-lo profundamente. Mais do que tudo, foi como ele nunca questionou sua paternidade que fez meus sentimentos por ele crescerem.

Então tivemos a noite passada, e não era nada sobre o passado ou as coisas que compartilhamos. Foi sobre nós, e foi lindo.

— Acho que sim, amor. Acho que sim.

O sorriso de Eden cresce.

— Devemos ficar aqui.

O futuro que eu não sabia que era possível torna-se mais claro. Nós dois nos amando além da medida, criando Eden e estabelecendo raízes nesta cidade é uma imagem que quero manter. Eu nos vejo envelhecendo juntos, vivendo uma vida cheia de amor, paixão e devoção. Está tudo bem aí – com ele.

Prendo o cabelo de Eden atrás da orelha e sorrio.

— Eu também. Agora, vamos jogar clique, clique, boom.

Verificamos o açúcar dela, e está um pouco baixo, então dou a ela um copinho de suco para subir. Uma vez que ela está nivelada, eu a coloco na cama e encontro Spencer, de volta com o arquivo.

— Como você não está completamente entediado está além de mim — falo enquanto me sento ao lado dele. — Lemos este arquivo o dia todo e não encontramos nada.

— Estou ficando vesgo, mas não posso deixar de pensar que Holden estava certo sobre isso. Há coisas estranhas misturadas nas notas deste cardiologista no meio. Datas que não coincidem com a consulta, o que normalmente não seria alarmante, mas quase parece que ele está falando de outro paciente. — Spencer empurra o arquivo para mim. — Olhe para isto.

Eu li a avaliação do médico, explicando que seu coração piorou mais e sua necessidade de um transplante agora é iminente. Ele anota os resultados do eletrocardiograma e também do ultrassom. Depois, há uma frase aleatória que afirma:

— O paciente deve procurar na Geórgia ou no Texas.

— Ele está falando sobre encontrar um doador, e procurar por estados aqui? — pergunto com confusão.

— Não, e não tenho certeza do que ele está falando.

— Certamente, ele não estava aconselhando Theo a obter um coração do mercado ilícito, certo?

Spencer dá de ombros.

— Não consigo imaginar que isso seja ético, mas já vi pessoas com dinheiro fazerem coisas malucas. Vá para a próxima visita, há outra menção em três parágrafos.

Eu viro a página e digitalizo a seção a que ele está se referindo. Lá ele discute ir ao exterior para fazer uma retirada. Uma retirada de quê, entretanto? Continuo lendo, mas não especifica. O que me chama a atenção é a menção ao medicamento.

— Bem, a medicação está incorreta. — Aponto para onde está listado para que Spencer saiba do que estou falando. — Theo não estava no Zebeta naquele momento. Ele não aceitou isso até os últimos seis meses. Este relatório é dois anos antes disso.

— Então, você acha que é um erro?

Poderia ser, mas esse é um grande erro a se cometer. Ter os medicamentos errados listados teria causado grandes problemas se ele tivesse que ser hospitalizado.

— Não tenho certeza...

O resto da página parece bem, então encontro sua próxima consulta com este médico. Ela começa exatamente como uma consulta normal de cardiologia, só que desta vez, há um número aleatório que nunca poderia ser uma leitura de pressão arterial. Ele estaria morto se fosse esse o caso.

— Veja isso. — Mostro a Spencer. — Ele estaria morto se sua pressão arterial fosse 86/753.

— Jesus. E olha a temperatura. Ele tinha 183 anos?

— Isso não faz sentido. O Dr. Frasher é um dos melhores cardiologistas de Londres. Não há como ele ou sua equipe serem tão incompetentes. Ou isso foi feito de propósito ou seus registros foram adulterados.

— Olha o seguinte. Vamos ver se há um padrão.

Com certeza, as mesmas leituras também estão listadas nessa consulta. Não tem como isso ser uma coincidência.

— Como Holden perdeu isso?

— Ele pode não ter chegado tão longe nisso. Acho que ele não conseguiu até a semana passada, ou talvez esteja apenas examinando as anotações e não olhando os sinais vitais, não sei. Não tenha medo, Sophie, darei muita merda a ele por isso.

Nós dois rimos e então continuo analisando todos os sinais vitais dele em cada folha, e os números mudam nesses pontos. Às vezes, a temperatura é listada como 86 e, em seguida, sua pressão arterial é 75/318, o que também não faz sentido.

— Eu não entendo o que tudo isso significa.

Spencer passa as mãos pelos cabelos.

— Eu volto já.

Ele vai para o quarto de Holden. Eu o sigo, sem saber o que ele está fazendo.

— Spencer?

— Holden falou com você sobre os cartões-postais que recebeu de Theo?

— Sim, mas não havia nada de estranho neles.

Sua risada diz o contrário.

— O fato de ele tê-los é bastante estranho, mas concordo com Holden. Havia algo estranho em usar o número da licença dele. É por isso que pensamos que talvez o arquivo dele contivesse as respostas.

— Tudo bem…

— Tenho um palpite de que eles estão relacionados nesses possíveis erros de digitação.

Depois de vasculhar algumas das gavetas de Holden, ele solta um triunfante:

— Ha! — Então ele está segurando um cartão postal, brandindo-o no ar. — Encontrei.

Voltamos para a sala de jantar e Spencer coloca o cartão-postal em cima das anotações para que as estranhas leituras fiquem logo abaixo de onde Theo havia escrito o número da licença médica de Holden.

— Eu não entendo — falo, mais para mim do que qualquer coisa.

— Isso pode significar muitas coisas, mas estávamos todos confusos sobre porque o número da licença médica de Holden estava nos cartões. Se eu estiver certo, significa que realmente há algo escondido no arquivo que ele queria que Holden encontrasse.

Assim que a última palavra sai de seus lábios, a energia acaba na casa, e Spencer se levanta, empurrando-me atrás dele bem quando há uma explosão ensurdecedora.

CAPÍTULO VINTE E NOVE

Holden

— Mais alguma coisa, Cora? — pergunto à promotora após a terceira revisão das perguntas e documentos. — Preciso voltar para casa.

— Entendo, mas queremos ter certeza de que você está preparado.

— Eu estou.

— Hoje correu bem com Brielle, mas precisamos mostrar o padrão com as drogas usadas e...

— Eu sei. Realmente sei. — Fico de pé. Entre o meu turno e depois disso, estou acabado. Quero ir para casa, tomar banho, ficar nu com Sophie e dormir.

— Fiquei sabendo do que aconteceu na sua casa — ela diz enquanto junta os papéis. — Você acha que são os caras do Wilkinson?

— Poderia ser. Não sei.

— Esperávamos que ele mudasse e nos desse para quem ele trabalhava, mas até agora ele está de boca fechada.

Esse é o problema dele.

— Sinto muito por ouvir isso.

Ela puxa tudo em seus braços e saímos do tribunal.

— Quero prender esse cara pelos crimes horríveis que cometeu e depois encerrar toda a operação.

— Isso é tudo que qualquer um de nós quer.

Posso ouvir o fardo pesando sobre ela enquanto solta um suspiro pesado.

— Eu me preocupo. Ele tem um advogado que definitivamente não pode pagar e, embora tenhamos muitas evidências para obter uma condenação pelo sequestro de Blakely e pela tentativa de assassinato de Emmett, não temos nada que o ligue completamente às garotas desaparecidas.

Eu ficaria estressado com isso se fosse ela também. Todos nós sabemos que ele está envolvido – inferno, ele literalmente confessou isso a Blakely, mas eles não encontraram nada de concreto. Ele foi muito bom em cobrir seus rastros.

— Não será o suficiente por enquanto?

— Sim, mas quero fazer justiça pelas inúmeras garotas que ele prejudicou. Eu preciso dessa evidência.

— Eu gostaria de poder dar a você, Cora. Tudo o que tenho a oferecer é o que vi quando tratei Blakely após seu sequestro e as informações médicas que você está perguntando.

A sugestão de um sorriso aparece.

— Acho que seu testemunho irá percorrer um longo caminho. Isso criará o padrão que espero mostrar ao longo do tempo.

— Obrigado, Cora. Vejo você amanhã.

Ela agarra meu braço enquanto eu saio.

— Escute, não sei se o que aconteceu na sua casa foi por causa do julgamento, mas algumas coisas aconteceram na última semana que não foram normais.

— Você as denunciou a Emmett? — pergunto.

— Não, elas pareciam... como se talvez eu tivesse esquecido de guardar algo, mas depois de ouvir o que aconteceu com você, estou começando a me perguntar se talvez não tenham sido apenas coincidências. Mas então, ontem, a legista de Portland foi encontrada em seu apartamento, ela está em estado crítico e hospitalizada após o que parece ser um arrombamento. Ela claramente não pode testemunhar agora. É apenas... muitas coisas ligadas a este caso para ser uma coincidência.

Engulo profundamente enquanto o pavor enche minhas veias. Sim, Spencer está com Sophie e Eden, mas se for por minha causa e do julgamento, nunca vou me perdoar se Sophie ou Eden forem feridas. Depois de falar com Emmett mais cedo, ele realmente acreditou que não era o julgamento. Ele disse que as três coisas que foram tocadas tinham a ver com Sophie. Seu diário, o pato de Eden e o arquivo de Theo. Agora, ouvir que Cora tinha algo semelhante me faz pensar se não estávamos errados.

— Eu tenho que ir — falo abruptamente.

Cora não diz mais nada, e sigo para o meu carro, uma vez lá, pego meu telefone e ligo para Sophie.

Ela não responde, e a ansiedade toma conta de mim.

Dou marcha à ré e saio, ligando para Spencer enquanto desço a Main Street a uma velocidade que definitivamente não deveria estar.

Não sei explicar, mas sinto que algo está errado.

O telefone de Spencer vai para o correio de voz também.

Bato minha mão no volante, odiando estar pelo menos quinze minutos atrasado. Minha mente está indo em um milhão de direções enquanto corro para chegar até Sophie e Eden. Racionalmente, sei que eles provavelmente estão apenas longe de seus telefones, e não tenho nenhuma razão real para meu coração estar batendo tão freneticamente, mas o medo é uma emoção complicada. Não se importa com lógica ou razão. Há apenas essa urgência de chegar em casa e garantir que elas estejam seguras, porque não consigo lidar com nada acontecendo com elas. Amo Eden com tudo o que sou e estou me apaixonando tanto por Sophie. Quero passar todos os dias com ela e construir uma vida com nossa filha.

Se isso for tirado de mim por causa desse idiota, eu mesmo o matarei.

Meu telefone toca e, por um segundo, acho que pode ser Sophie, mas é Emmett.

— Emmett! Não consigo falar com Sophie ou Spencer!

— Onde você está?

— Estou virando na State Street, onde você está?

— Estou na sua casa agora.

— Sophie e Eden estão bem? — O pânico está começando a tomar conta, e coloco minhas mãos em volta do volante para evitar que tremam.

— Apenas chegue aqui em segurança e nós resolveremos tudo.

Meu coração está batendo forte no meu peito.

— Porra! — grito, batendo minha mão no volante. — Apenas me diga! Diga-me se elas estão bem!

Emmett fica quieto por um segundo e então suspira.

— Holden, acalme-se. Você não vai ser útil se for um maníaco. Olha, ninguém lida com situações como essa melhor do que você, então coloque seu maldito chapéu de médico quando se aproximar desta casa.

— Estou a dois minutos de distância.

Não sei como vou aguentar e fazer o que ele diz, mas vou tentar.

Estaciono na entrada da minha garagem e há carros de polícia, uma ambulância e três homens com rifles conversando na frente.

Jogando o carro no estacionamento, saio correndo, desesperado para ver minhas garotas. Quando passo pela porta, Sophie está lá, com a cabeça entre as mãos enquanto Blakely esfrega suas costas.

— Sophie! — grito, e sua cabeça se levanta.

Então ela está correndo em minha direção. Meus braços a envolvem, e ela se agarra a mim.

— Eles a levaram! Oh, Deus, eles levaram nosso bebê.

Pela primeira vez na minha vida, sei como é o verdadeiro terror.

— Temos equipes de busca na área e os caras da Cole Security já estão executando os feeds das câmeras por meio de reconhecimento facial, bem como quaisquer opções de rastreamento que eles tenham.

Sophie e eu estamos no sofá, segurando as mãos um do outro enquanto todos se movem ao nosso redor. Sophie chora sem parar enquanto tento aceitar o que aconteceu.

Spencer o descreveu como um ataque militar em grande escala. As luzes se apagaram e então duas granadas de atordoamento foram lançados na sala, incapacitando-o e também Sophie. Em quinze segundos, eles arrombaram a porta e pegaram Eden. Ele disse que aconteceu tão rápido que foi impossível para ele reagir antes que as granadas de atordoamento disparassem.

Eu quero gritar, reclamar do mundo e de todos.

— Eu deveria estar aqui — falo para ninguém.

— Não faria diferença se você estivesse aqui — diz Spencer.

— Eu deveria ter… deveria ter contratado a empresa de Jackson. Eu ia ligar para ele hoje, mas agora é tarde demais.

Emmett aperta meu ombro.

— A empresa de Jackson *estava* aqui, Holden. Sem o nosso conhecimento, eles estão observando Sophie desde que ela chegou.

— A equipe dele estava aqui e eles não fizeram nada?

— Eles estavam incapacitados antes do ataque, mas estavam na casa três minutos depois de Eden ser levada. Os caras que a levaram não eram amadores. Eles foram bem treinados e executaram sua missão em menos de cinco minutos, do começo ao fim.

Os dois caras da Cole Security se aproximam.

— Sou Miles Kent e esta é Makenna Dixon, nós dois estávamos aqui quando aconteceu. Um dos membros da nossa equipe em San Diego está chegando com seu K-9, Jackson está a caminho, assim como Zach Barrett, que estava anteriormente no destacamento de Sophie e Eden. — O cara olha para Sophie. — Nós dois ficamos inconscientes, então está claro que eles sabiam quem éramos. Assim que acordei, vi Makenna já se movendo para a casa. Era como se eles fossem o equivalente a nós.

— Seu sobrenome é Dixon?

— Sim, senhor. Meus pais são Mark e Charlie, que você conheceu, e garanto que haverá sérias repercussões por permitir isso sob minha supervisão. Assumo total responsabilidade.

Miles avança.

— Sou o guarda líder, isso é por minha conta. Já temos as equipes de tecnologia trabalhando nas coisas e, graças às suas câmeras, devemos ter algo em breve.

— Há quanto tempo vocês estão vigiando a casa? — pergunto.

Ele olha para Sophie e ela responde.

— Theo os contratou para nos proteger. Zach, um dos membros da equipe de Jackson, foi quem nos trouxe para Rose Canyon, e eles estiveram cuidando de nós o tempo todo.

— Fizeram muito bem.

Makenna parece que vai falar, mas Miles chega antes dela.

— Não fizemos, e por isso, lamentamos. Após a invasão de sua casa, deveríamos ter ficado um pouco mais perto do que estávamos, mas estávamos tentando manter os olhos em você à distância para não alertar ninguém sobre nossa localização.

Sophie enxuga as lágrimas que não param de cair. Deus, ela está quebrando, e não posso lidar com isso. Eu a puxo em meus braços, precisando segurá-la.

— Eles vão encontrá-la — sussurro contra a coroa de sua cabeça. Eles têm que.

— Estamos fazendo tudo o que podemos.

— Ela deve estar tão assustada — Sophie chora. — Quem fez isto? Quem levou meu bebê?

Os lábios de Emmett formam uma linha apertada.

— Não sei, Sophie, mas não vamos parar até encontrá-la.

Ela chora mais forte, e eu a envolvo com mais força no meu peito.

Eu me sinto mal, meu coração está no estômago e não consigo pensar. Na minha vida, estive em situações horríveis e sempre fui capaz de manter a compostura, mas agora não consigo. Lágrimas caem enquanto mantenho Sophie contra mim. Acabei de pegar as duas e agora posso perdê-las. Tudo por minha causa. Tudo por causa desse maldito caso.

— Sinto muito, meu amor. Deus, sinto muito.

Sophie se mexe, olhando para mim.

— Você não fez isso.

— Eu prometi que protegeria vocês.

Ela balança a cabeça.

— Eu estava aqui e você precisa acreditar em mim quando digo que não havia como nos proteger do que aconteceu. Holden, aconteceu tão rápido que acabou antes mesmo que eu realmente entendesse o que estava acontecendo. Antes que Spencer pudesse reagir. As únicas pessoas que devemos culpar são as pessoas que a levaram, então vamos parar de tentar e apenas... e apenas nos concentrar em recuperá-la. Preciso da nossa garotinha de volta. — As últimas palavras são sufocadas por lágrimas que ameaçam quebrar meu coração. Eu vivi os últimos três anos sem Eden, e os últimos meses mudaram tudo. Minha filha, a razão pela qual respiro, está desaparecida e não tenho controle sobre como recuperá-la.

— Eu também, querida.

As pessoas se movem pela sala, tirando fotos, conversando e tirando o pó de maçanetas e outros itens, mas neste momento tudo se desvanece. Meu mundo se reduz a Sophie, as lágrimas escorrendo por seu lindo rosto e o coração partido enchendo seus olhos. Eu me sinto desamparado. Só tomamos um susto com ela, quase a perdemos, porque perdi os sinais do diabetes, e a perdemos de outra forma.

Sophie endurece, saindo do meu abraço.

— E a medicação dela?

Já repassei isso na minha cabeça.

— Trocamos a insulina ontem. Ela tem o suficiente para mais dois dias – talvez. Não sei. Se ela cair, então... eu... porra!

Spencer é o primeiro a falar.

— Fique calmo, Holden.

— Ela pode morrer. Você entende isso? A bomba pode ajudar se o açúcar no sangue dela subir muito, mas se o açúcar cair, não posso... não posso fazer nada daqui.

Sophie desmorona, caindo no chão com soluços de partir o coração. Caio de joelhos ao lado dela, puxando-a em meus braços enquanto minhas próprias lágrimas caem. Eden pode morrer, e não posso salvá-la. Nunca vou me recuperar se eu a perder também.

Por favor, Deus, ajude-nos.

CAPÍTULO TRINTA

Sophie

Holden tenta me convencer a tomar um sedativo, mas eu me recuso. Não quero dormir, quero encontrar minha filha. Isso é tudo que importa.

Agora, ela está sozinha e com medo. Ela pode estar chorando por nós ou machucada ou... ou...

Corto o pensamento, porque é muito assustador para ser permitido.

Holden e eu nos sentamos no sofá, um cobertor enrolado em torno de nós enquanto olhamos para nossos telefones e observamos seus níveis de açúcar no sangue. Ela precisou de insulina duas vezes, e cada vez que a máquina a dispensa, eu me sinto mal. Ainda assim, desde que a bomba ainda esteja atualizando, desde que ela ainda precise dela para regular o açúcar no sangue? Há uma fração de consolo nisso, mesmo que também signifique que há menos medicamentos disponíveis para ela.

Jackson se senta na mesa à nossa frente.

— Temos pessoas em todos os lugares procurando, minha equipe em San Diego está verificando todas as câmeras de trânsito e a polícia está fazendo sua parte daqui. Charlie está trabalhando com alguns de seus contatos para fazer coisas que também não podemos. Os US Marshals acabaram de nomear minha equipe para que possamos nos envolver na investigação.

Holden olha para ele.

— Se você sabia que Sophie estava em perigo, por que não trouxe mais homens aqui?

Jackson não hesita.

— Eu tinha o que pensávamos ser necessário. Havia dois homens aqui e, depois do que aconteceu há duas noites, um terceiro estava a caminho às custas da minha empresa. Garanto a você, ninguém pensou que isso iria acontecer.

— Por que eles não levaram Eden na noite em que estiveram aqui? — pergunto. — Por que esperar?

Ele balança a cabeça.

— Não sei. Se considerarmos que pode haver alguém tentando descobrir o que Holden sabe antes de seu testemunho, bem como alguém ligado a Theo que pode estar procurando por você, podemos estar olhando para dois perpetradores separados. Eden foi levada quando Holden estava com Cora, o que me leva a pensar que o sequestro dela está ligado ao caso Wilkinson.

Blakely se aproxima e me entrega uma xícara de chá.

— Eu pensei o mesmo. Já consideramos que as pessoas que procuram Sophie e Eden podem ser as mesmas tentando impedir que as pessoas testemunhem no caso?

Jackson responde:

— Eu pensei. Minha equipe está procurando por qualquer conexão com Wilkinson ou Bill Waugh. Perguntei a Theo à queima-roupa o que exatamente ele descobriu, mas ele não quis me dizer. Ele disse que se a informação fosse necessária, ela se apresentaria.

Holden fica de pé.

— Bem, precisamos disso agora!

Blake descansa a mão em seu ombro.

— Se as pessoas que tomaram Eden são as pessoas de quem Theo queria que você se escondesse, então sim, precisamos disso. Se for sobre o julgamento, não vai nos ajudar. Ouça, se o objetivo é impedi-lo de testemunhar, então esta é a maneira de fazê-lo. Se é sobre Sophie, então não vejo o que eles ganham tomando Eden. Houve algum pedido de resgate?

— Ainda não — diz Jackson.

— Ok. E quanto ao arquivo, Spencer?

Ele olha para cima e balança a cabeça.

— Tenho procurado por mais referências ao número da licença de Holden ou porque está lá. Até agora, nada realmente faz sentido, mas enviei digitalizações do arquivo para os analistas de Cole, então eles também estão trabalhando nisso.

Tudo isso acontece ao meu redor, mas não consigo processar. Duas pessoas horríveis competindo atrás de nós? Eu simplesmente não consigo lidar com isso.

Então, olho para o meu chá e continuo monitorando o único link que temos com Eden.

Eles continuam a falar e depois saem da sala quando alguém os chama. Estou perdida, observando os números subindo e descendo, mas até agora ela não está caindo muito. Rezo para quem a levou pelo menos ver que ela está doente.

Holden envolve seu braço em volta do meu ombro.

— Você tem que comer.

— Não posso. E se ela estiver com fome? E se ela estiver com sede? Eu não posso se ela não pode...

Descansando minha cabeça nele, choro de novo, sentindo-me tão perdida e com raiva. A noite toda esperamos uma ligação, que alguém exija algo para que possamos dar a eles, mas não vem. Deixo as lágrimas virem, meus olhos pesados e meu corpo não querendo cooperar para ficar acordado.

— Você está exausta, Sophie. Apenas descanse aqui, você não precisa dormir, apenas descanse.

— Não quero descansar. Eu quero ir e encontrá-la. Quero fazer alguma coisa... qualquer coisa além de sentar aqui e não fazer nada. Podemos ir procurá-la. Podemos ir aos hospitais, certo? Eu não posso simplesmente me sentar aqui!

Holden pega meu rosto em suas mãos.

— Estamos fazendo tudo o que podemos.

Não parece.

— Nunca deveria ter vindo para cá. Depois da outra noite, deveríamos ter feito as malas e ido embora. Eu fiz isso.

Isto é minha culpa.

Eu vou ser a razão pela qual a perdemos. Sabia que estávamos em perigo e não corri. Em vez de exigir que Jackson nos levasse a um local seguro, confiei em todos ao meu redor para nos proteger. Senti um aperto no estômago, dizendo-me para ir embora, e ignorei.

— Nada disso é sua culpa, Sophie! Amor, você não fez nada de errado. Você não está envolvida em nada do que está acontecendo. Se a culpa é de alguém, é minha! Mais uma vez, você não fez nada. Fui eu que fodi com isso. Fui eu quem fez vocês ficarem porque estava com tanto medo de perder vocês. Fui eu quem falhou com vocês duas. — Holden esfrega o rosto, os olhos vermelhos e cheios de dor. — Eu nunca vou me perdoar por isso.

Nenhum de nós vai. Parece haver culpa suficiente para nós dois nos afogarmos nela.

Eu o alcanço.

— Não podemos fazer isso. Isso não vai trazê-la de volta, e isso não é sua culpa. Inferno, se é de alguém, é das pessoas com quem Theo estava envolvido. Mas você e eu? Nós não fizemos isso com ela. Não a deixamos doente nem pedimos a ninguém que a tirasse de nós. Nós a amamos e, embora possamos estar quebrando agora, é porque só a queremos de volta.

Holden dá dois passos e gentilmente segura meu rosto entre as palmas das mãos.

— É tudo que eu quero.

— Eu também.

— Eu trocaria qualquer coisa por ela.

— Fico me perguntando, por que eles não me levaram? — falo. — Se isso é por causa de Theo, por que não me levar? Eden não sabe de nada.

— Você também não — ele aponta. — Que melhor motivador para qualquer um de nós existe do que ela?

— Eu gostaria que eles me levassem. Espero... espero que eles voltem e me matem se algo acontecer com ela, porque nunca vou sobreviver a isso, Holden.

Ele se inclina, beijando-me suavemente.

— Nem eu. Temos que ser fortes e manter a fé nas pessoas ao nosso redor.

Como ele pode não saber que perdi minha fé no minuto em que percebi que minha filha se foi?

Já se passaram 24 horas.

É como se eu estivesse vivendo em um globo de neve onde sou a estátua e as coisas estão em constante movimento ao meu redor.

Não ouvimos nada de ninguém. Nenhuma notícia. Sem avistamentos. É como se ela tivesse desaparecido. A última filmagem da câmera mostra uma van preta passando pela cafeteria. Depois disso... nada.

Não consigo dormir, comer ou mesmo falar muito. Brielle e Blakely estiveram ao meu lado, inabaláveis. Holden vai de andar de um lado para o outro, para sentar-se, gritar com todos, chorar e depois voltar a andar, tentando ser forte.

Nenhum de nós é capaz de mantê-lo junto por um longo período de tempo. Nós dois estamos quebrando a cada segundo que passa. Depois de me ver chorar pela última hora, Brielle me força a deitar, e estou fingindo dormir, porque é mais fácil do que ouvir o que fazer ou falarem como se ela já estivesse morta.

Prefiro ficar entorpecida.

Holden está tomando banho, e há várias pessoas na sala de jantar, tentando ficar quietas, mas ouço cada palavra.

A voz inconfundível de Emmett é ouvida primeiro.

— Pensamos que eles fariam suas demandas conhecidas. Se é sobre Holden, então alguém deveria ter dito algo sobre testemunhar. Se é sobre Sophie, então deveríamos ter ouvido o que eles querem que ela tenha.

— Se ela ainda tem alguma coisa, mas estamos investigando seus registros financeiros — Jackson oferece.

— E?

— Até agora, parece que a empresa para a qual ele trabalhava era uma fachada para um cartel ou algum tipo de sindicato da máfia. Só não sabemos qual ainda — diz Jackson.

— Você acha que ele descobriu para quem realmente estava trabalhando e é por isso que ele fez Sophie fugir?

— Eu acho. É por isso que ele estava com tanto medo, e vou levar dias para tentar descobrir a quem a empresa de fachada poderia estar ligada, mas isso vai depender se eles cometeram um erro na documentação em algum lugar — diz Jackson, frustração em seu tom. — Estamos concentrando a maior parte de nossa energia em conseguir uma pista para encontrar Eden, isso é o mais importante.

— Especialmente com a medicação dela acabando. — O medo de Emmett é evidente. — Espero que eles estejam cientes disso e fazendo a coisa certa.

Jackson suspira.

— Se ela está morta, então eles não podem usá-la contra eles.

— Exatamente.

Eu rolo, cobrindo minha cabeça com o travesseiro. Não quero ouvir isso. Não quero pensar em nada disso.

Fecho meus olhos, e aquele entorpecimento pelo qual rezei vem, afundando-me na escuridão.

— Sophie! Sophie, acorde. — Holden está me sacudindo, e meus olhos se abrem em pânico.

— O quê? Eles a encontraram? — pergunto, sentando-me e olhando em volta.

Ele balança a cabeça.

— Você está recebendo uma ligação.

— Todos em silêncio! — Jackson grita. — Sophie, você precisa atender ao telefone.

Concordo com a cabeça, forçando para baixo a bile que ameaça subir. Minhas mãos estão tremendo quando pego o telefone, e Jackson me lembra do que devo fazer se for a pessoa que levou Eden.

— Mantenha-os falando o máximo que puder. Pergunte. Se eles não responderem, pergunte novamente até que eles respondam, ok?

— Ok. — Eu toco o botão verde e me forço a dizer: — Alô?

A voz na outra linha está distorcida, disfarçando quem poderia ser.

— Temos sua filha.

— Ela está viva?

— Você tem algo que queremos e, se entregar, nós a devolveremos.

Minhas mãos estão tremendo e quero gritar, mas permaneço calma – por Eden.

— Minha filha está viva?

Há uma pausa.

— Ela está viva.

Oh! Graças a Deus.

— Eu quero... ouvir a voz dela.

— Você tem algo que me pertence e eu quero de volta.

O medo que tentei controlar avança.

— Por favor, não tenho nada além de Eden. Por favor, ela está doente e precisa voltar para casa. Ela tem diabetes e pode morrer. Deus, por favor, diga-me o que você acha que eu tenho, e darei a você se eu tiver! Juro. Só quero minha filha em casa. Por favor.

Holden envolve seu braço em volta de mim, mantendo-me imóvel.

— Não há necessidade de ficar histérica. Seu marido pegou o que era meu e quero de volta.

Deus, é por minha causa. Minha respiração vem em rajadas curtas e, em seguida, Holden me vira para olhar para ele. Ele murmura a palavra *respire*.

Nós inalamos e exalamos juntos, e aceno.

— Diga-me o que é. Não sei procurar algo se não sei o que é.

A voz ri baixinho.

— Encontre meu dinheiro e você terá sua filha.

Então a linha fica muda.

CAPÍTULO TRINTA E UM

Holden

— Ela está dormindo. Dei-lhe um sedativo — explico ao grupo na casa.

Depois do telefonema, ela ficou histérica. Ela continuou gritando por Eden e implorando para ligarmos de volta, dar a eles cada centavo que todos nós temos. Kate apareceu logo após o telefonema e foi uma grande ajuda. Mesmo assim, levamos quinze minutos para deixar Sophie calma o suficiente para nos ouvir, e depois mais dez minutos para convencê-la a tomar o remédio para ajudá-la a dormir. Ela não é boa para nenhum de nós nesse estado.

— Ela só precisa descansar — Kate diz, apertando gentilmente meu braço. — Ela passou por muita coisa em muito pouco tempo.

Concordo.

— Eu sei. É muito para todos nós.

— Como você está?

— Não sei como responder a isso.

Ela acena em compreensão.

— Honestidade seria um bom começo.

Inalo lentamente, tentando resolver meus pensamentos turbulentos.

— Eu não estou bem.

— Não pensei que você estivesse.

— Essa coisa toda, eu simplesmente não sei o que fazer com isso. Por que levar uma garotinha inocente? Por que colocar sua vida em perigo por dinheiro? E… Sophie não tem nada.

— As pessoas fazem coisas horríveis quando estão desesperadas. Você sabe alguma coisa sobre com quem o marido dela estava envolvido?

Balanço minha cabeça.

— Não sabemos de nada, Kate. Só que Eden está desaparecida, e nós temos um relógio que está correndo para que possamos pegá-la antes que ela morra. Eu nunca serei capaz de sobreviver a isso.

Ela suspira profundamente.

— Eu estive onde você está. O medo de não saber, mas ainda ter que ser forte, não importando o resultado. Estejam lá um para o outro e apoiem-se em seus amigos, porque eles os ajudarão. Quando eu... — Ela força um sorriso. — É difícil, não importa qual seja o resultado, mas ser otimista é melhor aqui.

Eu a observo, tentando ler nas entrelinhas.

— Você fala como se tivesse experiência com isso.

Kate me dá um sorriso triste.

— Perdi minha filha há cerca de cinco anos. Ela era... bem, ela tinha dezesseis anos e foi a pior coisa que já experimentei. Eu também não achava que sobreviveria a isso. Eu queria rastejar para dentro daquele caixão e ser enterrada com ela. Perdi meu casamento por causa disso. É por isso que vim para o Oregon, para deixar tudo isso para trás. A cada dia, você encontra uma maneira de acordar e fazer a diferença no mundo. É uma dor que nunca passa, você apenas aprende a suportá-la. Espero que você não passe pela mesma coisa e encontre Eden.

— Obrigado e... sinto muito. Não consigo imaginar que seja fácil para você estar aqui.

Kate se aproxima e me puxa para um abraço.

— É isso que me faz superar minha dor...ajudar os outros.

— Você é melhor do que eu.

— Não, não sou, só encontrei maneiras de lidar com isso.

E espero nunca precisar. Entramos na sala de jantar onde todos estão de pé. As discussões são todas teorias e minha cabeça está girando.

— Ei — diz Jackson quando eu entro. — Sophie está dormindo?

— Ela está.

— Ela disse alguma coisa antes de adormecer? — Blake pergunta.

Balanço minha cabeça.

— Ela só repetia que não tinha dinheiro. Ela veio para cá sem nada e nunca mencionou ter nada além do envelope que lhe foi entregue quando foi trazida para cá.

CORINNE MICHAELS

— Posso atestar isso — diz Jackson. — Quando Sophie chegou aos Estados Unidos, eu a peguei e dei a ela três mil dólares. Foi isso, e Theo cobriu sua proteção antes de sua morte e teve a maior parte de seus ativos financeiros guardados no exterior que ele não queria que ninguém tocasse. Era imperativo que nunca deixássemos Sophie ter acesso.

— Quanto tem lá?

Vou sacar todas as ações, títulos e contas bancárias que tiver, se for preciso. Eles só precisam dizer a palavra.

— São cerca de duzentos mil dólares, o que não é suficiente para sequestrar uma criança. Não que seja dinheiro de bolso, mas um cartel ou sindicato da máfia estaria atrás de milhões.

Afundo em uma das cadeiras de jantar, com raiva, frustrado e impaciente. Precisamos encontrá-la, porque cada tique-taque do relógio é como uma bomba prestes a explodir.

Spencer começa a andar.

— Por que não drenar então? Poderíamos sacar todo esse dinheiro e ver se é isso que eles querem.

— Podemos, mas meu instinto diz que não é o dinheiro que eles querem. Eu poderia estar errado. A carta de Theo para Sophie deu a ela alguma instrução ou informação? — Jackson pergunta.

— Eu não tenho a porra da ideia — respondo, frustrado e acima de tudo isso. — Estou tão cansado disso! Os jogos e as merdas. Primeiro com Brielle, depois com Blakely, e agora eles levaram a porra da minha filha. Estou cansado de ter que desvendar pistas e procurar elos perdidos. Nada nunca acrescenta, e superei isso. Terminei.

— Eu sei que você está frustrado, mas para trazer Eden de volta, precisamos descobrir o que Theo fez com aquele dinheiro — Jackson diz, calmo e controlado. — Sou pai e só posso imaginar como me sentiria se uma de minhas filhas fosse levada. Eu provavelmente seria homicida, mas espero que haja pessoas com cabeça fria que possam me lembrar do que estamos fazendo, e isso é para descobrir o que essas pessoas querem.

— Eles querem dinheiro. Que dinheiro? Sophie *não tem* dinheiro nenhum.

— Ela tem. Ela simplesmente não pode tocá-lo — Blakely acrescenta.
— Se ela tocasse, as pessoas poderiam rastrear onde ela estava. Concordo com Jackson que não é o que eles querem. Acho que há outra conta que ela não conhece. Seu marido estava longe de ser honesto com ela, e ela não sabia quase nada sobre o que ele estava fazendo, exceto que ele trabalhava

em finanças. Então, digamos que ele tropeçou em algo nos livros que não deveria, o que parece razoável quando você lembra que ele trabalhava para uma empresa de fachada com ligações com o crime organizado. Qual é a coisa mais fácil de usar como apólice de seguro para evitar que alguém o mate para garantir que você não revele esse segredo?

Jackson é rápido em dizer:

— Informações ou...

— Dinheiro — eu termino.

Blakely dá um tapinha no nariz e aponta para mim.

— Exatamente. Se esse é o cenário que estamos vendo aqui, então ela não saber que tem o dinheiro não significa que ela não o tenha.

A sala fica em silêncio enquanto as informações se acomodam ao nosso redor.

— Então, você acha que existe uma conta com dinheiro que Sophie não sabe? — Kate pergunta.

Spencer responde.

— Eu acho que é possível. No momento, estamos trabalhando em possibilidades e teorias enquanto esperamos que surja uma pista legítima. Concordo com Jackson que vai custar mais do que algumas centenas de mil se eles estiverem dispostos a sequestrar uma criança para recuperá-la. Eles estão desesperados e precisam disso.

O ar sai da minha boca e a derrota enche meus pulmões. Como diabos consertamos isso? Como podemos encontrar dinheiro que ninguém conhece? Se o marido dela ainda estivesse vivo, eu mesmo o mataria.

Spencer levanta o arquivo.

— Tem que ser aqui. Este é o único elo que temos com Theo, e ele queria que você soubesse disso, Holden.

— Dê-me o arquivo — eu digo, estendendo minha mão. — Eu vou passar por cima de cada linha do caralho. — Ele entrega para mim, e eu me viro para voltar para o meu quarto, onde está quieto, mas paro para encará-los primeiro. — Ajam como se isso não contivesse nada porque, pelo que sei, é inútil. Encontrem minha filha. Por favor.

— Estamos trabalhando nisso — promete Jackson. — Não vamos desistir.

Com isso, vou para o quarto e fecho a porta com firmeza atrás de mim.

As horas passam e li quase tudo. Até agora, não há nada além de um médico usando meu número de licença em suas anotações. Estou girando em círculos, sentindo como se estivesse ficando louco, e finalmente chego a um ponto de ruptura. Pego meu telefone e ligo para o consultório médico. Após minha insistência para falar com o médico imediatamente, eles relutantemente me colocam em contato.

— Olá, Dr. Frasher, aqui é o Dr. Holden James, estou ligando a respeito de um paciente seu, Theodore Pearson.

— Sim, o Sr. Pearson era um paciente meu, mas não tenho certeza se posso ajudar porque ele faleceu.

— Você foi o médico principal dele, não foi?

— Sinto muito, mas não tenho certeza se posso responder a qualquer pergunta.

— Dr. Frasher, sei que Theo está morto, também vou ser franco e explicar o mais rápido possível. Eu sou o pai biológico de Eden. Sua esposa, Sophie, foi mandada embora porque suas vidas estavam em perigo. Agora, estou perguntando por que, em todos os seus registros, meu número de licença médica foi usado de várias maneiras, como substitutos de sua temperatura, pressão arterial ou pulsação. Todas as coisas que, para uma pessoa normal, podem parecer estranhas, mas para mim, dizem que há mais.

Ele não fala por um minuto, mas espero, ansiando que ele me dê uma resposta.

— Sinto muito, Dr. James, não sei do que está falando. Theo era meu paciente, mas não há nada que eu possa dizer que possa ajudar.

— Por favor, não estou perguntando por mim. Estou perguntando porque a vida de alguém está em perigo.

Dr. Frasher pigarreia.

— Dê-me uma data, e vou olhar o prontuário para ver onde pode haver um erro.

Eu viro para a primeira vez que meu número foi usado e digo a ele.

— O que parece estranho para você, Dr. James?

— A pressão arterial está listada como 86/753.

— Você deve estar enganado. Meus registros mostram que seus números eram 123/77, o que é um pouco hipertenso, mas não o suficiente para causar alarme.

Não, não é isso que meu arquivo diz.

— Estou lendo agora. A documento impresso diz 86/753.

Há um suspiro pesado.

— Deve ter sido feito depois, porque não é isso que meus registros refletem.

Belisco a ponta do meu nariz e luto contra a vontade de jogar o telefone do outro lado do quarto.

— Verifique outra data. — Ele o faz e, mais uma vez, as informações não são as mesmas. — Como seus arquivos são diferentes desse que tenho em mãos?

— Não tenho certeza, mas estou muito interessado em saber como você adquiriu meus registros confidenciais de pacientes.

Eu tinha o registro do hospital, seu cardiologista e seu médico primário, todos puxados e enviados para mim na premissa de que eu estava fazendo uma investigação pós-morte em seu óbito.

— Não tem importância. Estou mais interessado em saber por que os registros foram alterados.

— Doutor, estou olhando para minha cópia impressa original e dizendo exatamente o que vejo.

— Obrigado, não vou desperdiçar mais do seu tempo.

— Bom dia.

Eu desligo e me deito na cama, fazendo uma oração para minha irmã para cuidar de Eden porque eu claramente falhei.

Devo ter adormecido porque, quando abro os olhos, Sophie está na cama comigo, encolhida ao meu lado. Envolvo meu braço em torno dela e beijo sua testa. Prometi a ela que a protegeria e, embora não o tenha feito, ela está aqui.

Meu telefone mostra que faz apenas uma hora desde que falei com o médico, mas é o máximo que dormi desde que Eden foi levada.

Sophie se mexe, seus olhos vibrando algumas vezes antes de abrir.

— Nada ainda?

Balanço a cabeça.

— Não. Eu tentei...

Uma lágrima cai de seu belo rosto.

— Eu só a quero em casa. Faria qualquer coisa. Daria qualquer coisa. Trocaria minha vida pela dela, mas eles simplesmente a levaram sem me dar a chance de dar a eles o que eles queriam. Levaram nossa filhinha e ela pode morrer. — Sua voz falha.

— Nós vamos encontrá-la. Temos que encontrá-la.

Ela acena com a cabeça, mas mais lágrimas caem.

— Fico esperando acordar e encontrá-la deitada em sua cama, dormindo tranquilamente.

— Eu gostaria que isso fosse verdade — digo a ela enquanto minha própria voz treme. — Venderia tudo o que possuo se isso ajudasse.

— Todos os anos que passei pensando que Theo era um homem incrível desapareceram. Ele sabia que estávamos em perigo e não me deu como me proteger. Eu... eu o odeio, e nunca pensei que o faria. Odeio que ele tenha feito isso com Eden.

Escovo seu cabelo para trás, enxugando suas lágrimas com meus polegares.

— As respostas estão aqui, Sophie. Não sei onde, mas acho que Theo deixou para você o caminho para encontrá-las. Só precisamos encaixar as peças.

— Já se passaram trinta e nove horas. Não temos muito mais tempo antes que a bomba dela acabe.

— Eu sei. — Isso é o que mais me assusta. — Venha, vamos ver se há alguma atualização.

Meu telefone tem uma mensagem de voz de um número desconhecido. Eu olho para Sophie quando ela está saindo da cama e digo a ela.

— Escute isto.

Aperto para reproduzir o áudio.

— Dr. James, aqui é o Dr. Frasher. Meu escritório não é um local seguro para conversar. Estou enviando a você um e-mail criptografado que ajudará a responder às suas perguntas. Quero dizer que sinto muito e espero que isso ajude.

— Do que ele está falando? — Sophie pergunta.

Quando abro meu e-mail, explico como liguei para ele antes e que ele basicamente disse que o arquivo que eu tinha estava errado.

Eu o percorro, não vendo nada, então vou para o meu e-mail do trabalho, e ele está lá e marcado como urgente.

Quando abro o e-mail, há uma pequena nota e um anexo.

Holden & Sophie,
Cuidei de Theo nos últimos dois anos. Durante esse tempo, ficamos muito próximos e também nos envolvemos em algo que nunca deveríamos ter feito. Minha esposa e meu filho foram mortos há três dias, e temo que o que aconteceu com sua filha seja minha culpa. Eu acionei o Sistema de Segurança e sinto muito por isso. Esta é a última vez que vocês vão ouvir falar de mim. Boa sorte e espero que encontrem sua filha.

Abro o anexo e descubro que é a digitalização de uma carta manuscrita.

Se você está lendo isso, então o pior aconteceu e Sophie ou Eden estão em perigo depois da minha morte. Avisei a eles o que aconteceria se fossem atrás da minha família, mas está claro que não importava. Esta era a minha apólice de seguro.

Estou ciente de que você provavelmente pensa que não valho nada, e você estaria correto neste ponto. Eu falhei em proteger minha melhor amiga e a garotinha que me chamava de papai. Portanto, espero que isso ajude você não apenas a salvá-las, mas também a destruir aqueles por trás disso.

A única maneira de fazer isso era colocar pistas, aquelas que levariam você até aqui. Trabalhei para as piores pessoas conhecidas pelo homem. Eles estão iludidos em suas crenças de construir um mundo maior e não vão parar por nada para alcançá-lo.

Quando comecei a trabalhar para Havened, era para ser um programa que ajudaria os outros, daria às crianças uma vida familiar que de outra forma seria perdida para elas. E no começo era só isso. Encontrei maneiras de ajudar a empresa a economizar mais dinheiro e fundos de abrigo para ajudar mais crianças.

Na minha ambição de ajudar a empresa a ajudar mais famílias, aproveitei uma brecha, descobrindo depois que o que fiz não era legal. Quando tentei corrigir meu erro, assumir o que havia feito inadvertidamente, o dono da Havened usou isso como alavanca para me forçar a continuar processando as finanças da mesma maneira. Minhas opções eram limitadas e eu não podia permitir que eles destruíssem minha família por um erro que cometi.

Eu estraguei tudo, e minha esposa e filha estavam em risco. Então, fiz o que achei certo e reuni o máximo de informações que pude sobre cada pessoa que dirigia a organização, desesperado para descobrir quem era a cabeça da cobra.

Estou escrevendo esta carta na UTI, morrendo, e não encontrei essa informação. No entanto, em um cofre localizado no banco principal em Rose Canyon, você encontrará tudo o que tenho sobre eles. A chave está dentro do berloque de pirâmide que enviei para você. Há uma segunda cópia no Big Ben. Se eles mataram Sophie ou Eden, não dê nada a eles. Se elas foram levadas e isso ajudar a recuperá-las, use-o, mas saiba que eles nunca ficarão satisfeitos se forem soltos. Todos vocês precisarão fugir. Eu não sei quem ele é, mas ele é implacável. Leia tudo em um local seguro e não compartilhe o que souber. Confie em mim.

Desculpe-me, mas tentei o meu melhor para fazer isso direito.

Theo

Os lábios de Sophie tremem quando ela balança a cabeça.
— Temos que encontrar essa caixa.
Eu concordo.
— Vamos, vou acordar o mundo para entrar naquele banco.

CAPÍTULO TRINTA E DOIS

Sophie

O banco estava fechado, mas Emmett conseguiu convencer o gerente a vir nos encontrar. Então, tudo o que tivemos que fazer foi mostrar nossos IDs e uma das duas chaves idênticas que encontramos, o que nos permite acessá-la. Caixa número 223, aniversário de Eden.

— Levem o tempo que for preciso.

Holden estende a mão.

— Obrigado, Ellis. Sei que é um domingo às dez horas.

Ele aperta sua mão com as duas.

— Sou pai. Não é necessário agradecer.

Uma vez que o gerente saiu da sala, puxo a caixa e a coloco sobre a mesa.

Holden é quem levanta a tampa, e então nós dois apenas olhamos para o conteúdo. Dentro deve haver centenas de páginas de extratos bancários, notas, nomes de pessoas e lugares e dezenas e dezenas de impressos.

— Vai levar dias para olhar tudo — eu digo com dor na minha voz. — Não temos dias!

— Apenas temos que ficar calmos. Temos que olhar para isso estrategicamente.

Eden está ficando sem tempo. Nós dois recebemos um alerta no caminho para cá de que a bomba estava baixa e precisávamos reabastecê-la logo. A insulina dela está dispensando mais hoje do que antes, e estou em pânico.

Holden começa a separar os papéis.

— Aqui, olhe para estes. Veja se algum dos nomes ou notas que ele escreveu faz sentido.

Ele pega uma pilha enquanto eu pego a outra e, por longos momentos, o único som neste cofre é o deslizar de papéis.

As primeiras dez páginas das anotações de Theo não são muito. Nomes de algumas pessoas que conhecemos em galas e algumas doações de caridade que ele fez para um centro do coração em Londres.

— Este nome — eu digo, estendendo um pedaço de papel. — É familiar.

Ele o pega e lê rapidamente o papel timbrado no topo.

— Esse é o médico que nos enviou o e-mail.

— Doamos uma boa quantia em nome dele.

Pego o livro razão da conta conjunta minha e de Theo e encontro uma linha já destacada.

— Trinta mil libras.

— Alguma outra vez que ele doou dinheiro em nome do Dr. Frasher?

Olho mais para baixo e balanço a cabeça.

— Não, nada nessa quantidade ou para aquele médico de novo.

— Isso poderia ter sido o pagamento por alterar os registros?

— Possivelmente — respondo.

— Ok, coloque isso de lado. Continue olhando.

Holden faz um som baixo em sua garganta, chamando minha atenção para ele.

— O que é isso?

— O nome daquele médico também está aqui. Ele... não entendo. Theo o lista como um homem envolvido em Havened. Ele escreveu que estava participando de uma dessas reuniões no Texas?

— Texas?

Sei que Theo viajou muito, mas não me lembro de uma viagem ao Texas.

— Ele sempre ia para a Geórgia quando vinha para a América.

— Foi no início de suas anotações. Ele afirma que o Dr. Frasher prescreveu medicamentos para ajudar durante a abstinência de algum tipo de uso de drogas. Nunca daria isso a ninguém, não é algo que eu lide com frequência, mas ainda assim, não faz sentido. O Dr. Frasher está no Reino Unido e não poderia administrar medicamentos no Texas de qualquer maneira.

Balanço minha cabeça.

— Não sei o que significa a parte das drogas.

— Nem eu, mas se o Dr. Frasher estava envolvido com essas mesmas pessoas, talvez ele quisesse sair e decidiu ajudar Theo? Eles obviamente tinham um plano se algo acontecesse, e o Dr. Frasher disse que sua esposa e filho foram mortos e ele lamentou ter iniciado o sistema de segurança.

— Ok, mas o que você acha que era o sistema de segurança?

Ele suspira.

— Não sei. — Por mais um minuto ou dois, vasculhamos os papéis, e então Holden me entrega outra coisa. — Olha, aqui ele mostra o nome de novo, mas no Reino Unido.

— Theo era seu paciente — eu o lembro. — Ter uma reunião em Londres não é tão estranho.

— Não sabemos ao certo se ele realmente o estava tratando. Não pareceria estranho se Theo estivesse vendo um médico para o coração que trabalhasse com sua empresa, não é?

Eu balanço minha cabeça.

— Não, ele era absolutamente seu médico. Eu fui às consultas dele com ele.

— Vamos supor então que o Dr. Frasher não era realmente o médico de Theo. Você foi às consultas dele para fazer tudo parecer real. Todos os registros falsificados são do Dr. Frasher. Ele tinha a carta de Theo. E se ele e Theo estivessem dando essa ilusão para proteger suas famílias? — pergunta Holden.

Tudo isso é tão louco para mim. Se Theo ou o Dr. Frasher nos dissessem a verdade, poderíamos ter ido à polícia ou conseguido ajuda. Nada disso teria acontecido. Agora estamos em um cofre, tentando juntar as peças com bombas presas ao peito.

— Precisamos encontrar o dinheiro.

— Concordo. Então, vamos continuar cavando.

Começo a vasculhar e encontro uma transferência de nossa conta pessoal.

— Holden, olhe para isso.

— Essa é uma grande transferência.

— Feita a cada três dias durante duas semanas. Não conheço nenhuma conta em Belize. — Eu gemo. — Ele passou por todo esse problema e não pensou em deixar um bilhete legal com as instruções de qualquer que fosse o maldito sistema de segurança! Porra! Preciso da nossa filha. Vim aqui para quê? Perdê-la por causa de dinheiro?

Ele se levanta e segura meus dois braços.

— Você veio para uma vida. Por uma família, e embora eu não saiba que Theo pensou que ficaríamos juntos, você veio atrás de mim. Eu amo você, Sophie. Amo você e Eden. Não vou desistir. Você e eu somos fortes juntos, porra. Encontraremos Eden, porque não desistiremos. Estou com medo e com raiva, e tudo que quero é aquela garotinha em nossos braços, então não se atreva a desistir de nós.

Tomando seu rosto em minhas mãos, eu me inclino e o beijo.

— Também amo você. Odeio que seja assim que acabamos de dizer, mas...

— Mas é a verdade.

— E como vivemos isso? — pergunto. — Não sei como isso termina, e eu só a quero de volta.

— Eu também, querida. Eu também. Vamos continuar procurando e ver se encontramos mais alguma coisa que possamos usar.

Mais uma vez, passo o tempo vasculhando os pensamentos aleatórios e o nada de Theo. Cada página que lemos nos deixa mais perto do nada. É incrivelmente frustrante. Quando estou prestes a desistir, encontro uma nota que me faz parar.

Em sua caligrafia grossa e rabiscada, está escrito: *Paramédicos pegam fugitivas.*

— Holden?

— Sim?

— O caso em que você está envolvido, aquele em que você está teste-munhando... o que ele fez?

Holden abaixa o papel.

— Podemos conversar sobre isso mais tarde.

— Não, por favor me responda — exijo.

Ele inclina a cabeça para os dois lados e então começa.

— O nome dele é Ryan Wilkinson. Ele é de Rose Canyon e esteve en-volvido com o tráfico de fugitivas e a morte de três garotas, pelo que sabe-mos, mas não conseguimos provar. Ele foi preso depois de ter sequestrado Blakely e está na cadeia desde então, aguardando seu julgamento.

— E como ele estava traficando garotas?

Blakely me contou partes dessa história, mas preciso saber tudo.

— Ele era um paramédico. Eles estavam atraindo essas meninas, vicia-das em drogas e desesperadas, e oferecendo ajuda, só que a versão dele de ajuda era pior do que as meninas que ficavam na rua.

Eu empurro a nota para ele.

Ele lê, olhos arregalados.

— Não, isso seria impossível.

— Ryan era a cabeça da cobra? — pergunto.

— Não, ele nos avisou que algum cara ficaria chateado e isso não tinha acabado.

Bato no papel enquanto meus pensamentos giram.

— Mas as duas coisas podem estar conectadas, certo? Caso contrário, por que Theo teria isso aqui?

— Concordo que há algo aí. — Ele folheia uma pilha e então tira uma foto. — Algo está no Texas. Ele ia muito lá. Talvez alguém estivesse trabalhando com Ryan, e eles façam parte do mesmo grupo.

Holden se levanta e se move para a porta para que ele possa apertar o botão para deixar Ellis saber que ele está pronto para ir.

— Aonde você está indo?

— Preciso ir ao tribunal. Eu vou obter respostas antes...

Antes que seja tarde.

CAPÍTULO TRINTA E TRÊS

Holden

— Isso é um erro — Emmett diz pela décima vez. — Temos pessoas procurando por ela em todos os lugares. Você sabe que isso é errado.

Eu não dou a mínima.

— Sei que minha filha está desaparecida há quase quarenta e oito horas. Sei que a medicação dela está baixa. Sei que existe a possibilidade de Ryan saber quem pode tê-la levado e por quê. Então, não me diga que isso é errado. Não me diga que você não teria feito isso se fosse Blakely. Na verdade, sei que você faria. Você faria qualquer coisa. Então, abra a cela e deixe-me falar com ele.

Não há mais tempo para esperar. Não há mais procura para fazer. Estou desesperado e farei qualquer coisa se isso significar trazer Eden de volta.

E eu quero dizer qualquer coisa.

Emmett balança a cabeça, e sei que ele está tentando inventar algo para me impedir. Não há mais nada. Esta é minha única esperança.

— Eu não posso deixar você fazer isso. Você vai destruir o caso inteiro. E as meninas que estão desaparecidas? E os pais que já enterraram seus filhos?

Eu o agarro pela camisa, empurrando-o contra a parede. Uma raiva como nunca senti me enche, e estou no fim da minha corda.

— E a minha filha? Você acha que eu me importo com mais alguma coisa agora? Deixe-me entrar na porra da cela para que possa obter as informações de que preciso!

— Eu amo Eden. Você é meu melhor amigo, e trocaria a porra da minha vida se isso significasse trazer sua filha para casa, mas não assim. Não fazer algo pelo qual você nunca se perdoará. Este não é você, Holden. Entrar lá para tentar fazer algum negócio maluco que você nem está autorizado a fazer ou ameaçá-lo? O que você vai fazer, libertá-lo? Oferecer-lhe dinheiro? Prometer contar seu depoimento?

Eu o solto, dando um passo para trás.

— Eu ia implorar.

Ryan não é um cara mau. Ele é apenas ganancioso e desesperado. Entendo essa última parte. Eu mesmo estou desesperado.

— Sinto que você vai sair daqui mais desapontado do que agora.

— Eu tenho que tentar. É a única possibilidade que tenho.

— Então vou entrar com você.

— Não — eu digo a ele. Sem chance de ele entrar. Ryan nunca falaria então.

Emmett permanece firme.

— Este é o acordo. Você quer falar com ele? Tudo bem, mas você fará isso da maneira certa.

Fecho os olhos, porque não posso fazer mais nada.

— Vamos lá, Holden, você decide.

— Eu só preciso de respostas.

— Entendo isso, mas não vou deixar você destruir o caso que construímos contra o homem que sequestrou e teria matado *minha esposa*. Eu amo Eden, faria qualquer coisa para ajudá-la, mas vamos seguir um de dois caminhos. Ou eu vou até lá com você e fazemos isso de acordo com as regras, ou você vai no banco de trás do meu carro até conseguir pensar direito.

— O que você faria?

Ele dá de ombros.

— Sei que quando era Blake, eu estava uma bagunça. Entendo o desespero que você está sentindo, e é por isso que estou pensando nisso. Se Ryan estiver envolvido, talvez possamos apelar para seu lado humano. Não sei. Não temos nada que o ligue à quadrilha de tráfico além do testemunho de Blakely. Ele não tem motivos para desistir de nada. Apenas saiba disso.

Eu sei. Sei que este é um tiro no escuro que provavelmente não levará a nada, mas não tenho nada.

— Vamos tentar.

— Tudo bem.

Sigo Emmett até a cela onde Ryan passa seus dias e noites. Ele olha para cima, os olhos se estreitando quando Emmett fecha a porta.

— O que vocês dois querem? — Ryan pergunta com desgosto em cada sílaba.

Eu não perco tempo.

— Onde está minha filha?

Observo seus olhos se arregalarem por um segundo.

— O quê?

— Minha filha. Onde ela está?

— Como diabos saberia? Eu nem sabia que você tinha uma filha.

Pego meu telefone e abro a foto dela sorrindo com sua boneca. Tirei na semana passada, depois que ela parou de girar e rir enquanto cantava uma música.

— Esta é Eden. Ela tem três anos e tem diabetes. Ela foi tirada da minha casa.

Ryan olha para a tela e balança a cabeça.

— Eu não sei por que diabos você está aqui. Tenho um álibi para isso.

— Minha filha tinha laços com alguém que acho que você conhece. Havia uma nota que dizia que um paramédico levou as meninas. Bem, você é um paramédico e levou garotas.

— Eu não levei crianças.

Emmett bufa.

— Discordo, mas não estamos aqui para debater semântica com você. Temos motivos para acreditar que pode haver uma conexão com as pessoas que levaram Eden e as pessoas para quem você trabalhou.

Ele ri uma vez.

— Estou preso há quantos meses? Não sei quem é sua filha ou que conexões alguém tem. Agora, se me der licença, tenho algumas leituras para fazer. — Ryan pega seu livro e joga uma perna sobre a outra.

Emmett estava certo. Isso foi um erro.

— Ela é a coisinha mais doce. Seu sorriso pode fazer até o homem mais duro cair de joelhos. Na semana passada, ela quase entrou em coma diabético, e é isso que vai acontecer em cerca de três horas quando a medicação acabar. Seu açúcar no sangue aumentará e seus órgãos funcionarão mal. O corpo dela não consegue se regular sozinho, e você sabe disso. Você é um paramédico. Você sabe como isso vai parecer, e você sabe que ela vai morrer. Não estou pedindo porque dou a mínima se a pessoa para quem você trabalha vai para a cadeia. Só quero minha filha de volta. Estou pedindo para salvar um paciente que está em necessidade desesperada.

Por favor. Por favor, ajude. Apenas me diga onde devemos procurar ou… um nome. Algo.

Ryan fecha o livro e o coloca lentamente na cama.

— Por que eu deveria acreditar em tudo isso?

— Porque eu não deveria estar aqui. Nunca deveria ter entrado nesta sala, e Emmett com certeza não teria me deixado se não fosse uma questão de vida ou morte. Estou pedindo a você como pai, por favor, dê-me algo… a menos que você seja um monstro que quer que uma criança morra.

Isso faz com que ele levante a cabeça.

— Eu não sou um monstro.

Emmett se aproxima um pouco mais.

— Ninguém disse que você era.

Embora, nós definitivamente pensamos nisso.

— Se você não é, esta é sua chance de provar isso. Quem faria isso? Para onde eles a levariam? Por que eles sequestrariam uma garotinha? Disseram que querem dinheiro, nós não temos dinheiro, mas…

Ryan levanta a mão.

— Eu não sei o que está acontecendo. Estive preso neste lugar com apenas alguns visitantes. No entanto, quando entrei para a organização, nosso objetivo *era* ajudar os outros. Para fazer um mundo melhor e oferecer uma alternativa às drogas das ruas. Perdi a conta de quantas vezes tive que usar o Narcan para salvar uma garota que fugiu, pensando que poderia escapar de quaisquer problemas que tivesse, apenas para vê-la acabar com mais. Não sei quando as coisas mudaram — ele reflete. — É engraçado como isso acontece. Um dia, você está indo bem e, no outro, o dinheiro está entrando como você não consegue imaginar. Isso muda você. Isso me mudou. Não sou um monstro, Holden, mas trabalhei para um.

— Quem é ele? — Emmett pergunta com cuidado.

— Não há *ele*. Mas se essa pessoa levou sua filha, significa que o dinheiro acabou. Não há nada com que eles se importem mais do que isso.

Essa conversa não vai a lugar nenhum. Preciso voltar ao cofre e encontrar algo que nos diga onde está o dinheiro ou quem está mexendo os pauzinhos, porque Ryan Wilkinson não vai nos dar as respostas.

— Vamos — eu digo a Emmett. — Tenho que voltar para Sophie.

— Suponho que você revistou a casa em Portland depois que fui preso? — Ryan pergunta enquanto Emmett está destrancando a porta.

A mão de Emmett faz uma pausa.

— Claro que sim. Estava vazia.

Ryan limpa a garganta.

— Pode valer a pena verificar o porão na garagem. Tenho certeza de que você nunca olhou lá, mas é só um palpite.

— Vocês dois fiquem aqui — Jackson comanda quando estamos a meio quarteirão de distância da casa onde Eden pode estar.

Enquanto eu estava no tribunal, Sophie recebeu outra ligação, explicando onde colocar o dinheiro, e se não o deixássemos nas próximas duas horas, nunca mais veríamos Eden.

Depois que Emmett transmitiu a informação que Ryan nos deu, Jackson e sua equipe foram para a casa de Portland e fizeram reconhecimento pela última hora e meia, observando para ver qualquer movimento. Cerca de quinze minutos depois de chegarmos, eles receberam a confirmação de que havia pessoas dentro da casa que deveria estar desocupada, e uma equipe de dois homens está de olho na garagem, que eles acreditam estar localizado o porão dos fundos que Ryan nos indicou. Uma assinatura de calor mostrava que alguém entrava e depois desaparecia.

— Eu vou com você — respondo. Sem chance no inferno vou deixá-la.

— Se você a encontrar, não temos ideia do estado em que ela estará... se eu tiver que...

Se eu tiver que salvar a vida dela.

Se eu puder.

O monitor dela disparou há uma hora, avisando-nos que a bomba de insulina está vazia. Seu açúcar está subindo, e o estresse e só Deus sabe o que, se houver comida que eles estão dando a ela, não estão fazendo nenhum favor a ela.

— Você está perto o suficiente para nos alcançar se precisarmos, mas você é um pai primeiro, Holden. Você pode matar todos nós.

Spencer coloca a mão no meu ombro.

— Entendo por que você quer entrar lá, não estou dizendo que você está errado, mas não está treinado para o combate. Você não vai saber o que estamos fazendo, e isso não só colocará Eden em risco, mas também a nós e a você. Você não ajudaria Eden, você pode ser o que a machuca.

Começo a andar, sabendo que eles estão certos, mas ainda querendo lutar contra eles.

— Holden — Blakely diz suavemente. — Sou treinada para fazer tudo o que você precisa que eu faça. Vou lutar, vou procurar e vou tratar medicamente sua filha se a encontrarmos. Passei boa parte da minha vida fazendo exatamente o que é necessário agora. — Ela se vira para Sophie. — Sei que você está com medo, mas eu não estou. Sou treinada, sou inteligente e sei o que estou fazendo. Estarei no meio disso, e toda a minha parte nesta missão é Eden. Ok?

Um soluço tenta escapar dos lábios de Sophie, mas ela cobre a boca para abafá-lo.

— Você tem a insulina? — pergunto a Blakely.

— Eu tenho. Mostre-me seu último nível. — Abro o aplicativo, meu coração cai no chão quando vejo o quão alto ele está. — Ok. Se ela estiver aqui, estarei pronta.

Se ela estiver aqui.

Essas três palavras que vão determinar tudo. Se ela não está aqui, então não temos nada. Sem esperança. Nenhuma outra pista. Sem opções, e a realidade de Eden ter desaparecido para sempre não será mais uma possibilidade, mas uma realidade.

— Aqui. — Emmett me entrega um fone de ouvido. — Você pode ouvir, mas apenas se ambos prometerem não deixar esta área. Se precisarmos encontrá-los, teremos que saber onde procurar.

Eu olho para Sophie, cujas mãos estão cerradas, o corpo tremendo ligeiramente. Entrelaço meus dedos com os dela, emprestando-lhe a força muito limitada que me resta.

— Ok, vamos ficar aqui, mas no minuto...

— Você vai ouvir tudo dessa forma, Holden — Emmett promete. — Confie em nós, faremos tudo o que pudermos.

Esses dois são meus melhores amigos, irmãos, e se há duas pessoas neste mundo em quem posso confiar, são eles.

Concordo com a cabeça, e então Sophie envolve seus braços em volta de mim, segurando enquanto eles se afastam. Não podemos fazer nada além de ficar aqui e esperar.

— Você quer ouvir? — pergunto, não querendo ser um idiota.

— Não, não posso.

— Ok. — Enfio o rádio no ouvido e ouço.

— Eu quero vocês dois no lado alto da propriedade. Blakely, Spencer, Emmett e Zach, descemos em direção à garagem. Preciso que todos estejam sintonizados e em alerta. Temos motivos para acreditar que ela está detida no porão que fica embaixo da garagem. A Intel é escassa, mas Barrett cuidará do briefing.

— O sinal de calor mostra três pessoas dentro da casa — diz Zach Barrett. — Há pelo menos dois carros na garagem, um motor estava quente. Não consegui ver nenhuma trava ou abertura, mas vou presumir que eles escondiam bem a entrada do porão. O porão em si é um ponto cego, portanto, fique atento a túneis, esconderijos, portas falsas ou outras saídas ou entradas que não previmos. Estamos assumindo que os ocupantes estão armados e são perigosos.

— A polícia local está posicionada em torno do perímetro e ao longo da floresta para interceptar qualquer um que tente fugir. Todo mundo está no lugar e pronto para seguir nosso comando — Emmett diz desta vez.

Meu coração está batendo forte quando eles anunciam que estão prontos.

A voz de Jackson é forte e firme enquanto ele fala com eles mais uma vez.

— Tudo bem. Nós nos movemos em silêncio, rapazes.

— E garota — Blakely fala.

Ele bufa, mas ri um pouco.

— E garota. Nenhum ruído, a menos que seja necessário para minha equipe. Temos atiradores de elite a postos?

— Aqui — alguém responde.

— Aqui e de olho. Vou mantê-lo informado sobre o que vejo.

— Tudo bem, equipes. Fiquem seguros e alertas, vamos fazer isso limpo e rápido. Na minha contagem. Todos trancados e carregados. Vamos em três, dois, um. — Então todos ficam em silêncio.

O que acontece a seguir deixa meu estômago embrulhado. Não há nada. Nenhum ruído. Sem falas. Apenas respiração constante.

Espero, esforçando-me para ouvir alguma coisa, qualquer coisa, mas não há nada para distinguir onde alguém está.

— Eles a encontraram? — Sophie pergunta.

Eu balanço minha cabeça.

— Eles estão se movendo agora.

Ela enterra a cabeça no meu peito.

— Eu não posso lidar com isso. Sinto como se fosse desmaiar.

— Estou bem aqui com você. Não vou deixar você cair, apenas segure-se em mim.

Todo o medo que está me sufocando, empurro para baixo. Se ela estiver lá, precisarei manter a cabeça fria e tratá-la imediatamente, então me concentro em diferentes estratégias de tratamento.

— Um à esquerda — alguém sussurra.

Mantenho minha respiração estável para não alertar Sophie.

Ouço uma porta ranger e então há uma briga.

— Um para baixo.

— Dois a menos.

As vozes estão confusas, então não sei dizer quem está dizendo o quê.

— Terceira descida.

— Casa limpa. Verificando Eden.

Depois de quem sabe quanto tempo, ouço a mesma voz.

— A casa está vazia. Nenhum sinal de Eden — diz a voz. — Vou precisar do K-9 aqui para fazer uma busca mais aprofundada.

Ninguém do grupo de Emmett responde, o que me diz que a equipe de Jackson não encontrou nada ainda, bom ou ruim.

— Jackson, à sua direita — uma voz profunda sussurra, e soa como o atirador de antes. — Eu dou o tiro.

— Preciso de algo, Holden — Sophie diz, seus dentes batendo enquanto ela se move um pouco.

— Ela não está na casa — digo a Sophie. — Aqui, sente-se e apenas respire, amor. — Ela se senta na parte de trás da ambulância, lutando para manter a calma. Eu me agacho na frente dela, segurando suas mãos nas minhas enquanto ouço qualquer outra coisa.

— Embaixo do carro — era a voz de Spencer dessa vez. Eu saberia em qualquer lugar.

O que há embaixo do carro? É Eden? Eles a encontraram?

— No dois — Jackson instrui, mas não tenho ideia do que eles estão fazendo.

— Eu tenho olhos em dois circulando na garagem. Encontre abrigo — o atirador fala novamente.

Ainda está silencioso na equipe de Jackson, e então ouço um carro ligando.

— Abertura da porta da garagem — diz o atirador. — Um homem

se aproximando. O outro ainda está na parte de trás. — Está quieto de novo. — Ele está a seis metros do carro. Quinze. Dez. Aproximando-se agora. Ele está olhando ao redor. Fiquem em silêncio. — Meu coração está batendo tão rápido que juro que vai machucar meu peito. — O cara do perímetro acabou de dizer uma coisa.

O outro atirador fala agora:

— Eu tenho uma chance.

— Segure o fogo — ordena o primeiro atirador. — Algo o assustou. Ele está no telefone. Algo foi jogado na garagem. Todos! AGORA!

Então o inferno se abre e o silêncio que eu odiava se torna ensurdecedor.

CAPÍTULO TRINTA E QUATRO

Sophie

— Holden! Fale comigo! — Estou fora de mim. Tudo está acontecendo tão rápido. As pessoas estão correndo, houve um estrondo ao longe e Holden está se movendo.

— Eu tenho que ir!

— Ir aonde? Eles nos disseram para ficar aqui! — grito de volta.

— Até eles! Porra! Ninguém está respondendo!

Estendo a mão para seu braço enquanto ele está pegando algo da ambulância.

— Pare! Você tem que me dizer o que está acontecendo!

Ele passa a mão pelo cabelo.

— Não sei, Sophie. Eles estavam tentando fazer alguém falar, mas depois da explosão, não há nada. Emmett, Spencer, Zach, Blake, Jackson… nenhum deles está respondendo! Eu tenho que ir lá.

— Você não pode! Você não tem uma arma nem nada! Há policiais em todos os lugares ao redor do local. Não podemos entrar lá e piorar as coisas.

— Eles podem estar machucados!

— E eu também não quero que você se machuque!

Não, não, não, não! Não posso perder todos eles. Todo o meu corpo está tremendo, e Holden segura meu rosto em suas mãos.

— Eu tenho que ir.

Aceno, porque não consigo falar. Não posso respirar.

— Tenho que encontrá-los… e procurar Eden.

Eu quero implorar para ele ficar, mas ele não está ouvindo, e aquele pequeno pingo de esperança ao ouvir o nome dela me impede de discutir mais. Então, digo a única coisa que importa neste momento.

— Eu amo você.

— Eu amo você.

Ele me beija rapidamente e então pega a bolsa antes de correr em direção à fumaça ao longe.

Eu fico aqui, sozinha e apavorada, observando o mundo ao meu redor se mover. É como um sonho quando as bordas externas da minha consciência se desfocam e se desfazem.

Minha mente está sendo puxada, esticada até seus limites. Minha filha pode estar morta. Meus amigos, as pessoas que me levantaram, cuidaram de nós sem hesitar e correram para o fogo para tentar salvar Eden, também podem estar mortos.

Não faço ideia do que está acontecendo, o que acho que é a pior parte de tudo isso.

Alguém esbarra em mim pelas costas, mas não vou a lugar nenhum, apenas fico aqui, olhando para o último ponto em que vi Holden.

O tempo passa, não tenho ideia de quanto tempo estou aqui, mas finalmente vejo Spencer correndo em minha direção.

— Sophie!

Pisco, mas não consigo fazer meus membros cooperarem.

Ele para na minha frente, balançando meus braços.

— Sophie, nós a encontramos!

Isso me desbloqueia, e pego sua mão, movendo-me através da multidão de pessoas, desesperada para chegar até ela. Aproximamo-nos da garagem, as pessoas estão algemadas e, à direita, Blake pressiona o braço de Jackson.

— Porra, isso dói!

— Bem, você levou um tiro, geralmente dói, idiota. Agora, fique quieto — diz ela.

Jackson pisca para mim quando passo.

— Não se preocupe, é um arranhão.

Eu continuo andando, minha garganta apertada e o coração pesado. É quando eu os vejo. Holden está caminhando em minha direção, carregando Eden em seus braços.

— Eden! — Corro, não me importando com mais nada. — Ela está bem?

— Ela está viva. Precisamos levá-la ao hospital.

Toco seu rosto, ela está fria, e tenho que segurar minhas lágrimas enquanto a levamos de volta pelo caminho que eu vim. Quando chegamos à ambulância, Holden começa a latir ordens enquanto eu subo.

— Coloque intravenosa. Ela precisa de potássio. Administrei três unidades de insulina. Ela não responde. — Ele bate no teto. — Vamos!

O veículo decola e olho para minha garotinha, embalando sua mãozinha na minha. Ela parece tão frágil e imóvel. Seu cabelo está puxado para trás, e embora eu imaginasse que ela estaria coberta de sujeira, ela não está. Minha mente dispara enquanto me pergunto os horrores que ela suportou nos últimos dois dias, e rezo para que ela sobreviva.

— O pulso parece estável — diz o paramédico. — O2 está baixo.

— Ligue o oxigênio.

Quando ele não se move rápido o suficiente, Holden agarra a máscara, coloca-a sobre o rosto dela e ajusta um botão. Sua voz é rouca enquanto ele fala com ela.

— Vamos, Eden. Vamos, doce menina. Mamãe e papai precisam ver esses olhos.

— Seis minutos — o motorista grita de volta para nós.

Beijo seus dedos, as lágrimas caindo.

— Eu amo você, Eden. Por favor, acorde.

Holden se vira para mim.

— Ela não está tão mal quanto poderia estar. Ela vai sobreviver a isso. Mesmo que eu tenha que ir para o céu e arrastá-la de volta, ela sobreviverá.

A dureza em suas palavras quase me faz acreditar.

— A pulsação voltou aos noventa — diz o paramédico.

Holden empurra o cabelo loiro de Eden para trás.

— Essa é minha menina. Respire. — Então ele se vira para o motorista. — Preciso da equipe de trauma pronta quando chegarmos. Ligue com antecedência e informe que temos uma diabética de três anos em possível cetoacidose com lesões internas desconhecidas. Ela inalou a fumaça de uma explosão e sofreu um pequeno ferimento na cabeça. Ela não respondeu na chegada.

A perna de Eden se move e, um segundo depois, a outra perna também.

— Holden!

Ele acende uma luz nos olhos dela.

— As pupilas estão respondendo.

— Elas não estavam antes? — pergunto.

— Não.

Observo, esperando e desejando que ela se mova novamente, mas ela não o faz.

— Dois minutos fora.

Holden se vira para mim.

— Quando chegarmos lá, a equipe assumirá o controle e temos que deixá-los levá-la.

— Eu não vou deixá-la — falo com firmeza.

— Entendo que você não queira, mas precisamos que a equipe se concentre nela, não em nós.

Ele tem razão. Eu sei que ele tem, mas estou com tanto medo de deixá-la fora da minha vista. Então uma mãozinha se move. Eu olho, seus olhos ainda estão fechados, mas ela está me alcançando com o outro braço.

— Holden, olhe.

— Eden, minha querida, está tudo bem — falo enquanto pego sua outra mão.

— Mamãe? — a voz suave de Eden resmunga e o alívio me invade.

— Eden. Eu estou bem aqui.

Ela olha para Holden, seu lábio tremendo.

— Oi, papai.

Sua voz falha.

— Oi, querida.

Ela o chamou de papai.

— Eu estava assustada.

Ele solta um soluço trêmulo, inclinando-se para beijar sua testa.

— Você não precisa mais ter medo. Você está segura agora. Você está segura conosco.

Eden está estável. Eles deram fluidos a ela, e ela está enrolada em meus braços, dormindo profundamente.

Há um fluxo constante de pessoas entrando e saindo do quarto do hospital. Há policiais postados do lado de fora de nossa porta, e a equipe de Jackson está espalhada pelo andar enquanto ele é tratado do ferimento de bala em seu braço. Ninguém do sequestro dará qualquer informação para quem eles trabalhavam, então até encontrarem essa pessoa, ninguém se arrisca.

Zach faz a segurança dentro do nosso quarto, e é meio engraçado ver seu grande corpo esparramado na pequena cadeira.

— Você não pode estar confortável — eu digo baixinho enquanto ele muda de posição novamente.

— O conforto não faz exatamente parte das vantagens do meu trabalho.

Sorrio e escovo o cabelo de Eden para trás, feliz por poder fazer isso, porque ela está viva.

— Não, e nem ter que voltar aqui depois que você deveria ter terminado de agir como babá para mim.

— Valeu a pena. Sentia falta de me divertir.

— Diversão? — pergunto.

— Sim, começando a tática, atirando nas pessoas. É como nos bons velhos tempos. Não conte a Millie que falei isso — Zach diz com um sorriso.

— Então, você e Millie ainda estão juntos?

— Estamos. Na verdade, estamos noivos.

Sorrio com isso.

— Parabéns. Isso é adorável.

— Isso é. Tudo meio que se encaixou, mesmo que o caminho até aqui não tenha sido fácil.

— Nada parece fácil — eu penso, beijando o topo da cabeça de Eden.

— Não, mas se fosse, não valeria a pena lutar por nada. Continuaríamos com a vida como ela era, sem nunca saber o que estávamos perdendo. É por isso que vim assim que soube que algo estava errado com você e Eden. Quando conheci vocês duas, algo na minha vida mudou. Coisas que eu achava que não importavam, de repente passaram a importar.

Isso me faz sorrir.

— Você tem sido um amigo maravilhoso para nós. Estou feliz por você estar aqui, Zach. E estou feliz que você tenha se divertido também.

— Estou feliz por termos obtido o resultado desejado. Ela está segura e vai se recuperar.

— Eu me preocupo que quem quer seu dinheiro não sinta o mesmo.

Zach se inclina para a frente, apoiando os braços nos joelhos.

— Eles não vão passar por nós desta vez, Sophie. Jackson designou pessoalmente mais caras da Cole Security, além dos dois que já estavam ligados à sua equipe. Além disso, eu estou aqui e ele também.

Achei que sim. Depois que conseguimos estabilizar Eden, ele entrou em pé de guerra para garantir nossa segurança. Holden cobrou todos os favores que tinha, e tenho certeza de que ele até tentou fazer o hospital fechar o andar em que estamos.

— Se eu soubesse de que dinheiro eles estão falando, daria a eles apenas para que nos deixassem em paz. Sinto que o elo de que precisamos se foi.

— Quem?

— Dr. Frasher.

Ele não respondeu aos e-mails e o telefone do escritório agora está desligado.

— Você pode compartilhar as informações que você tem sobre ele?

Revejo o que descobrimos, como ele estava falsificando os registros de Theo, e me lembro das vezes em que o encontrei e fui às consultas de Theo. Então explico como ele mencionou que o que aconteceu com Eden foi culpa dele e que sua família foi morta.

Zach coça o queixo desalinhado.

— Então, eles tinham algo em vigor se algo acontecesse com suas famílias… — Ele se levanta, andando pelo quarto. — É inteligente. É o que eu teria feito.

— Mas nenhum de nós sabe qual era o sistema de segurança, e ele não respondeu a nenhum e-mail que enviamos.

— Você disse que ele acionou depois que sua família foi morta?

— Foi o que ele disse, sim.

— Ele disse a você há quanto tempo isso foi?

Não tenho certeza de onde ele quer chegar com isso, mas parece que está querendo chegar a alguma coisa, então tento me lembrar de tudo o que o Dr. Frasher disse.

— Há três dias…

— Então, na mesma noite alguém estava na casa de Holden e um dia antes de Eden ser levada. E se o mecanismo de segurança ativado foi o que fez essas pessoas virem atrás de você e de Eden? Eles tentaram resgatá-la por dinheiro, não por informações, talvez vocês tenham visto isso do ângulo errado o tempo todo. E se seu marido e o médico não pegassem o dinheiro deles, mas, em vez disso, criassem algum tipo de sistema de segurança para receber o dinheiro, caso algo acontecesse com qualquer uma das famílias? Isso explicaria por que ninguém veio atrás de você até agora.

Puta merda.

— Não tenho ideia de onde está o dinheiro, então não ajuda. Tudo o que foi feito foi colocar essas pessoas atrás de mim por algo que não tenho e não posso dar a elas. É o oposto de me manter segura.

— E se eles não tivessem assassinado a família do médico, isso poderia nunca ter acontecido. Mas aconteceu, e se seu marido foi esperto o suficiente para armar tudo isso até agora, então ele foi esperto o suficiente para deixar para você uma maneira de encontrar esse dinheiro. Você só precisa encontrá-lo, e farei o que puder para ajudar, começando com a minha equipe cuidando de todas as suas finanças e de seu marido novamente.

— Mas vocês já as vasculharam, e não havia nada lá para encontrar. Você verificou Belize?

Os olhos de Zach encontram os meus.

— Você conhece Belize?

— Encontramos um papel na caixa com um depósito em uma conta em Belize.

Ele acena com a cabeça lentamente enquanto anda de um lado para o outro no quarto.

— Nós sabemos disso, estamos procurando mais fundo agora. Se houvesse uma transação grande após o expediente, talvez ela não tivesse a chance de ser processada pelo sistema ainda. Se eu estiver errado, estou errado, mas não custa checar.

CAPÍTULO TRINTA E CINCO

Holden

— Você deveria estar no hospital — Emmett diz enquanto ando em direção a ele.

— Estou deixando Sophie maluca. Ela me disse para dar um passeio. Suas sobrancelhas abaixam.

— Então, você caminhou até a cena do crime?

— Peguei um táxi.

— Ok. Bem, você não pode estar aqui.

— Você descobriu quem fez isso com minha filha? — pergunto, olhando ao redor dele.

— Cara, esta é uma cena de crime ativa.

— Eu sei disso, mas estou perdendo a cabeça, então, por favor, apenas me dê algo.

Emmett suspira, frustração em sua voz.

— Estamos processando tudo, trabalhando com o FBI e a Segurança Interna. Há muito o que analisar, mas precisamos garantir que seja feito corretamente, não apenas rapidamente. Jackson está trabalhando com os Marshals, mas não recebi nenhuma atualização deles.

Jackson teve alta do hospital há três horas e saiu sem dizer uma palavra. Zach, pelo menos, disse que eles estão trabalhando em uma pista. Também entregamos o conteúdo da caixa de Theo para eles investigarem.

— Eu sei de tudo isso.

— Então volte e fique com sua filha. — Olho para o meu melhor amigo e aperto minha mandíbula para parar as emoções. — Ei, ela está segura.

— Ela está? Por quanto tempo? Não podemos ficar em Rose Canyon se isso vai ser nossa vida.

— É muito cedo para fazer planos de partir. Vamos fazer nosso trabalho e ver o que encontramos. Há tantas pessoas envolvidas que é inevitável que uma delas estrague tudo, e essa será a chance que estávamos procurando.

Talvez, mas tudo o que vejo é Eden deitada naquele cobertor sujo. O jeito que ela não estava se movendo, como suas pupilas estavam dilatadas, e a protuberância perigosamente grande em sua cabeça. Quando a levantei, ela parecia quase sem peso, tão imóvel. Achei que a tinha perdido.

— Nunca vou tirar aquela imagem da cabeça.

— Eu gostaria de poder dizer a você que fica melhor, mas ainda vejo merdas que gostaria de poder esquecer — Emmett admite. — O que você tem que segurar é o fato de que ela estava viva quando a encontramos. Que Blakely conseguiu chegar até ela e dar-lhe insulina para que você tivesse tempo de levá-la ao hospital. Sei que é difícil, acredite, mas se você mantiver a mente no caminho certo, fica um pouco mais fácil.

Tudo isso parece ótimo, mas não é tão fácil.

— Eu só quero me concentrar em encontrar esse idiota.

— Que é o que *estamos fazendo* — diz Jackson, aparecendo do nada e batendo com a mão nas minhas costas. — Você deveria estar com Eden.

Eu me viro para ele.

— Quero contratar um exército inteiro para protegê-la e impedi-la de passar por isso novamente.

— E você basicamente tem. Vamos todos fazer nosso trabalho e lidar com as evidências. Vamos, dou uma carona de volta ao hospital.

O passeio de dez minutos é silencioso e estou sinceramente agradecido. Tantos pensamentos conflitantes estão passando pela minha cabeça, e nenhum deles está se alinhando para qualquer conclusão. Eu quero correr, levar as duas para onde ninguém nos conheça e descobrir a partir daí. Tenho dinheiro suficiente guardado para que possamos durar cerca de seis meses, mas não poderia trabalhar como médico novamente. Teríamos que nos tornar novas pessoas, o que Sophie já fez uma vez.

Ainda assim, mesmo que ela concordasse com isso, quem pode dizer que eles não nos encontrariam de novo? Então, se o fizessem, ficaríamos completamente sem ajuda.

O carro para e Jackson suspira.

— Eu só posso imaginar o que você está pensando, mas posso prometer que nada disso é uma boa ideia.

— É por isso que não agi sobre isso.

— Bom. Recebi uma ligação do meu pessoal em Virginia Beach, e depois que Zach pediu para verificarem os registros bancários de Theo e Sophie novamente, eles encontraram um número de conta bancária que corresponde à sua licença médica. Não estava nos registros que extraímos inicialmente, mas parece que apenas você ou Sophie podem acessá-la. Eu gostaria de falar com vocês dois e obter sua permissão para ver exatamente o que está lá. Venha, vamos entrar.

Nós dois entramos e caminhamos pelo corredor onde o segurança está junto com os caras de Jackson.

— Algum problema? — ele pergunta.

— Nenhum. A médica e um enfermeiro vieram falar com Sophie e Eden. Eles ainda estão lá avaliando-as agora.

Esse seria o protocolo normal. Eles querem que alguém tenha certeza de que Eden está bem mentalmente, e um guarda no quarto tornaria as coisas desconfortáveis.

— Vou entrar — digo a eles. Eu sou o pai dela e tenho permissão para ir lá e, além disso, sinto falta delas.

Quando entro no quarto, meu sangue gela. Sophie está esparramada no chão, inconsciente, e Kate está de pé ao lado da cama de Eden, seringa na mão, prestes a injetar algo em seu soro.

— O que você está fazendo? — exijo, dando um passo à frente e congelando novamente quando o cano frio de uma arma pressiona meu pescoço. — Kate? O que diabos está acontecendo?

— Sinto muito por fazer isso, Holden — Kate diz, olhando para Eden. — Se você tivesse me devolvido o dinheiro, não teria sido assim. Eu nunca teria que fazer isso com as pessoas que você ama. Acredite ou não, realmente gosto de você, Holden.

— Pare! — falo rapidamente. — Jesus, Kate! O que você está fazendo?

— Estou fazendo o que tenho que fazer.

— Tem que o quê? Que porra está acontecendo?

Ela balança a cabeça.

— Eu não vou deixar vocês destruírem tudo. Ouvi tudo sobre os arquivos e a caixa que você tem. Não, sinto muito, mas não vou deixar mais pontas soltas.

— Você já deixou. O que, você vai matar todos em Rose Canyon? Todo mundo que você já conheceu?

Kate bufa.

— Não há necessidade. Estarei muito longe em breve. Mas primeiro vou conseguir o dinheiro e você vai me ajudar.

Balanço minha cabeça.

— Você está louca se pensa que vou ajudá-la.

— É aí que você está errado.

Meu coração está batendo forte e quero olhar para Sophie para ter certeza de que ela ainda está respirando, mas não consigo desviar os olhos da seringa na mão de Kate.

— Ela está viva... por enquanto. Eu dei a ela apenas o suficiente para fazer você ajudar. Então, você vai pegar o dinheiro que o marido dela roubou de mim ou eu dou mais para ela?

Sophie não está se movendo, sua respiração é superficial, e esta mulher é uma maldita maníaca.

— Não faça isso, Kate. Você não é essa vilã. Você é médica e até me contou como perdeu sua filha e seu marido. — Ela move a seringa para mais perto de Eden, e meu pânico aumenta. — Pare! Kate, apenas pare. Sophie e Eden não fizeram nada com você.

— Nada? Vim para esta cidade para ficar de olho nas coisas depois que Ryan foi preso. Eu não tinha ideia de que a viúva de Theo encontraria seu caminho até aqui. Talvez eu a tivesse deixado em paz, ela era tão ingênua, afinal. Mas então todo o meu dinheiro sumiu, e sei que ela está com ele.

— Então, você levou uma criança? E agora você vai matá-la? Pense nisso, Kate. Eu não tenho o seu dinheiro. Se alguém pode encontrá-lo, é Sophie, e ela não pode fazer isso se estiver morta, e não o fará se você matar nossa filha.

Kate está além de ouvir a razão enquanto ela bate a ponta da agulha contra o tubo transparente de Eden.

— É difícil, não é? Ver as pessoas que amamos morrer? Como já lhe disse, conheço a dor de perder uma filha. É como nada mais no mundo. Um dia, você está imaginando uma vida para ela cheia de felicidade e possibilidades, e no outro, você está colocando um caixão no chão. — Seus olhos se enchem de lágrimas não derramadas, mas depois recuam. — Eu sei que parece que você nunca vai se recuperar, mas com a terapia você encontrará uma maneira. O bom é que você nem sabia que Sophie e Eden existiam alguns meses atrás, então não deve demorar muito para você voltar à vida normal.

— Se você as tirar de mim, nunca serei normal e nunca vou parar de caçar você. Se você as tirar de mim, Kate, juro por Deus, você vai se arrepender. — O atirador avança, forçando-me a me mover mais para dentro do quarto.

— Não me ameace.

— Bem, parece que você precisa de algo de mim, então se fosse você, não me irritaria.

Ela olha para o chão onde Sophie jaz apática. Eu me movo em direção a ela, mas o homem atrás de mim pressiona a arma mais fundo em meu crânio.

— Você quer ajudá-la? Em seguida, encontre o dinheiro que o marido dela pegou. Eu tinha tudo, incluindo milhões de dólares reservados que me permitiriam me tornar um fantasma, mas então Ryan foi preso e ele sabe demais. Então, eu me livrei do resto das pessoas de que precisava para garantir minha segurança.

— Você quer dizer Dr. Frasher?

— Ele é um dos. Acho que foi aí que fiz merda. Eu não sabia que, assim que desse o primeiro passo, perderia tudo. Que meu dinheiro seria drenado da minha conta sem nenhuma maneira de impedir isso.

Agora eu vejo o que ela fez de errado. Ela não sabia sobre o sistema de segurança.

— Você matou a família do Dr. Frasher porque pensou que Ryan iria falar, mas não sabia que eles levariam tudo...

— Eles? — ela pergunta com um aceno de cabeça. — Eu sabia que Theo tinha alguma coisa. É por isso que fiquei longe de Sophie e Eden, mas não sabia que Theo e Frasher estavam juntos nisso.

— Então... agora você não tem nada a perder e por que não destruir todos eles?

Ela abaixa a seringa.

— Claro que você me culpa por isso e não Theo. Você falha em culpar o médico que colocou isso em movimento. Foi ele quem fez isso com você.

— Eles não fizeram isso. Você fez. Você perdeu seu dinheiro, o que nunca deveria ter tido de qualquer maneira, e depois sequestrou minha filha e drogou Sophie para recuperá-lo.

— Drogar é uma palavra tão feia. Gosto de pensar nisso como adquirir minha garantia, mas sim. Então, quando percebi que vocês dois não sabiam onde estava? Bem, então decidi que cuidaria dela enquanto você trabalhava para encontrar meu dinheiro.

— Kate, não sabemos onde está. Estamos tentando freneticamente encontrá-lo, mas até agora não encontramos nada.

— É aí que você está errado. Existe uma conta em nome de Eden, e você e Sophie são os pais dela, portanto, podem acessá-la. Tudo o que meus contadores conseguiram me dizer é que é em Cingapura.

Porra. A conta que Jackson mencionou. Eu me recuso a dizer a ela, no entanto. Não quando tantos morreram por causa disso. Se ela achar que vou ajudá-la, talvez não piore as coisas e eu possa salvar Sophie.

— Como? Não temos um número de conta ou um banco ou qualquer coisa. Não entendo como você pode fazer isso? Como diabos você pode ser tão... — A pessoa atrás de mim empurra a arma com mais força contra o meu crânio, e a força disso me faz cambalear um passo para frente.

— Cuidado com o que fala. Não é como se eu gostasse disso — Kate diz com as sobrancelhas levantadas. — Eu não queria que fosse tão longe. Esperava que encontrasse o maldito dinheiro, enviasse como pedimos e recuperasse sua filha. Em vez disso, tive que me envolver, matar pessoas, mover corpos por todo o lugar e agora tenho que matar você.

Continuo esperando que Jackson entre, mas ele não entra, então apenas a mantenho falando o máximo que posso.

— Matando-nos para quê? Você não perdeu pessoas suficientes em sua vida? É isso que sua filha gostaria?

Ela revira os olhos.

— Eu sei exatamente o que você está fazendo, mas por mais um segundo, vou entrar no jogo. Minha filha fugiu, assim como aquelas meninas, e elas se venderam por drogas, sexo e comida, assim como ela. Quando a encontramos, ela tinha rastros para cima e para baixo em seus braços. Ela não passava de pele e osso, e sabe o que ela disse quando a encontrei?

— Não — mantenho minha voz uniforme.

— Ela disse: 'Por favor, traga-me mais drogas.' Não, mamãe, preciso de ajuda. Não, desculpe por ter fugido, porque você não deixou meu namorado perdedor me levar para Cancún. Não. Ela queria drogas.

— E o que aconteceu então? — pergunto, esperando que sua necessidade de contar esta história seja suficiente para impedi-la de tentar matar minha filha.

— Ela morreu. Ela teve uma overdose e seu coração parou. Depois que a encontrei, morri com ela. Todas as esperanças que eu tinha se foram com ela. Meu marido foi embora. Ele encontrou uma nova namorada que não chorava todas as noites ou passava horas tentando refazer os passos de sua filha. Perdi tudo e nunca quis que outro pai passasse pela mesma coisa. Começamos pequenos, ajudando localmente, e... cresceu.

— Então, você é *ele*? O cara sobre o qual Ryan nos alertou?

— Sim, eu sou... *ele*. Tão ridículo que tive que usar o nome do meu marido quando estava lidando com as pessoas, mas, infelizmente, mulheres e homens têm problemas de preconceito de gênero.

O que eu ainda não entendo é como ela passou de ajudar fugitivas para isso. Quando isso se tornou mais?

— Kate, tudo isso é horrível, mas o que você fez não é melhor do que deixá-las morrer nas ruas. Você estava vendendo essas garotas.

Ela balança a cabeça.

— Não, estávamos dando a elas um teto sobre suas cabeças e deixando-as fazer o que faziam antes. Nossa organização oferece opções. Elas podem ficar limpas e trabalhar duro em uma nova vida, ou continuar tomando as drogas. Adivinhe o que elas sempre escolhem...

De todas as pessoas no mundo, ela deveria estar mais consciente de porque essa é a escolha delas. Ela sabe o que acontece quando alguém é viciado em drogas. Não é uma escolha. Parece uma sentença de prisão perpétua para eles, e é nosso trabalho ajudá-los a ver o contrário. Ainda assim, agora, debater isso não vai mudar nada, e só preciso ajudar Sophie.

Sophie se contorce e eu me movo em direção a ela, mas a arma se move para as minhas costas.

— O que você deu a ela? — pergunto, olhando para a mulher que eu amo.

— Você quer salvá-la, pegue meu dinheiro. Eu não dou a mínima para ajudar as pessoas mais. Só quero desaparecer.

— Não sei em que banco está — explico novamente.

— Então, você quer desistir?

— Não, não quero. Tudo o que você disse é que há um número de conta, então eu... dou qualquer coisa, mas se você machucar Eden, ou não me deixar salvar Sophie, você não ganha nada, e você terá que matar todos nós e nunca ver um centavo. Vou encontrar essa conta, Kate, só não faça isso. Não as machuque.

Os olhos de Kate se estreitam e ela levanta o queixo, que é quando sinto a arma sair das minhas costas.

— Se você gritar, ou contar a alguém, mato você. Eu vou matar todos que você ama. Você tem uma hora para colocar o dinheiro nesta conta, Holden. — Ela me entrega um pedaço de papel com um número. — Vou mandar uma mensagem para você com o que dar a Sophie assim que sair deste lugar.

Ela se endireita e sai. Corro até Sophie e gentilmente a coloco de costas. Seus lábios estão azuis, suas pupilas estão pequenas e seu pulso está lento, ela não está respirando. Imediatamente começo a RCP e espero contar até quinze, dando a Kate tempo para escapar antes de gritar por socorro.

— O que aconteceu? — Jackson está na sala em um piscar de olhos.

Não sei o que dizer, então apenas balanço a cabeça.

— Preciso de um carrinho de choque! Aperte o botão azul aqui!

Ele o faz, e as sirenes azuis tocam, informando à equipe do hospital que alguém não está respirando. Eu continuo fazendo compressões torácicas e respiro em sua boca. Um, dois, três, quatro, cinco. Conto enquanto pressiono a palma da minha mão para baixo.

As enfermeiras invadem o quarto com o kit de emergência e, um ou dois segundos depois, uma cama é trazida. Nós a colocamos nela e então monto em seus quadris, continuando a RCP.

— Sabe o que aconteceu? — pergunta um médico que nunca vi antes enquanto levamos Sophie para outro quarto.

— Ela foi injetada com alguma coisa. Há uma perfuração em seu ombro e uma segunda agulha na bandeja ao lado da cama de Eden. Estou assumindo que o que quer que tenha sido injetado em Sophie é o mesmo.

Jackson imediatamente se vira e corre de volta para o corredor gritando:

— Cuide de Eden!

— E você não tem ideia do que seja?

Balanço minha cabeça.

— Não! Entrei no quarto de Eden e Sophie estava caída no chão. — O que Kate usaria? Pense, Holden. Quais eram os laudos toxicológicos daquelas garotas? Examino a lista de drogas. Algumas não eram fatais, mas sempre eram algum tipo de opioide. — Alguém pegue o Narcan! — grito.

Em poucos segundos, eles estão abrindo o tubo e borrifando no nariz dela.

Eu continuo empurrando seu peito, forçando seu coração a bater, focado apenas em salvá-la.

A enfermeira olha para o relógio.

— Dr. James, posso assumir.

O suor escorre pela minha testa e queima meus olhos, mas não paro. Não me importo que minha respiração seja difícil. Preciso dela. Eu a amo. Isso é foda demais.

— Não, eu faço — digo, continuando a empurrar contra seu coração.

— Dois minutos — diz ela.

— Esteja pronta para dosá-la com Narcan novamente — eu instruo. — Acorde, Sophie. Não encontramos Eden apenas para perder você.

— Tem certeza de que é um opioide? — Dr. Gage, o médico do pronto-socorro, pergunta.

— Tem que ser.

Tem que ser. Eu preciso que seja porque, se estiver errado, ela vai morrer.

Um dos caras de Jackson entra correndo na sala gritando:

— Fentanil! Ela deu Fentanil para ela!

— Prepare a outra dose! — Minha voz é mais rude do que eu já falei com uma enfermeira, mas nenhuma pessoa me repreende por isso.

Eles preparam a segunda dose, e então os olhos de Sophie se abrem. Eu pulo de cima dela para poder virá-la de lado caso ela vomite. Ela suspira e todos se movem, prendendo-a a máquinas que não tivemos tempo de conectar enquanto eu fazia RCP. O olhar de Sophie é vítreo, mas permaneço em sua visão.

— Sophie?

Ela respira pesadamente e depois resmunga:

— Kate... ela... Eden?

— Eu sei. Eu a encontrei... apenas respire, amor. Eden está bem, eles não a pegaram.

— Dr. James, precisamos que você se afaste. — Antes que eu possa me mover, o Dr. Gage está me empurrando para fora do caminho. Sinto como se fosse desmaiar enquanto observo as enfermeiras e o médico cuidando de Sophie.

O funcionário de Jackson vem até mim, ajudando-me quando começo a afundar.

— Venha, vamos tomar ar. — Eu não quero ar. Não quero deixar Sophie. — Só vamos para o corredor para que eu possa ficar de olho nos quartos de Sophie e Eden.

Concordo com a cabeça e permito que ele me ajude a entrar no corredor. Assim que ele me solta, afundo no chão e fecho os olhos, segurando o rosto com as mãos. Alívio, medo, raiva e desespero me atravessam de uma só vez. Na esteira da crise, estou nu, e só quando sinto o calor das lágrimas é que percebo que estou chorando.

Eu poderia tê-la perdido. Ela poderia ter morrido e não sei como teria sobrevivido. Se eu tivesse atrasado apenas dois segundos ou não tivesse entrado no quarto de Eden, isso teria terminado de forma diferente. Em vez de ficar sentado neste corredor, esgotado e emocionalmente abalado, eu estaria planejando um funeral.

Então penso em Eden. Minha doce garotinha nunca teria sobrevivido àquela injeção. Deus, isso é demais.

Meu peito arfa com a força das emoções lutando por dentro.

— Holden? — a voz de Spencer quebra, e sinto a mão dele no meu ombro. — Ela conseguiu?

Forçando-me a olhar para ele, levanto minha cabeça.

— Por pouco, mas sim. Ela vai precisar de monitoramento constante nas próximas horas. A porra da Kate injetou Fentanil nela — as palavras saem com tanto ódio e descrença. — Ela ia fazer isso com Eden também.

— Mas ela não o fez. Graças a Deus, porra, ela não o fez. Não sei como nenhum de nós teria sobrevivido a perdê-las, muito menos você. Lamento muito que você tenha passado por isso, Holden.

Limpo minhas bochechas e então faço a próxima pergunta mais importante.

— Kate escapou?

— Não, nós a pegamos. Eles tiveram que me tirar de cima dela quando a agarrei. Acabou.

E então abaixo minha cabeça e choro de verdade. Acabou.

CAPÍTULO TRINTA E SEIS

Holden

— Não quero ouvir outra reclamação. Você fará exatamente como o médico receitou e, como sou o médico, fará o que eu disser — digo a Sophie enquanto a coloco na cama.

Ela revira os olhos.

— Você está sendo ridículo.

— Você quase morreu. Você tem duas costelas quebradas, então... seja uma boa paciente e pare de reclamar.

— Isso é besteira. — Ela sorri e ajusta um travesseiro.

— É assim mesmo — respondo.

Os cinco dias que passaram no hospital enquanto se recuperavam foram incrivelmente difíceis para todos. Fisicamente, Eden se recuperou incrivelmente rápido, mas pesadelos a acordam todas as noites. Sophie teve mais dificuldade. Tivemos que dar a ela outra dose de Narcan quando as duas primeiras passaram e ela começou a mostrar sinais de overdose novamente, mas depois disso ela se estabilizou e ficou assim. Mais do que tudo, tem sido emocionalmente desgastante.

A descrença de que alguém em quem confiamos fez isso foi difícil de superar. Deixei Kate entrar em nossas vidas. Eu confiava nela, e por trás daquela doce disposição e amizade havia um monstro.

— Você daria um enfermeiro muito bom, se pensar em mudar de profissão — diz Sophie, levando a mão ao meu rosto.

Forço um sorriso, empurrando para baixo a crescente culpa que vem cada vez que penso sobre porque ela está nesta cama.

— Se eu fizer qualquer outra coisa, será distribuir bolas de praia no Caribe.

— Eu poderia fazer isso.

Eu rio e levo a palma da mão dela aos meus lábios.

— Eu poderia ir para um monte de nada.

— Você ouviu falar de Emmett? — Sophie pergunta. — Mais alguma coisa sobre a acusação de Kate?

— Ele ligou esta manhã para me dizer que ela está detida sem fiança. O outro cara que prenderam com Kate cantou como um canário. Eles conseguiram conectá-la às meninas desaparecidas, às mortes em Portland e Wilkinson. Não tenho a lista completa de acusações, mas é longa e ela enfrentará prisão perpétua.

— Bom. Mulher miserável.

Concordo. Cora até conseguiu convencer Ryan a se voltar contra Kate por uma pena um pouco menor, já que o tínhamos agora também.

— Sabe o que mais é bom? — pergunto, inclinando-me, querendo colocar Kate fora de nossas vidas por enquanto.

— O quê?

— Você na minha cama.

Seus lábios se erguem enquanto seus olhos brilham.

— Acho que agora vamos ser um casal de verdade e dormir na mesma cama de agora em diante?

— Oh, não vou deixar você sair desta cama por muito tempo. Na verdade, posso ordenar que você fique em repouso permanente na cama.

Ela revira os olhos.

— Posso pelo menos usar o banheiro?

— Se você precisar.

Junto meus lábios aos dela, dando-lhe um beijo gentil e amoroso. A pressão em meu peito diminui um pouco, mas não é o suficiente para aliviar a ansiedade constante. O polegar de Sophie roça a barba quase crescida que agora estou usando.

— Holden? — Mama James chama.

Mama James, para todos os efeitos, mudou para cá, e ela me informou que não quer ouvir uma única palavra sobre isso. Claro, ela trouxe o maldito gato.

— Estou aqui! — eu a chamo.

Sophie sorri.

— É bom tê-la aqui.

— É? Porque não pedi para ela fazer isso. Na verdade, ela não me deu escolha. Ela simplesmente apareceu com malas e aquele animal horrível.

— É o que fazemos por aqueles que amamos. Eu sei que não foi fácil para ela depois que Eden foi diagnosticada com diabetes, e foi ainda mais difícil depois que Eden foi levada. Ela precisa ser útil.

Eu sei que ela está certa, mas ela está me deixando louco. Primeiro, ela reorganizou minha cozinha, porque o fluxo não estava correto para o gerenciamento ideal do tempo. Depois foi ao banheiro, de novo mexendo nas coisas, e agora não para de limpar. Não importa quantas vezes diga a ela para parar, ela se recusa.

— Holden James! Preciso que você entre nesta sala, está uma bagunça.

Eu gemo, e Sophie ri.

— Você ri porque está isolada na cama pela próxima semana. Sou eu quem está lidando com essa maluca.

— Apenas pense, em questão de algumas horas, você estará na cama comigo, e vou dar a você um beijo de verdade.

Isso pode ser o suficiente para me influenciar. Eu me inclino, mas antes que possa dar a ela minha própria versão de um beijo de verdade, a porta se abre e Eden entra correndo.

— Papai, Mama James está muito chateada.

Cada vez que ela me chama de papai, meu coração aumenta.

— Ela está sempre chateada.

— Não, ela não está. — Ela sorri e então se move em direção à cama.

— Olá, querida.

— Olá, mamãe. Você comeu toda a sua comida?

Sorrio, porque ela está gostando do repouso de Sophie mais do que ninguém. Ela traz a comida, certifica-se de que come cada garfada, ajuda a acompanhar o esquema de remédios de Sophie e, se a mãe dela tentar sair da cama... que Deus ajude Sophie.

— Eu comi, muito obrigada.

Eden está em seu eu normal e borbulhante e, por mais que odeie admitir, o gato satânico ajudou. Pickles a aconchega e permite que ela o carregue como um xale. Tenho certeza de que ela estava tentando pintar as unhas dele, mas a besta traçou o limite ali.

— Eden, que tal deixarmos sua mãe descansar um pouco e ir ver o que Mama James precisa?

Ela está fora do quarto antes que eu possa me levantar, chamando por Mama James.

— Ela ama você — diz Sophie, olhando para a porta aberta.

— Eu a amo e amo você.

— Isso é incrível, já que nós duas amamos você também.

Sophie boceja e eu sorrio, inclinando-me novamente para lhe dar aquele beijo.

— Descanse meu amor, volto logo.

Seus olhos se fecham enquanto ela se aconchega mais fundo no travesseiro, e saio do quarto. Quando chego à sala, paro. O que diabos minha tia está fazendo? Isso não é uma bagunça. Isso é um desastre.

— Mama James? O que...?

Ela suspira pesadamente.

— Você sabia que tinha todos esses arquivos aqui?

Pisco, porque todos os meus arquivos de pacientes, que estavam em caixas, agora estão sobre a mesa em pilhas.

— Eu... sabia. Mas... eles não estavam assim.

— Eles estavam em caixas naquele canto. Por quê?

— Porque eles foram enviados para cá há dois dias — eu explico. — Por que você está tocando neles?

— Estou limpando essa bagunça de casa para que sua filha e sua mãe tenham um novo começo.

Encaro minha tia normalmente estoica e forte, que tem lágrimas nos olhos. Então é por isso que ela tem estado quase loucamente limpando minha casa. A simpatia me enche, e eu me movo em direção a ela.

— Não sei o que faria sem você.

Ela balança a cabeça.

— Pare com isso. Não me trate com condescendência.

— Eu não estou. Você sabe disso.

— Não, você está. Estou apenas emocionada, só isso. — Ela funga e eu a puxo em meus braços.

— Não chore.

Ela empurra para fora do meu abraço.

— Fiquei tão assustada. Amo sua garotinha e quase enlouqueci quando ela foi levada. Então quase perdemos Sophie por causa daquela senhora maluca. Achei que havia algo estranho nela... namorando George. Ele não é o homem mais inteligente deste mundo, sabia?

Eu rio.

— Não, ele não é, mas ela o estava usando para manter o caso contra Wilkinson. Eles conversavam, como a maioria dos casais faz, e então ela era capaz de mover suas peças para onde precisava. O que ela não previu foi Theo e o Dr. Frasher.

— Bem, ela é uma mulher horrível, e espero que nunca mais chegue perto desta família.

— Ela não vai — prometo. Não que seja algo que eu realmente possa fazer, mas farei o que puder para garantir que ela nunca mais esteja perto de nós.

— Eles pegaram o resto das pessoas envolvidas? — Mama James pergunta.

Tanta coisa aconteceu nos últimos cinco dias que é difícil acompanhar. Uma informação leva a outra, que leva a outra, e a cada passo as autoridades parecem fazer prisões.

— Eles têm muitos deles. Emmett está confiante de que não estamos em perigo iminente, então é isso que vamos seguir.

Ela solta um grande suspiro.

— Ah, que bom. Não pensei que vocês estivessem, mas ainda assim. Tem sido cansativo para todos.

Guio minha tia para a cadeira que não está cheia de arquivos.

— Por que você não relaxa? Você não precisa limpar e reorganizar minha casa.

— Eu preciso ajudar.

— E você está. Você esteve com Eden todas as noites e ajudou com Sophie quando tive que sair correndo. Sua limpeza, porém, não está ajudando, está me deixando louco.

Ela ri e dá um tapinha na minha bochecha.

— Tudo bem então. Você limpa e eu não vou começar um novo projeto.

Claro, tenho que consertar a bagunça. Ainda assim, não vou discutir, porque a amo além das palavras e sei que tudo isso vem de um lugar de amor e mágoa.

Eu me viro para pegá-la e encontro Pickles sentado no topo da pilha, olhando para mim.

— Você pode pegar o gato?

Eden aparece de trás da cadeira.

— Pickles ama você, papai.

— Pickles ama você. Você pode pegá-lo e movê-lo para que eu não seja arranhado até a morte?

— Ele não vai arranhar você, certo, Pickles? — ela murmura para o felino.
Ele não se move, apenas olha para mim.

— Vá em frente, então — eu digo.

Impasse.

Pickles lambe a pata, coloca-a no chão e começa com a próxima. Sério?

— Eden, você pode pegar o monstro para ir com você?

Ela ri e leva o gato embora.

— Vamos, Pickles! Vamos assistir à televisão!

Passo a próxima hora trabalhando para colocar os arquivos de volta do jeito que estavam. Meu escritório anterior em Los Angeles enviou isso, porque tenho um novo paciente com um problema semelhante ao de dois de meus antigos pacientes, mas é um pouco mais complicado, então gostaria de passar por cima de qualquer pessoa com esse diagnóstico, caso possa encontrar uma conexão. Tratei muitos pacientes com essa deficiência óssea.

Achei que eles enviariam o arquivo que solicitei eletronicamente, em vez disso, recebi cópias impressas de quase todos os que tratei por correio. Bem jogado.

Em algum lugar entre O e S, eu desisto, não me importando mais se alguma coisa faz sentido, porque só quero deixar isso de lado.

— Está tudo bem, querido? — Sophie pergunta atrás de mim. Sinto seu toque suave em meu pescoço.

Eu olho com um sorriso.

— Por que você está acordada?

— Você disse que eu poderia usar o banheiro.

— Que está em nosso quarto — eu a lembro.

Sophie sorri calorosamente.

— Senti a sua falta.

— Eu sempre sinto saudade.

— O que você está fazendo?

Coloco o arquivo na caixa.

— Reorganizando o que não estava bagunçado. — Olho para o relógio antes de acrescentar: — Jackson deve estar aqui em breve, então por que você não fica aqui...

Meu telefone apita com uma notificação de câmera. Eu o puxo bem a tempo de o vídeo mostrar Jackson batendo na porta da frente. Sophie pula com o som, mas depois força um sorriso.

— É Jackson — digo a ela antes de abrir a porta.

— Ei.

— Ei — diz ele ao entrar. — Olá, linda. — Jackson beija a bochecha de Sophie. — Parece muito melhor do que da última vez que vi você.

— A última vez que você me viu, eu estava quase morta.

— Isto é verdade. Vamos para algum lugar onde possamos conversar e você possa se sentar — eu sugiro.

Mama James e Eden estão na sala de estar, e assim que minha filha vê Jackson, ela corre para frente, envolvendo os braços em volta dele.

Depois, ela mostra a ele o gato, sua nova casa de boneca, a tenda que tem luzes ao redor e uma pilha de almofadas dentro onde ela pode colorir ou fazer qualquer coisa, e o jogo de chá que seu tio Spencer comprou para ela. Olho para Sophie, que está começando a enfraquecer um pouco.

— Mama James, você pode levar Eden a algum lugar para que possamos conversar?

— É claro, querido. Vamos, Eden, vamos pegar suas roupas para amanhã e encontrar algo que sirva em Pickles.

Depois que elas saem, coloco Sophie confortável no sofá e me sento ao lado dela, pegando sua mão na minha.

— Você disse que encontrou informações?

— Encontramos, mas devo dizer que Theo era extremamente bom em seu trabalho. Meus caras levaram muitas horas e esforços para finalmente encontrar a conta que Theo havia configurado. O dinheiro foi lavado tantas vezes que perdemos a noção e tivemos que começar de novo, mas finalmente o encontramos. — Jackson nos passa uma pasta. — Este é o banco em Cingapura que mantém a conta em nome de Eden. Não consigo acessá-la, mas se estiver certo, há uma quantia substancial de dinheiro lá dentro.

— Quão substancial? — pergunto.

Ele olha para Sophie.

— Mais de cinco milhões de dólares.

CAPÍTULO TRINTA E SETE

Sophie

— Eu não quero isso — digo a Holden novamente. — Não quero nenhum dinheiro ligado ao que aquela mulher estava fazendo.

Estou de volta à minha prisão, também conhecida como minha cama. Entramos em contato com o banco em Cingapura com o número da conta, que é o número da licença médica de Holden, e obtivemos a confirmação de que nossa conta tem cinco milhões, trezentos e setenta e seis dólares.

— Eu também não, mas poderíamos fazer muito bem com isso.

— Eu não quero nem tocar nisso. Ela ganhou todo aquele dinheiro explorando crianças. Então, deixe-o ficar nessa conta.

Odeio tudo isso. Fico enjoada por Kate ser tão horrível, mas saber que meu marido também estava envolvido me deixa completamente destruída. Ele era um homem bom, alguém que nos amava e, embora entenda que ele fez isso para nos proteger, no final das contas, não protegeu. Quase matou todos nós. Acredito em carma e gostaria de ter mais vantagens do que desvantagens nesse departamento.

— O que estou dizendo é que poderíamos dar esse dinheiro para as famílias, como a de Keeley, ou para programas como *Run to Me* e outros semelhantes. Podemos fazer o bem com ele em vez de deixá-lo parado em uma conta bancária.

Todas essas são boas ideias, mas é muito cedo para realmente pensar sobre isso.

— Por enquanto, podemos nos concentrar em nós mesmos e nesta família? Kate está na prisão, você tem que testemunhar em dois dias contra o homem que quase matou Blakely, e estamos todos curados.

Ele desliza ao meu lado, puxa as cobertas e então abre seus braços fortes para que eu me aconchegue. Não hesito, esta é a minha parte favorita de nós dividindo a cama. Adormecemos abraçados e, embora acordemos em lados opostos da cama, adoro essa parte.

Minha cabeça está exatamente onde está seu coração, ouvindo sua batida constante.

— Quando você volta ao trabalho?

— Em breve.

— Também quero — eu o informo.

Holden move a cabeça, tentando olhar para mim.

— O quê?

— Sinto falta das crianças, saudade de pintar. Seria bom fazer algo que me deixasse feliz. Não que você e Eden não me façam feliz, mas o centro juvenil me dá um propósito além de ser mãe.

— Por que você não pinta de verdade de novo? Volte a vender sua arte.

Já pensei nisso, e talvez volte, mas encontrei um amor verdadeiro em trabalhar com crianças que ainda não encontraram seu pintor interior. Uma das garotas, Mable, realmente se destacou. Tem sido lindo de ver.

— Acho que posso realmente fazer qualquer coisa agora.

— Tenho toneladas de ideias de coisas que você poderia fazer.

Sorrio para ele, e ele beija minha testa.

— Como o quê?

— Você poderia... abrir uma galeria de arte aqui. Você poderia formar um clube do livro. Você poderia aprender a voar.

Eu rio disso.

— Não é provável.

— Sim, sem perigo, concordo. Você poderia me beijar.

— Gosto disso — digo a ele enquanto me movo um pouco mais alto para fazer o que ele sugeriu.

— Você poderia se casar comigo.

Paro de respirar por um segundo, olhando para ele.

— O quê?

— Case comigo? Já vivi em um mundo sem você antes e não tive felicidade. Sobrevivi, não prosperei. Então você veio para cá e tudo mudou.

— Holden se senta, indo até a mesa de cabeceira e pegando uma caixa.

Oh, Senhor. Oh, Senhor. Meus pulmões doem por um motivo completamente diferente enquanto olho para a caixa que *acho* que contém um anel.

Holden a abre e, enfiado no veludo marrom, há um impressionante diamante redondo, lançando arco-íris ao redor da sala.

— Holden... — não posso dizer mais nada enquanto minha mão cobre meus lábios.

— Eu mudei para melhor, Sophie. Nosso relacionamento se transformou em algo que nunca soube que era possível. Nós dois já nos casamos antes, mas foi com as pessoas erradas, na hora errada. Você é o meu momento certo. Você é a minha pessoa certa. Você é meu mundo e quero caminhar ao seu lado todos os dias pelo resto da minha vida. Quero criar Eden com você, e talvez tenhamos mais, mas enquanto eu tiver você, nada disso importa.

— É tão cedo — falo, olhando para ele com os olhos lacrimejantes.

— Não, amor, faz muito tempo que vivemos um sem o outro. Estou perguntando, Sophie Elizabeth Armstrong, você quer ser minha esposa?

Lágrimas caem e as emoções me dominam.

— Sim — consigo pronunciar a única palavra que importa. Ele segura meu rosto, beijando-me com tanto amor que faz mais lágrimas caírem. — Eu amo você.

— Prometo que vou fazer você tão feliz.

Ele pega o anel da caixa e o coloca no meu dedo.

— Você já faz.

— Oh, meu Deus! Você está noiva! — Brielle dá um gritinho ao pegar minha mão.

— Estou! Não posso acreditar.

Já se passaram duas semanas desde que ele me pediu em casamento e ainda não consigo acreditar que seja real. Quando contamos a Eden, ela gritou de alegria e perguntou se poderia usar um vestido, o que, é claro, dissemos que sim.

Mama James chorou e nos abraçou antes de lançar suas exigências para um casamento adequado.

Blakely ri.

— Holden se apaixonou assim que viu você, isso não me surpreende nem um pouco. Parabéns, minha amiga.

— Obrigada. Quanto tempo você acha que teremos que esperar antes que ele saia do tribunal?

Blakely verifica seu telefone e Brie bufa.

— Você não vai saber de nada por um tempo. Holden provavelmente ainda está testemunhando.

— Ele é a última testemunha antes de descansarem. A promotoria teve um caso incrível, não sei por que a defesa chamou Holden de volta.

Brie levanta a mão.

— Eles devem ter pensado que poderiam mostrar algo clinicamente que iria minar seu testemunho anterior. De qualquer forma, verificar seu telefone não fará diferença.

— Você diz isso, mas aquele homem queria me matar. Ele tentou matar meu marido, manteve-me cativa e trabalhou para uma sociopata! Preciso que isso acabe, Brie. Eu preciso seguir em frente com a vida e não ter isso pendurado na minha cabeça.

Pego a mão de Blakely e aperto.

— Tenho certeza de que ouviremos algo em breve.

Ela acena com a cabeça e então se vira para Brie.

— Sinto muito.

— Não se desculpe. Acho que é muito de mim dizendo a mim mesma a mesma coisa. Penso sobre isso e me preocupo, mas eu… não posso. Isso vai me deixar louca.

Eu conheço esse sentimento.

— Então vamos nos concentrar em qualquer outra coisa.

— Sim, como o seu casamento! — diz Brie. — Precisamos de um vestido, uma data, um local, cardápios. Vocês querem um DJ? Eu amei o cara que escolhemos para o nosso casamento.

— Não chegamos tão longe — eu a interrompo, sentindo-me um pouco sobrecarregada.

Blakely ri.

— Ela é a pior com isso. Estou avisando agora, se você já ouviu falar de Noivas Monstro você não conheceu a NoivaZilla. Essa é a Brielle.

Brielle dá um tapa no braço de Blakely.

— Ei, isso não é legal. Sua celebração de renovação de votos foi perfeita. De nada.

Blakely olha para mim com os olhos arregalados.

— Foi uma tortura — ela sussurra.

— Tortura, minha bunda! Se não fosse por mim, você estaria com seu velho uniforme do exército com o cabelo preso em um coque apertado.

— No qual eu teria me sentido confortável!

O olhar de Brielle é incrédulo.

— Você vê com o que eu tive que lidar?

Sorrio, amando minha amizade com essas duas mulheres incríveis.

— Holden e eu não conversamos sobre nada disso ainda, mas adoraria se vocês duas fossem minhas damas de honra.

— Claro que vamos! — Brie responde antes que Blakely possa abrir a boca.

Olho para Blake, esperando para permitir que ela responda.

— Eu adoraria.

— Oh, sério? Estou encantada!

As duas se olham e depois para mim.

— Você está o quê? — Brie pergunta.

— Desculpe — eu digo com uma risada. — Eu estou tão feliz. Obrigada a ambas. Vocês são amigas verdadeiramente perfeitas.

O telefone de Blakely toca e ela o atende imediatamente.

— É Emmett. Olá?

Há uma pausa, e Brielle e eu esperamos para ouvir o que ele diz. Os olhos de Blakely se enchem de lágrimas, e quero envolvê-la em um abraço porque podem ser lágrimas de felicidade ou decepção.

— Ok — diz ela. — Vejo você em breve, então? Também amo você.

— Vamos? — Brielle diz assim que o telefone se afasta de sua orelha.

— Ele foi considerado culpado. — Então Blakely solta um soluço e abraçamos nossa amiga enquanto ela descarrega sua dor.

CORINNE MICHAELS

CAPÍTULO TRINTA E OITO

Holden

Um mês depois

— Você sabe que nossa família e amigos vão nos matar, certo? — digo a Sophie quando paramos do lado de fora da pequena capela branca em Las Vegas.

— Eles terão que encontrar uma maneira de nos perdoar. Além disso, ainda teremos nosso casamento de verdade quando voltarmos, mas é aqui que deveríamos nos casar — ela diz com toda a seriedade. — É onde começamos.

Ontem à noite, perguntamos a Mama James se ela poderia cuidar de Eden e dissemos que precisávamos passar o fim de semana fora. Não dissemos a ela que nosso objetivo era nos casar.

Então, aqui estamos nós, em Las Vegas, o lugar onde nos conhecemos e fizemos um bebê, prontos para completar o ciclo do nosso relacionamento.

— Eu concordo, mas você e Brielle têm trabalhado tanto para planejar nosso casamento.

— Ela não deveria falar! Ela fugiu com Spencer e fez exatamente isso. Coloco minha mão em sua bochecha, segurando-a com ternura.

— Sim, mas você merece ter tudo o que quiser, amor.

— Você é o que eu quero. Este casamento é o que eu quero. O casamento é apenas isso, o casamento, não é a definição da nossa vida...

— Você é perfeita.

— Você está protelando. Você tem pés frios ou dúvidas? — ela pergunta.

— De jeito nenhum.

— Então vamos entrar lá e nos amarrar.

Eu a beijo profundamente, amando o deslizamento de sua língua contra a minha. Eu amo essa mulher mais do que jamais imaginei ser possível. Ela é tudo para mim e não quero nada além de ser seu marido.

— E então teremos nossa noite de núpcias.

Ela sorri, encostada em mim.

— Mas não no banheiro desta vez.

— Acho que fizemos tudo certo.

— Eu prefiro que não.

— Bem. Sem sexo no banheiro — concordo.

Entramos na capela, pagamos a eles cento e dezenove dólares e nos casamos. Sophie e eu tiramos uma foto ridícula para a cornija da lareira, porque quero me lembrar disso sempre, e depois tiramos algumas selfies.

Voltamos para a suíte que reservamos e eu a carrego para dentro do quarto. As luzes coloridas da Strip dançam nas paredes, mas tudo que vejo é a mulher na minha frente.

— Eu amo você, Sophie James.

Ela sorri.

— Também amo você e gosto desse novo nome.

— Eu também.

— Gosto que sejamos nós.

— Gosto que você seja minha.

Seus olhos azuis brilham enquanto ela caminha em minha direção com o vestido rosa simples que ela trouxe para se casar.

— Eu sempre fui sua, Holden. De certa forma, você está comigo desde o dia em que nos conhecemos. Carreguei uma parte de você comigo por nove meses, e vi você, mesmo sem conhecer de verdade, por três anos. Sempre pertenceremos um ao outro.

Minhas mãos agarram sua cintura e a puxo contra meu peito.

— Eu quero fazer amor com você, esposa. Quero despir você, beijar cada centímetro de sua pele perfeita e amar você até que me implore para parar. — Deslizo meus dedos pelo cetim de seu vestido e depois pelo pescoço. — Esta noite, nesta cidade, vou desfazer nossa primeira vez e dar a você uma nova memória para se agarrar.

A vibração de seu pulso sob meus dedos acelera.

— Mal posso esperar.

Eu ando em direção à parede, apagando as luzes e me movendo para ver a vista.

— Venha aqui — eu a convoco. — Anos atrás, viemos para cá sem saber o que iríamos encontrar.

Ela sorri.

— Na escuridão de novo?

— Não, baby, olhe para todas as luzes.

Eu me mexo para que suas costas fiquem contra meu peito enquanto olhamos para a cidade.

Meus dedos movem a alça de seu vestido, deslizando-a para baixo, e então empurro seu cabelo para o lado para poder beijar sua pele macia. Sophie geme baixinho, a cabeça caindo no meu ombro.

Deslizando meus lábios de seu pescoço até sua orelha, passo minha língua ao longo de seu lóbulo e sussurro:

— Eu quero você nua sob as luzes. Quero vê-las dançar em sua pele enquanto dou prazer a você.

Sua respiração falha, e guio suas mãos para cima para que sejam pressionadas contra o vidro frio.

— E se alguém puder ver? — Sophie pergunta.

— Ninguém pode ver, meu amor. — O hotel tem uma película dourada nas janelas, então, quando não há luz de fundo, é impossível ver qualquer coisa. — Sem falar que estamos no último andar. — Removo o vestido completamente, deixando-a apenas com os saltos.

Ela arfa um pouco quando passo minhas mãos em seus seios, massageando-os suavemente antes de puxar o tecido para baixo.

— Holden...

— Sim, amor? — pergunto enquanto a cubro com minhas mãos, beliscando seus mamilos tensos. Quando ela move a mão, eu paro. — Mantenha as mãos no vidro, Sophie. Quero que você veja o mundo se mover ao nosso redor enquanto eu me concentro apenas em você. Minha esposa. Meu amor. Meu coração.

Ela move a cabeça para o lado, e minha mão desliza para sua garganta enquanto tomo sua boca, movendo minha língua com a dela, beijando-a enquanto ela fica parada como a porra de uma deusa.

Dou um passo para trás, querendo provar cada parte dela. Movendo-me, tiro minha gravata e a jogo no chão antes de desabotoar os dois primeiros botões da minha camisa.

— Você é tão bonita. Tão perfeita.

Faz mais de um mês que não conseguimos fazer isso, beijar ou fazer amor. Suas costelas estavam muito doloridas e ela precisava se curar. Todas as noites, eu a abraçava, desejando poder fazer amor com ela, mas ela tinha acabado de conseguir retomar a atividade leve, que inclui sexo cuidadoso.

Perguntei, e nem me sinto mal por isso.

Esta noite, quero que cada parte dela volte à vida.

Estou atrás dela, olhando seu corpo nu com as luzes da cidade onde a encontrei ao fundo.

— Holden?

— Você é tão bonita.

— Estou nua na frente de Las Vegas.

— Não, baby, você está nua na minha frente. — Eu me aproximo, ainda sem tocá-la. — Você é minha.

— Eu sou.

— O que devo fazer com você?

Ela estremece.

— O que você quer fazer comigo?

Sorrio.

— Primeiro, vou beijar você, esposa.

E eu beijo.

Minha boca está na dela, bebendo cada gota de amor que ela me dá. Então eu me movo para que suas costas fiquem contra o meu peito enquanto ela se arqueia ao meu toque. Quero atiçar sua chama ainda mais alto. Lentamente, minhas mãos deslizam por seu estômago até seu clitóris, circulando meu dedo em torno de seu calor úmido.

Ela move seus lábios dos meus, ofegante.

— Oh, Deus.

— Lembra o que eu disse sobre uma nova memória, amor?

— Sim — ela ofega, sua respiração fazendo a janela embaçar um pouco.

— Olhe lá fora, baby. Olha o mundo passando, sem saber que vou fazer você gritar meu nome enquanto lambo você até suas pernas cederem. — Abaixo meus joelhos, puxando sua calcinha comigo enquanto vou. Eu a faço levantar um pé e depois o outro antes de separar suas pernas. — Continue assim.

Seus olhos brilham em confusão.

— O quê?

— Mãos na janela. — Movo seu corpo, então seus seios estão contra o vidro frio. — Perfeito. Você é perfeita *pra* caralho — eu digo, passando meus dedos por sua espinha. — Mantenha as pernas afastadas e a bunda para fora.

— O que...

Eu a corto quando abro suas coxas e passo minha língua contra sua costura. Suas pernas dobram, mas eu a seguro, lambendo novamente.

— Oh, oh — Sophie murmura enquanto trabalho minha boca com mais força.

— Diga-me o que você vê. — Eu lambo novamente.

— Eu... não posso.

Corro minha mão ao longo de sua bunda perfeita e, em seguida, eu a mordo de brincadeira.

— Quero adorar você enquanto olha para as pessoas lá embaixo, andando por aí. — Beijo o local e então movo meu dedo para seu clitóris. — Mas não posso ver o que você faz, baby. Pinte-me um quadro enquanto vejo o que mais quero.

Ela. Ela é o que eu quero.

— Eu... vejo o outdoor do outro lado da rua.

Eu a recompenso girando minha língua em sua entrada.

Seu equilíbrio vacila, mas ela permanece de pé.

— Vejo as pessoas caminhando, descendo a rua, parando para tirar foto.

Gemo contra ela, empurrando minha língua dentro dela.

— Oh — ela grita.

— O que mais, Sophie?

— Vejo o espetáculo das águas começando, as luzes e as fontes espirrando. É lindo, e a Torre Eiffel é brilhante... oh, Deus!

Minha língua corre para cima e para baixo em seu centro, lambendo e girando, fazendo-a se contorcer contra a minha boca. Eu me ajusto para poder vê-la melhor – mãos no vidro, bunda para fora – enquanto como sua boceta. Ela é gloriosa. Um maldito anjo me enviou, e nunca vou esquecer essa imagem.

A mão de Sophie escorrega e paro por um segundo, o que a faz reclamar.

— Abra os olhos, querida. Quero que você veja tudo. Você pode me ver atrás de você? Você está me vendo devorar você? Minha esposa.

Eu volto, lambendo e lambendo, empurrando para dentro, bebendo cada gota que ela me dá. Sua mão cai para emaranhar os dedos em meu cabelo.

— Holden, não pare.

— Eu nos vejo. Deus, vejo nós e você e... não posso me segurar.

Quero fazê-la gozar enquanto observa a cidade e depois na cama e no chuveiro e em qualquer outro lugar que eu puder.

Ela geme, e eu iria rir, mas minha boca tem outros planos. Afasto-me e ela grita:

— Não!

Lambo suavemente, dando-lhe muito menos pressão do que sei que ela precisa, e espero que ela fale.

— Eu vejo... vejo luzes.

Deslizo meu dedo para dentro, seus músculos se contraem enquanto eu a fodo com minha mão.

— Bom. Continue falando para que possa fazer você gozar.

— Os carros estão parados em um semáforo e as pessoas estão rindo... há um casal... dançando... oh, Deus. — Sophie geme quando passo meu dedo em sua bunda, brincando com ela ali. — Há pessoas em todos os lugares, movendo-se, sem saber que meu marido está lambendo minha bunda.

Eu quero prolongar isso, mas estou perdendo meu controle. Minha língua empurra dentro dela enquanto pressiono meu dedo em sua bunda.

— Holden!

Posso senti-la apertando em torno de mim, sua mão em punho no meu cabelo, e então ela me solta, batendo as mãos no vidro enquanto desmorona. Eu a seguro tanto quanto posso, trabalhando para manter minha boca onde ela precisa de mim.

Depois de alguns segundos, seus gemidos param e ela cai no chão, e eu a pego, movendo-me para que ela fique no meu colo, sua cabeça descansando no meu ombro enquanto ela arfa.

— Você é gloriosa — digo a ela.

Sophie ri baixinho.

— Eu peço desculpa, mas não concordo. Acho que é você quem é glorioso.

Eu me movo para que, ao ficar de pé, ainda a tenha em meus braços e então a coloco na cama. Sophie nua na janela era linda, mas ela na cama com esses saltos é deslumbrante. Deus, eu poderia explodir minha carga aqui.

Com um dedo torto, ela me faz sinal para ela.

— Há coisas que uma esposa deve fazer pelo marido.

— É? — indago, de pé na frente de seu corpo nu.

Ela fica de joelhos, com um sorriso brincalhão.

— Definitivamente.

— E o que podem ser essas coisas?

Ela passa o dedo pelo meu peito, desabotoando minha camisa.

— Bem, se pensarmos em meus votos, o primeiro foi ter e sustentar você na doença e na saúde.

— Estou bastante saudável.

Ela acena com a cabeça.

— Sim, e quando eu estava doente, você estava lá.

Empurro seu cabelo para trás.

— Sempre.

— Então havia mais rico ou mais pobre.

Isso é muito complicado. Somos incrivelmente ricos com dinheiro que nenhum de nós quer tocar.

Ela se move para o próximo botão.

— Não importa o que aconteça, isso não é um problema para nenhum de nós.

— Não, não é.

— Depois, há a parte do amor, que tenho sob controle.

Sorrio.

— É uma coisa boa. Honra era outra — eu a lembro.

— Sim, eu me lembro. E obedecer foi uma delas, o que acabei de fazer.

Minha camisa cai aberta, e aceno.

— Sim, você fez muito bem isso.

Os olhos de Sophie encontram os meus.

— A melhor ou a pior parte que passamos.

Porque é muito difícil pensar nisso. Quase perder Eden e depois ela não é algo que eu queira pensar novamente. Quero seguir em frente, esquecer todas as coisas ruins que aconteceram e me alegrar com o que está por vir.

— Acho que sofremos o pior.

— Concordo, marido. Agora, gostaria que tivéssemos o melhor. Há algo que eu possa fazer para tornar isso possível?

— Venha ficar aqui — eu digo a ela.

Ela vem. Sophie é sempre incrivelmente sexy, mas quando ela me deixa assumir o controle assim, quero cair de pé e homenageá-la.

— Tire minhas roupas.

Ela puxa minha calça, sorrindo para mim enquanto sua mão envolve meu pau. Ela bombeia algumas vezes, e seu nome sai dos meus lábios quando ela solta seu aperto.

— O que agora? — ela pergunta.

— Fique de joelhos, querida.

Ela desce, dando-me um sorriso tímido enquanto olha para mim sob os cílios pesados de luxúria. Pego meu pau na mão, sacudindo-o algumas vezes enquanto ela assiste.

— Quero tocar em você — ela confessa.

— Então toque.

Sua mão substitui a minha, acariciando com pressão perfeita.

— Eu amo você.

Esfrego meu polegar contra sua bochecha.

— Amo você.

— Eu quero mostrar a você.

— Você mostra todos os dias — digo a ela.

Sophie balança a cabeça.

— Não desta forma. — Sua mão cai, e seus lábios envolvem em torno de mim. Gemo quando ela me leva fundo, o calor de sua boca se movendo em minhas veias como fogo líquido.

— É isso aí, baby, chupe meu pau. — Descanso minha mão no topo de sua cabeça, forçando-me a não a empurrar para baixo com mais força.

Então ela move a outra mão para o meu pulso, fazendo exatamente isso.

— Porra! — gemo e agarro seu cabelo. Estabeleço o ritmo, mas consigo usar um pouco de contenção, saboreando cada segundo. Ela me leva fundo, movendo-se para cima e para baixo em um ritmo constante que faz minha cabeça girar.

Estou tão perto. Quero tanto gozar, mas sei que preciso parar.

— Sophie, pare. Por favor, querida, preciso fazer amor com você. Quero estar dentro de você quando gozar.

Ela levanta a cabeça, limpando a boca, e pressiona a mão contra o meu peito. Deito-me, ela segue e depois afunda-se sobre mim. Seu calor me envolve da melhor maneira. Meu Deus, isto é o Céu.

— Você é tão gostoso — Sophie diz, seus quadris balançando no tempo perfeito. — Eu não mereço você.

Minhas mãos se enredam em seu cabelo, ajustando-a para que ela seja forçada a olhar em meus olhos.

— Não, querida, nós nos merecemos. Nós fomos feitos um para o outro.

— Holden — a voz de Sophie treme. — Amo você.

— Eu amo você mais do que sabia ser possível — digo a ela, esfregando sua bochecha. — Vou amar você pelo resto da minha vida. Vou amar além disso.

Eu a amarei até o fim dos tempos.

Eu rolo e me deparo com lençóis frios. Sentando-me, imagino para onde Sophie – minha esposa – foi. Ela está enrolada em um roupão, olhando para Las Vegas.

Saio da cama e me enrolo no roupão combinando e a puxo para o meu peito.

— O que você está olhando?

— O sol.

— É conhecido por mostrar sua cara pela manhã.

— Eu sei. Significa apenas que vamos para casa hoje.

— Gostaria que pudéssemos ficar mais um dia.

Ela se vira para mim, as mãos descansando no meu peito.

— Eu também, mas sinto falta de Eden e tenho certeza de que Mama James está exausta depois de cuidar dela.

— Isso a mantém jovem.

Sophie sorri.

— Vamos ter que arranjar um gato assim que ela voltar para casa.

Minha tia vai voltar para sua casa quando retornarmos, graças aos malditos deuses por isso. A ajuda dela foi imensurável, mas Sophie está curada, Eden está muito melhor e precisamos de tempo e privacidade para nos tornarmos uma família novamente.

No entanto, o que não vamos fazer é conseguir um gato.

— Não.

— Holden — ela repreende.

— Não. Não vamos ter um gato. Ainda não encontrei um gato que goste de mim.

Sophie ri.

— Talvez seja você então.

— Ou talvez eles sejam todos loucos.

— Sim, todos os gatos do mundo são loucos.

É possível.

— Vamos pegar um peixe ou algo de baixa manutenção.

— Você é bem ridículo.

Dou de ombros.

— Você se casou comigo, querida.

— Sim. — Ela fica na ponta dos pés e dá um beijo em meus lábios. — Mas sua filha quer um gato, e não consigo imaginar que você vá negá-la.

— Imagine.

Isso tudo é uma falsa bravata porque eu sou muito ruim em dizer não àquela garota. Tenho a sensação de que, em alguns dias, estarei indo para o abrigo e pegando um maldito gato. Realmente preciso resolver meus problemas aqui.

— Se você diz. — Nem Sophie acredita em mim.

— Eu sou tão previsível?

— Talvez um pouco.

Beijo seu nariz e a solto quando ouço seu estômago roncar.

— Por que você não entra no chuveiro, e vou pegar o café da manhã para nós?

— Soa amável. Certifique-se de me trazer uma xícara de chá.

Concordo.

— Sim, sim, vou pegar chá para você.

— Não que seja adequado, mas vou fazer isso.

Ela se afasta e eu sorrio. Coloco o pedido na tela para nossas refeições, pegando uma variedade de coisas, e então verifico meu telefone.

Eu tenho alguns e-mails do hospital, dando atualizações sobre meus pacientes, e então vejo uma mensagem de Emmett, perguntando se eu vou jantar amanhã, já que não pudemos jogar pôquer na semana passada.

É melhor acabar com isso.

Então, envio a selfie da noite passada para ele e para Spencer.

> Eu: Desculpe, seus filhos da puta, perderam, mas nos casamos ontem.

> Emmett: Acho que você precisava ter um segredo que combinasse com o nosso? Parabéns, imbecil.

> Spencer: Você e Vegas. Que bom que você finalmente fez algo de bom nessa cidade. Estou feliz por vocês, e quando voltarem, estarei rindo do inferno que Brielle vai dar a vocês.

> Eu: Diga a ela que fizemos o que achamos certo. Queria que vocês estivessem aqui comigo, especialmente Isaac.

Isaac foi meu padrinho quando me casei com Jenna e, embora na época eu pensasse que estava fazendo a escolha certa, me casar desta vez foi tão diferente. Sophie é com quem eu deveria estar, e deveria ter esperado até encontrá-la.

> Emmett: Ele está sempre conosco.

> Spencer: E ele está olhando para todos nós agora, provavelmente pensando que somos loucos.

> Emmett: Especialmente você desde que se casou com a irmã dele.

Eu rio porque é verdade. Sua morte mudou a todos nós de uma forma que não sei se alguém poderia ter previsto. Spencer se casou com Brielle, Emmett e Blakely se reconciliaram, porque aquele caso os uniu novamente, e eu reencontrei Sophie. Não quer dizer que essas coisas não teriam acontecido se ele ainda estivesse conosco, mas nunca saberemos.

Sophie sai do banheiro com aquele roupão novamente, o cabelo preso em uma toalha.

— Tudo bem, amor?

Nunca fui alguém que colocou muito de mim na fé ou no destino, mas olhar para ela bem aqui me convence de que seria um tolo se não o fizesse. Chame do que quiser, mas eu deveria estar aqui – com ela.

— Tudo está perfeito.

E está.

EPÍLOGO

Sophie

Um ano e três meses depois

— Estou tão feliz que você veio — eu digo enquanto envolvo meus braços em torno de um dos meus protetores.

Jackson sorri.

— Eu não perderia isso por nada no mundo. Parabéns a vocês dois.

Holden aperta sua mão.

— Obrigado.

— Esta é minha esposa, Catherine.

Ao lado dele está uma linda mulher com longos cabelos castanhos e um sorriso que poderia desarmar qualquer um.

— Obrigada por ter vindo e por compartilhar seu marido com todos nós que precisamos dele.

Catherine sorri, seus olhos ficando suaves quando ela olha para Jackson.

— De nada. Gosto quando ele aceita trabalhos como o seu, onde pode proteger as pessoas que realmente precisam. Estou tão feliz que sua história terminou assim.

— Eu também.

Jackson é movido para o lado e um rosto familiar aparece.

— Chega de monopolizar a noiva.

— Zach. — Sorrio assim que o vejo.

— Oi, Sophie. Olhe para você, feliz e brilhante.

Eu dou um abraço nele, e então ele me apresenta a mulher mais linda que eu já vi. Ela tem cabelos loiros caindo em ondas nas costas no vestido preto mais lindo.

— Você deve ser Millie — falo antes que Zach possa terminar.

Millie é quem salvou minha vida com este vestido de noiva. Entrei em pânico e me lembrei do que Zach disse sobre a loja dela. Era um tiro no escuro, mas ela conseguiu entrar em contato com um dos estilistas com quem trabalha e eles tinham um vestido de grávida em estoque.

— Eu sou, e posso dizer, como uma ex-planejadora de casamentos, isso é absolutamente deslumbrante e você está radiante.

— Bem, se não fosse por você, eu estaria um desastre absoluto agora. Obrigada por fazer sua mágica.

Ela acena com a mão com desdém.

— Você ficaria linda em qualquer coisa, e fiquei feliz em ajudar.

Zach envolve o braço em volta dela por trás antes de beijar sua têmpora.

— Ela é um milagre.

Meu coração derrete ao vê-lo com ela. É claro que eles são perfeitos um para o outro.

— Ela com certeza é.

— Não vamos atrasá-los por mais tempo — diz Zach, olhando para a fila que se forma. — Parabéns, Holden. Que você tenha toda a felicidade do mundo.

Holden dá um tapinha nas costas de Zach.

— Obrigado, cara.

É tão estranho desde que estamos casados há mais de um ano, mas hoje parece novo. Recitamos nossos votos novamente, renovando nosso amor e devoção, e Eden fez parte de nossa cerimônia, que foi perfeita.

A fila não é tão grande assim, mantivemos nossa cerimônia pequena e repleta das pessoas que mais amamos.

Quando a última pessoa da fila caminha em nossa direção, todo o rosto de Holden se ilumina. Há uma mulher bonita, alta, cabelo loiro mais curto, e ela claramente adora meu marido. Eles se abraçam e então ele dá um passo para trás, movendo a mão para a parte inferior das minhas costas.

— Addy, gostaria que você conhecesse minha esposa, Sophie.

Uma mulher perfeitamente adorável me dá o sorriso mais caloroso e me puxa para seus braços.

— É tão maravilhoso conhecer você. Ouvi muito sobre você dos caras.

— De você também! Sinto como se já fôssemos amigas. — Ela e eu conversamos um pouco, e Holden a elogia. Addison foi uma grande parte de suas vidas, e sei que todos sentem falta dela desesperadamente. É claro

CORINNE MICHAELS

que ela era mais do que apenas a esposa de Isaac para eles. Ela era amiga deles também.

— E esta pequena é Elodie — Holden explica, levantando-a em seus braços e beijando sua bochecha antes de colocá-la de volta no chão.

Eu me agacho para ficarmos cara a cara.

— Olá, Elodie, é um prazer conhecê-la.

Ela se esconde atrás das pernas da mãe e Holden ri.

— Eu não posso acreditar que ela tem quase três anos. Parece que foi ontem que chegamos ao hospital quando ela nasceu.

— Conte-me sobre isso — Addy diz com um pouco de exaustão, que conheço muito bem. — Não posso acreditar que já faz tanto tempo desde que Isaac foi morto. Apenas… o tempo passa, eu acho.

— Como você está em Sugarloaf? — Holden pergunta.

— Bem. Eu amo estar lá. Estar perto da família Arrowood tem sido bom para mim. Eles são como seu próprio pequeno complexo lá.

— Ouvi dizer que você está comprando um lugar lá? — pergunto.

— Sim! Encontrei uma pequena fazenda que precisa de algum trabalho, mas estou animada. — Ela passa o braço no meu e começa a andar. — Você está pronta para sua festa de casamento? Ouvi dizer que vai ser pequena, mas Brielle disse que vai ficar perfeito.

Não tenho certeza sobre tudo isso. Na verdade, não é perfeito, pois há quatro meses descobrimos que estou grávida. Holden e eu queríamos esperar até depois da festa de casamento, mas… melhores planos e tudo mais. Minha mão se move para minha barriga, que não é mais plana e ocultável.

— Como você pode ver, estou aumentando, de novo, então não queríamos muito espetáculo. Além disso, já somos casados.

— Não importa o que aconteça, os casamentos são sempre especiais, mesmo que você já seja casada. A cerimônia de hoje foi muito bonita.

— Obrigada.

— Estou feliz por vocês dois. Preocupava-me que Holden continuasse casado com seu trabalho, mas parece que ele só precisava encontrar a mulher certa que engravidou naquela maldita viagem a Las Vegas.

— Ei! — ele diz rapidamente. — Eu não planejei aquela viagem. Foi Isaac. Ela revira os olhos.

— Tenho certeza de que foi Isaac quem planejou tudo. Sejamos realistas, foram vocês três.

— *Eu invoco a quinta Emenda.*

Ambos riem.

— Estou feliz que ele foi para Las Vegas. Se não, não teríamos Eden, nem estaríamos aqui hoje.

Holden beija minha têmpora.

— Estou contente também.

Addison sorri calorosamente.

— Estou feliz que tudo deu certo. Vocês dois merecem uma vida inteira de felicidade. Ouçam, queria agradecer pessoalmente pela doação que vocês fizeram.

Desvio o olhar, sentindo-me desconfortável. Depois que insisti em irmos às autoridades para denunciar a conta, Holden concordou, apenas para que eles nos dissessem que era, de fato, nossa. Acontece que eles não conseguiram rastrear o dinheiro, graças ao meu brilhante ex-marido.

— Por favor, não agradeça, estou feliz em garantir que vá para as instituições de caridade mais adequadas para ajudar meninas em posições horríveis.

Holden agarra minha mão, apertando-a em apoio. Esse dinheiro tem sido uma das maiores brigas que tivemos. Ele queria que guardássemos algo para Eden. Eu queria drenar a conta e queimá-la.

Nós nos comprometemos, concordando em ajudar as pessoas e famílias que Kate feriu primeiro, e se sobrar alguma coisa, discutiremos isso então.

— Eu sei que os últimos dois meses não foram fáceis — Addison diz com compaixão em seus olhos.

Não, não foram. O julgamento foi exaustivo. Não só porque estou grávida, mas também porque tivemos que reviver tudo e olhar nos olhos de Kate enquanto ela tentava se defender. As evidências foram esmagadoramente contra ela, e ela foi considerada culpada e agora aguarda a sentença em um tribunal federal.

— Acabou agora — falo, sentindo uma nova leveza desde que acabou.

Holden limpa a garganta.

— Chega de drama.

— Acho que todos nós já tivemos o suficiente — Addy concorda. — Então, como você o encontrou aqui em Rose Canyon? A cidade é pequena, mas as pessoas são incríveis. — Ela se vira para o grupo de nossos amigos e ri. — A maioria deles. Esse grupo é uma bagunça.

— Não dê ouvidos a nada que essa mulher diz — Spencer fala enquanto nos aproximamos do grupo. — Ela não é confiável.

Addison ri.

— Sim, por que você é?

— Eu absolutamente não sou confiável! Quem disse o contrário?

Emmett ri.

— Eu com certeza não.

— Exatamente. — Addison ri. — Vocês são todos um bando de idiotas que precisam ser espancados, e é por isso que vim aqui para colocar todos vocês em forma.

Eles riem e Spencer cutuca Addison.

— Você perdeu essa chance, querida. Você poderia ter sido minha ou daquele tolo, mas escolheu Isaac quando era muito jovem para nos ver como os vencedores que somos.

— Por favor, escolhi certo. Você seria a última pessoa com quem eu namoraria.

Emmett levanta uma sobrancelha.

— Oh? Então, quem teria vencido se não fosse por Isaac?

Addy dá de ombros.

— Provavelmente você. Se eu pudesse superar seus pelos faciais aos treze anos.

Spencer começa a rir.

— Única criança na oitava série com barba cheia!

Holden joga o braço sobre meus ombros, beijando minha têmpora.

— Eles são todos um bando de idiotas.

Addison se vira para ele.

— Oh, não me fale sobre você.

— Eu?

Eu rio.

— Acontece que concordo, você é um pouco maçante.

— Melhor ainda! — Addison diz, sorrindo para mim. — Ele é um idiota na Inglaterra também.

— Para ser justo, não é, Emmett é o maior idiota — Holden tenta desviar a conversa.

— Eu gostaria de nomear Spencer para esse papel! — Brielle diz com a mão levantada.

— Oh, não, você não sabe. É Emmett, eu concordo. A esposa concorda que ele é o maior — Blake entra na conversa.

— Isso é bastante injusto — entro na briga. — Por que não é meu marido? Ele é bem doido. Ele também não consegue segurar sua bebida. Recordemos o incidente do banheiro de cinco anos atrás...

As três mulheres acenam com a cabeça, Brielle estreitando os olhos para Holden.

— Temos que levar isso em consideração.

— Além disso, ele é odiado por todos os felinos — eu os lembro de outro ponto.

Holden bufa.

— Você quer que eu seja o maior idiota?

— Se o sapato servir...

Ele me puxa para seus braços, beijando meu pescoço com um grunhido.

— Você vai pagar por isso.

— Ela já está. — Emmett diz com uma risada. — Ela engravidou, de novo, porque você é o único médico na América que não entende como as camisinhas funcionam.

Não que eu possa dizer muito, pois esqueci de tomar a pílula – duas vezes. Eu estava focada no julgamento e realmente apenas sendo tão feliz. Feliz por estar casada com o homem mais maravilhoso que já conheci, que adora a mim e a nossa filha.

— Você descobriu o que é? — Addison pergunta, olhando para minha barriga.

— É um menino — digo a ela e então sorrio para todos os nossos amigos. Não havíamos mencionado isso depois de nossa consulta no outro dia.

— Um menino! — Brielle grita.

Concordo.

— Estamos discutindo os nomes, e é por isso que não contamos a vocês.

— Acho que precisamos de um voto da comunidade — sugere Spencer.

— Sem chance — meu marido diz sem qualquer espaço para debate.

Claro, seus amigos não se importam.

— Eu gosto do nome Emmett — Emmett diz.

— Não. — Holden revira os olhos. — Sem Emmett, sem Spencer, sem outras sugestões.

— Blake? — Blakely se oferece.

— Não.

Sorrio, amando a dinâmica deste grupo. Eles são mais uma família do que amigos e me acolheram como uma irmã.

— Ainda não decidimos, mas assim que o fizermos, vamos compartilhar — explico.

Eden vem correndo, sua mão indo para seu irmãozinho na minha barriga. Esta é sua única preocupação na vida no momento. Tudo o que ela quer é que ele saia para que ela possa cuidar dele e ser a melhor irmã de todas.

Preocupava-me que esta fosse mais uma grande mudança em sua vida, mas ela está muito feliz com a ideia de um bebê.

— Mamãe, meu bebê está bem?

Eu rio.

— Estou indo muito bem.

Ela acena com a cabeça uma vez e depois se vira para seus novos tios, que a mimam muito.

— Tio Emmett? — Ela escolhe o elo mais fraco.

— Sim? — Bom, pelo menos sua voz tem um toque de cautela.

— Você pode me levar para pegar alguma coisa?

Holden se move para ela.

— O que você precisa, querida?

— Nada. Tio Emmett pode pegar para mim.

Ele franze os lábios.

— Se você quer que o tio Emmett pegue, provavelmente não tem permissão para tê-lo.

— Não, papai, eu posso.

— Ok, então o que é? — ele pergunta.

— Bolo…

Pego meu telefone, verificando seus níveis de açúcar, que estão na faixa normal. Holden olha para mim e estende a mão. Temos trabalhado para ensiná-la a ler seus números. Sei que ela não pode entender neste momento, e não esperamos que ela regule por conta própria, mas se ela começar a construir o hábito de verificar, é tudo o que podemos esperar.

Ele mostra o telefone a ela e eles conversam sobre o que ele mostra.

— Então, posso ficar com isso? — Sua vozinha se eleva de alegria.

— Você pode comer um pedacinho — falo, e ela envolve seus braços ao redor do pescoço de seu pai. Percebo onde eu me classifico.

Ela adora Holden. É como se ele sempre tivesse feito parte da vida dela e eles nunca tivessem conhecido nada diferente. Quando ele chega em casa, ela corre até a porta, conta a ele tudo sobre seu dia e ele a ama. É doce e mais do que eu jamais teria sonhado. Nossas vidas tomaram caminhos que nunca esperei, mas sou eternamente grata por eles terem me levado a Holden.

Addison se move ao meu lado enquanto observamos os dois irem embora.

— Ele é um bom homem.

— Sim, tenho muita sorte.

— Tive o grande amor da minha vida e, embora nossa história tenha sido interrompida, não me arrependo de nenhum momento. Ter Isaac foi o maior presente que já tive. — Ela olha para a filha enquanto ela é passada por seus tios também.

— Posso perguntar uma coisa que está um pouco fora de hora?

— É claro.

— Você acredita que, depois de tudo que passou, será feliz de novo ou amará outra pessoa?

Ela dá de ombros.

— Ser feliz, sim. Estou feliz. Eu tenho Elodie e temos uma ótima vida em Sugarloaf. Sinto falta dos meus amigos aqui, mas é realmente onde eu pertenço. É diferente e não está cheio de lembranças de uma vida que não consigo mais viver. Quanto a amar de novo... não sei. Não sei se poderia encontrar alguém como Isaac. Eu sei que você foi casada antes, você pensou nisso?

Eu a atualizo sobre meu casamento anterior e as circunstâncias – a versão resumida.

— Oh! Uau.

— No entanto, não procurei por amor. Eu vim para cá sem nem mesmo saber por que, o que é irônico, porque fui enviada para o lugar de onde deveria ter fugido.

— Mas então você não teria encontrado Holden.

Concordo com a cabeça, encontrando-o na mesa com Eden.

— Sim, e isso teria sido o maior infortúnio que eu já tive.

— Veja, as coisas funcionam. Isso é o que eu digo a mim mesma, pelo menos.

Holden se vira, encontra-me observando-o e pisca. Realmente amo aquele homem. Ele começa a caminhar de volta para mim, e eu me viro para Addison.

— Acho que sim, se não, eu não estaria casada, esperando nosso segundo bebê e cheia de tanto amor que sinto que poderia explodir.

— Mamãe! — Elodie grita. — Estou com fome!

Ela aperta meu braço.

— Essa é a minha deixa.

Addison sai correndo, e então braços me envolvem por trás, as mãos descansando na minha barriga, e descanso minha cabeça no ombro de Holden.

— Todo mundo está se divertindo e parece feliz.

— Ninguém mais do que eu.

— Posso pensar em mais uma pessoa — diz Holden.

Viro minha cabeça para olhar para ele.

— Quem?

— Eu.

Sorrio e o deixo pensar que sim, sabendo que não pode ser verdade, porque, neste momento, nem mesmo ele pode ser tão feliz quanto eu, pois saber que temos uma vida inteira pela frente significa que esse sentimento nunca vai acabar.

Fim

Muito obrigada por ler a série Rose Canyon. *Este livro significou o mundo para mim.*

A The Gift Box é uma editora brasileira, com publicações de autores nacionais e estrangeiros, que surgiu no mercado em janeiro de 2018. Nossos livros estão sempre entre os mais vendidos da Amazon e já receberam diversos destaques em blogs literários e na própria Amazon.

Somos uma empresa jovem, cheia de energia e paixão pela literatura de romance e queremos incentivar cada vez mais a leitura e o crescimento de nossos autores e parceiros.

Acompanhe a The Gift Box nas redes sociais para ficar por dentro de todas as novidades.

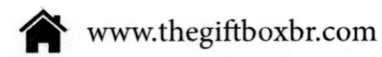 www.thegiftboxbr.com

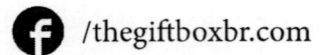 /thegiftboxbr.com

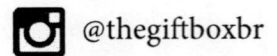 @thegiftboxbr

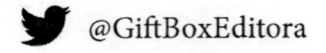 @GiftBoxEditora